MONTANA DI FUOCO

INTRIGHI DI PAESE – LIBRO 1

VANESSA VALE

Copyright © 2011, 2018 & 2021 by Vanessa Vale

Tutti i diritti riservati. Nessuna parte di questo libro può essere riprodotta o trasmessa in qualunque forma o mezzo, elettrico, digitale o meccanico, incluso ma non limitato alla fotocopia, la registrazione, la scannerizzazione o qualunque altro mezzo di salvataggio dati o sistema di recupero senza previa autorizzazione scritta da parte dell'autore.

Vale, Vanessa
Titolo originale: Montana Fire

Cover design: Bridger Media
Cover graphic: Hot Damn Stock; Fotolia: chesterF

ISCRIVITI ALLA NEWSLETTER

Unisciti alla mailing list per essere informato per primo su nuove uscite, libri gratuiti, premi speciali e altri omaggi dell'autore.

www.romanzogratis.com

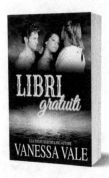

1

«Non sono sicura di quale voglia. Non mi ero resa conto che ci fosse così tanta scelta!»

Quella donna non stava cercando una nuova auto o dei succhi di frutta al supermercato. No. Voleva un dildo. La gente come lei la chiamavo Indecisa. Una che contemplava tutte le opzioni prima di provare anche solo a fare una scelta. Per colpa della signorina Indecisa, avevo dieci diverse opzioni di dildo sparse sul bancone. In vetro, in silicone, in gelatina e a batterie. Aveva bisogno di aiuto.

Era lì che intervenivo io. Mi chiamo Jane West e gestisco il Riccioli D'Oro, il negozio di articoli per adulti a Bozeman, Montana, che mia suocera aveva aperto negli anni settanta. La storia vuole che gli abbia dato il nome del personaggio delle favole quando una mamma orsa e i suoi due cuccioli si sono fatti una passeggiata lungo la

Willson proprio davanti al negozio la settimana prima che venisse inaugurato. Lei lo chiamava destino. Oppure avrebbe potuto essere perché lei aveva sempre avuto dei bei boccoli biondi, il che aveva senso. Avevo cominciato a lavorare per lei quando mio marito era morto, una sistemazione temporanea per darle una mano. Tre anni più tardi, le cose erano passate da breve a lungo termine.

Il negozio aveva buon gusto considerando ciò che offriva. Le pareti erano di un bel bianco con mensole ed espositori proprio come li si troverebbero in un tipico grande magazzino. Poi il buon gusto lasciava spazio al pacchiano. Moquette dorata come quelle che si trovano a Las Vegas, una foto di una donna nuda distesa in maniera artistica su una pelle d'orso appesa sopra il bancone. Un lampadario anni sessanta adornava l'ingresso scarno. Goldie, mia suocera, aveva lasciato in qualche modo la sua impronta unica su tutto.

Non era un negozio grosso, solamente una stanza con un magazzino e un bagno nel retro. Qualunque cosa non avesse avuto disponibile—sebbene sareste rimasti stupiti dalla selezione offerta da Goldie in uno spazio tanto ristretto—lo facevamo arrivare su ordinazione. La gente del Montana era una clientela paziente. Con poche opzioni in quanto a negozi a Bozeman, la maggior parte ordinava tutto su internet a parte i beni di prima necessità. C'è un Walmart, un Target, un Old Navy. Uno solo di tutto. In una grossa città, se ci si sposta in auto di un paio di miglia ci si imbatte in un secondo negozio della stessa catena. Urbanizzazione selvaggia nella sua massima espressione. Non lì, sebbene ci fossero due diversi McDonald's, uno in città e uno appena fuori dall'autostrada per i turisti che avessero avuto bisogno di un Big Mac lungo il tragitto verso Yellowstone. Il negozio di punta dell'unico centro commerciale in città era una libreria appartenente ad una grossa catena. Niente Nordstorm o negozi Bass Pro da quelle parti. O si faceva la spesa nei negozietti di paese, oppure si stava a casa davanti al computer.

Nel caso della donna di fronte a me, avrei voluto che se ne fosse semplicemente tornata a casa.

Non fraintendetemi, mi piaceva aiutare la gente e mi trovavo a mio agio a parlare di sex toy con chiunque. Ma quella volta era decisamente diverso. Molto diverso.

Alle spalle della signorina Indecisa c'era un pompiere. Uno *molto* attraente, alto, muscoloso con indosso una maglietta a maniche corte dei Bozeman Fire e dei pantaloni blu scuro. Avete presente figo? Un uomo *figo* in uniforme? Sì, era un cliché, ma decisamente valido. Dio, ti faceva letteralmente fermare il cuore da quanto era bello. Al mio aveva fatto perdere un battito. Mi sentivo tutta formicolante e accaldata.

Era entrato mentre io comparavo i vari modelli di dildo prima di lanciarmi nei vantaggi di averne uno rotante per una migliore stimolazione femminile, e quando avevo sollevato lo sguardo... sempre più su, me l'ero trovato lì, e mi ero praticamente ingoiata la lingua. Di sicuro avevo perso il filo del discorso. Non avevo idea che Dio avesse creato uomini come lui. Nelle riviste, forse? Ma nella vita reale? La *mia* vita reale? Wow.

«Mi potrebbe spiegare di nuovo le caratteristiche di tutti quanti?» La signorina Indecisa teneva le dita strette al bordo del bancone in vetro come se avesse avuto paura a toccarli. Minuta, era così esile da sembrare quasi anoressica. La sua voce roca indicava che fosse una fumatrice, se non altro un pacchetto al giorno. La sua pelle era segnata, che fosse dalle sigarette o dal clima del Montana, e le rughe si erano impossessate del suo volto. Sarebbe stata carina se avesse mangiato qualcosa e avesse perso la sua dipendenza da nicotina.

Le rivolsi il mio miglior sorriso falso. «Ma certo.»

Azzardai un'occhiata al pompiere oltre la spalla della donna. Capelli biondi in un corto taglio da militare, occhi azzurri, lineamenti squadrati. Sui trent'anni. Un sorriso smagliante. Sembrava perfettamente felice di attendere il proprio turno. Se il luccichio malizioso nel suo sguardo e il modo in cui si stava mordendo un labbro—molto probabilmente per impedirsi di sorridere —volevano dire qualcosa, si stava chiaramente divertendo. E stava imparando qualcosa sui dildi. Magari voleva alcune opzioni per la sua ragazza. Doveva pur avere qualche donna a scaldargli il letto. Una radio gracchiò alla sua cintura e lui ne abbassò il volume. Chiaramente, la mia lezione sugli aiuti sessuali era più importante di un incendio gravissimo.

La signorina Indecisa era del tutto inconsapevole, e indifferente, al pompiere. Ora sapevo perché volesse un dildo.

Presi un modello azzurro appariscente. «Questo ha le pile e vibra. Dieci impostazioni. Ottimo per la stimolazione del clitoride.» Lo posai e ne presi un altro. Ero abituata a parlare di sex toy con la gente. Anche con dei ragazzi, a volte, ma stavo morendo di imbarazzo nel pronunciare *stimolazione del clitoride* di fronte a *lui*. Mi ero appena immaginata quel pompiere figo che stimolava il mio clitoride. Mi agitai, mi schiarii la gola e proseguii. «Questo è di vetro. Niente pile, per cui è fatto per la penetrazione. La cosa migliore di questo è che si può mettere nel freezer o scaldare per provare esperienze diverse.»

La donna emise degli "ah" mentre le fornivo i dettagli. Io le spiegai una alla volta tutte le varie possibilità. Arrivai al decimo ed ultimo modello. «Questo è chiaramente realistico. In verità è stato creato sul modello del pene eretto di una pornostar. È fatto in silicone con una ventosa alla base.»

Il pompiere sbirciò oltre la spalla della donna mentre io appiccicavo il dildo con la ventosa al bancone di vetro. *Thwap*. Non sembrò troppo impressionato dalle dimensioni. Voleva dire che anche lui ce l'aveva così grosso?

«Si può... um, attaccare da qualche parte nel caso in cui si vogliano avere le mani libere.»

Sia il pompiere che la signorina Indecisa annuirono come se fossero stati in grado di immaginarsi ciò di cui stavo parlando.

«Prendo quello,» disse lei mentre indicava il numero dieci. Il super cazzo da venti centimetri.

«Ottima scelta.»

Feci lo scontrino alla signorina Indecisa e lei se ne andò felicemente a occuparsi delle proprie necessità.

Ed ecco lì lui. Il signor Pompiere. Ed io. E l'esposizione di dildo che faceva da terzo incomodo. Per fortuna, lui si parò di fronte al bancone ed io non potei abbassare lo sguardo per vedere se il suo super cazzo gli stesse dentro i pantaloni dell'uniforme. Oddio, sarei finita dritta all'Inferno. Lui salvava la vita alle persone ed io stavo pensando al suo—

«Um... grazie per l'attesa.» Mi ravviai i capelli mossi dietro l'orecchio.

«Sicuro. Si impara qualcosa di nuovo ogni giorno.» Sorrise. Non solamente con la bocca, ma anche con gli occhi. Quegli occhi decisamente azzurri. Vi scorsi dell'interesse. E anche della passione.

In quel preciso istante, lì nel bel mezzo del negozio per adulti di mia suocera, coi dildi e tutto il resto, mi si riaccese la libidine. Si era freddata da tempo come un inverno nel Montana. Chi avrebbe potuto biasimarla visto tutto il trambusto della morte di mio marito. In quel preciso istante, però, sentii il mio cuore accelerare i battiti e i palmi cominciare a sudare per via del nervosismo. Il pompiere non sembrava minimamente turbato dalla mia piccola chiacchierata sui sex toy. Io, d'altro canto, avevo le caldane come una donna in menopausa al solo guardarlo. Avevo bisogno di una secchiata d'acqua fredda. A proposito di secchiate d'acqua—

«Mi chiamo Jane. Come posso aiutarti?» *Ciao, mi chiamo Jane. Ho trentatré anni. Mi piace fare escursioni in montagna, sci di fondo, sono dello Scorpione e voglio strapparti quell'uniforme dal corpo sexy e scendere giù per il tuo palo.* Mi asciugai i palmi sudati sui pantaloncini.

Lui rise e mi porse la mano. La sua presa fu decisa, la pelle calda e un po' ruvida. «Ty. Grazie, ma niente giocattolini, per me.» Gli squillò un cercapersone. Lui lo guardò brevemente dalla cintura e lo ignorò.

«Non devi rispondere? Un incendio o qualcosa del genere?» gli chiesi, indicandogli la vita.

«Un gatto su un albero,» scherzò lui, incurvando un angolo della bocca verso l'alto.

Io risi e sentii il mio nervosismo manifestarsi. Trassi un respiro profondo per cercare di placare il mio cuore impazzito. Non funzionò. Non fece che farmi scoprire che buon odore avesse. Non sapeva di forte acqua di colonia. Sapone, forse. Non mi importava davvero che si trattasse di deodorante. Era un odore favoloso.

«In realtà, era rivolto alla Stazione Due. Sono qui per l'ispezione di sicurezza antincendio al tuo negozio.» Posò dei documenti sul bancone. Li aveva tenuti in mano per tutto quel tempo? Non me n'ero accorta.

«Oh, um... ispeziona pure.»

Ispeziona pure?

Lui mi rivolse un ghigno ed io arrossii, pronta a nascondermi dietro al bancone e a morire di imbarazzo. Per fortuna, lui cambiò argomento. Per i quindici minuti successivi, compilammo i moduli dell'ispezione antincendio con l'attrazione che provavo per lui a incombere su di noi come una spada di Damocle dalla forma di un dildo.

———

La mattina seguente, uscii di casa presto. Se vivevi nel Montana, uscivi a goderti il bel tempo finché durava. Perfino a luglio. Specialmente a luglio. Le giornate erano lunghe, il cielo vasto e c'erano un sacco di cose da fare prima che facesse freddo. E non intendo a novembre come nel mondo reale. Lì eravamo a Bozeman. L'estate finiva a inizio settembre. Si diceva pure che nevicasse a luglio. Con quel brevissimo periodo a disposizione per indossare pantaloncini e infradito e la minaccia costante di improvvisi fiocchi di neve, uscivo alle sette di sabato mattina. Riuscivo ad essere più produttiva dell'esercito prima delle nove di mattina. Non perché davvero lo volessi, ma perché avevo dei bambini.

I miei ragazzi, Zach e Bobby, erano impazienti di uscire. Dal momento che era sabato mattina, significava che c'erano i mercatini dell'usato. Per i bambini, i mercatini dell'usato erano questioni serie. Giochi da prendere, libri da trovare. Perfino roba gratis da arraffare. Da adulta, a me piaceva comprare roba di cui non sapevo di avere bisogno. La settimana precedente, avevo comprato una scarpiera per il mio armadio e un tostapane per la roulotte. Per due dollari, avrei potuto farmi dei toast mentre andavo in campeggio nei boschi.

Ci trovavamo in auto, con i Kidz Bop a tutto volume dal lettore CD. Io avevo cerchiato i mercatini migliori sulle inserzioni, il *Bozeman Chronicle* aperto sul sedile del passeggero accanto a me, pronta a dirigermi verso i nostri tesori. La prima fermata di quella mattina sarebbe stata una colazione a base di pancake offerta dai volontari dei vigili del fuoco. Lo shopping d'occasioni poteva attendere. Con una colazione a base di pancake, non dovevo cucinare—chi voleva farlo alle sette di mattina? —i bambini avrebbero potuto rimpinzarsi ed io avrei potuto avere del caffè. *Caffè*.

Mi resi conto che i bambini stavano parlando con me

per cui abbassai il volume di una versione melensa di *Dynamite* per ascoltarli.

«È così figo, mamma. È un pompiere e ha fatto il soldato e dice che possiamo giocare nel suo giardino. È alto almeno due metri. Il suo spazzaneve è più grosso del nostro. Ha il pickup argentato a quattro porte,» diceva Zach dal suo seggiolino nel retro.

«Mi ha dato il cinque dopo che sono passato in bici lungo il marciapiede. Si chiama signor Strickland,» aggiunse Bobby. Io sbirciai nello specchietto retrovisore e lo vidi annuire, super serio.

L'uomo di cui avevo sentito parlare sin da quando i ragazzi mi avevano svegliata era il signor Strickland, il nuovo vicino. Il signor Strickland faceva questo, il signor Strickland faceva quello. Il nuovo supereroe dei bambini aveva comprato la casa due numeri più in là e si era appena trasferito. Io non l'avevo ancora conosciuto, ma i bambini chiaramente sì. Nella mia mente priva di caffeina, mi immaginavo un uomo sulla cinquantina con la testa mezza pelata e mezza ricoperta di capelli ingrigiti, una leggera pancetta—era un pompiere, per cui non poteva averne troppa—e, stando alla descrizione di Zach, più alto di un giocatore di basket. Fantastico. Mi sarebbe tornato decisamente utile quando un altro pallone si fosse bloccato sulla grondaia.

«Al Colonnello piace un sacco,» disse Zach.

Be', allora era fatta. Se il Colonnello dava la propria

Montana di fuoco

approvazione, quell'uomo doveva essere a posto a prescindere dalla sua stazza da gigante. Il vero nome del Colonnello era William Reinhoff, ma tutti quelli che lo conoscevano, cioè l'intera città, lo chiamavano Colonnello. Si era guadagnato quel titolo combattendo nel Vietnam e gli era rimasto. Burbero e scontroso all'apparenza, ma con un cuore tenero, era una delle mie persone preferite. La casa del Colonnello si trovava tra quella del signor Strickland e la mia. Era il mio vicino, pseudo padre, amico fidato, occasionalmente babysitter e fidanzato a distanza di mia madre. A quanto pareva i bambini avevano conosciuto il signor Strickland assieme al Colonnello mentre io ero stata a lavoro il giorno prima e quell'uomo aveva fatto loro un'ottima impressione. Il Colonnello non avrebbe mai permesso ai ragazzi di chiamarlo col suo nome di battesimo. Era decisamente troppo vecchio stampo per quello.

Accostai nel parcheggio sterrato della stazione dei pompieri, parcheggiai e mi voltai verso i bambini. Erano seduti nei loro seggiolini con le banconote che avevo dato ad entrambi da spendere in cianfrusaglie da mercatino stretti nel pugno. All'età di sette anni, Zach era magro come un chiodo con le ginocchia nodose e due belle fossette. Capelli biondi e occhi chiari lo facevano assomigliare a me. Nessuno sapeva da dove avesse preso i suoi capelli neri e gli occhi scuri Bobby, dal momento che di certo non provenivano né da me, né da suo padre.

Qualcuno diceva che forse era figlio del postino, ma io non lo trovavo tanto divertente. Era stato mio marito a tradire me, non il contrario.

«Prendete solo ciò che riuscite a mangiare, ricordatevi le buone maniere e infilatevi i soldi in tasca così da non perderli,» ricordai loro.

I bambini annuirono entusiasti. Mercatini dell'usato e pancake. Cosa poteva esserci di meglio?

Il sole era caldo sul mio viso. Era appena sorto oltre le montagne, nonostante il cielo fosse stato luminoso già due ore prima. «Lasciate le felpe in macchina. Farà caldo quando usciremo.» Mi tolsi il giaccone di lana e lo gettai sul sedile anteriore. Poteva anche essere estate, ma le temperature scendevano comunque sotto i dieci gradi la notte.

La colazione si teneva nel padiglione dei vigili del fuoco. Uno spazio ampio, col pavimento in cemento e le pareti in lastre di metallo grigie. Due camion dei pompieri erano parcheggiati fuori con i volontari che osservavano i bambini riversarsi in sciami sulla loro attrezzatura. I miei due guardarono con desiderio il tutto, ma consapevoli di poter andare in esplorazione solamente dopo mangiato. All'interno, c'era odore di bacon e caffè. Due delle mie cose preferite. Presi dei piattini e delle posate di plastica e mi misi in coda per il buffet.

«C'è Jack della scuola,» disse Zach mentre mi tirava il braccio e indicava. Io salutai con la mano Jack e i suoi genitori che stavano già divorando i propri pancake ad uno dei lunghi tavoli. Ovunque si andasse a Bozeman, ci si imbatteva in qualcuno che si conosceva. Era impossibile evitarlo. Perfino un bambino di sette anni come Zach si sentiva popolare. Alle volte era bello, quel senso di comunità, ma qualche volta mi ero nascosta dietro una corsia del supermercato per evitare qualcuno così da non doverci parlare. Chi non l'aveva fatto? Quella volta si era trattato del mio dentista e non avevo avuto più di tanta voglia di farmi interrogare riguardo il mio utilizzo del filo interdentale.

Dal momento che gestivo il Riccioli D'Oro, l'unico negozio di articoli per adulti nei dintorni—bisognava andare fino a Billings per trovarne un altro—avevo un sacco di clienti. Clienti del posto. Era difficile, alle volte, fare conversazione con qualcuno al banco gastronomia quando lo si conosceva davvero solo dalla volta in cui era venuto al negozio a comprare delle pinze per capezzoli alla moglie. E così, mi nascondevo nei negozi. Mantenevo un sacco di segreti, di confidenze, e col passare degli anni, la popolazione in generale si era fidata di me in tal senso.

Ci avvicinammo alla prima offerta della colazione. Alla parola "uova", i ragazzi presentarono i piatti. Io li guardai riempirli e passare oltre fino alle frittelle di patate, che saltarono con un educato, «No, grazie.» Mi diedi una pacca immaginaria sulla schiena da sola per le loro buone maniere. Sapevano starnazzare come oche l'uno contro l'altro, ma erano quasi sempre educati con gli estranei che offrivano loro del cibo.

«Mamma! C'è il signor Strickland!» praticamente urlò Zach.

«Salve, signor Strickland!» esclamò Bobby.

Io cercai il signor Stricklan in quella folla di tavoli, lungo la fila per il cibo, cercando quello della mia immaginazione. Dov'era quell'uomo sulla cinquantina? La pancetta? Zach porse il proprio piatto per i pancake.

«Ehi, campione!» disse l'uomo dei pancake a Zach.

Il cuore mi balzò in gola ed io cominciai a sudare per una scarica di adrenalina.

«Per la miseria,» dissi.

L'uomo dei pancake non era sulla cinquantina. Nemmeno sulla quarantina. Decisamente non aveva la pancetta. C'era un addome ben scolpito sotto una maglietta blu scura dei vigili del fuoco. Muscoloso. Eccitante. Zach di sicuro aveva esagerato sull'altezza del signor Strickland, però era alto. Dovetti piegare indietro la testa per guardarlo negli occhi, cosa che a me stava più che bene. Essendo alta più di un metro e settanta, mi piacevano gli uomini alti.

Quel pompiere di sicuro mi mandava a fuoco.

«Per la miseria?» replicò l'uomo dei pancake, anche conosciuto come il signor Strickland.

Agitata, io cercai di sorridere, ma ero mortificata.

Non perché avessi detto per la miseria. Quello mi era sfuggito. Probabilmente avrei potuto inventarmi qualcosa di meglio, ma per la miseria, era il pompiere che era venuto al negozio per l'ispezione. Quello col super cazzo. Quello che—

«Ti conosco,» disse Ty, sorridendo. Dannazione. I suoi denti erano dritti e perfetti. Riuscivo a sentire la mia pressione sanguigna schizzare alle stelle. Niente colazione con bacon, per me, altrimenti avrebbe potuto prendermi un'embolia. «Tu sei Jane del Riccioli D'Oro.»

Il suo sorriso si allargò fino a diventare un vero e proprio ghigno. Già, si ricordava di me e della selezione di dildo.

«Conosci mamma dal lavoro?» chiese Bobby, scrutandoci incuriosito. Il suo piatto era pieno di cibo e aveva bisogno di due mani per tenerlo. «Mamma dice che il suo lavoro è per gli adulti.»

Ty annuì e guardò Bobby negli occhi. «Ho dovuto ispezionare il sistema antincendio e assicurarmi che ci fossero degli estintori in negozio. Stavo lavorando anch'io.»

«Ragazzi, prendete i vostri piatti e trovate un posto per sedervi.» Indicai con un cenno del capo i tavoli. «Io arrivo subito.»

«Si siede con noi, signor Strickland?» domandò Zach, tutto speranzoso.

«Perché voi due non mi chiamate Ty, invece?»

I ragazzi annuirono.

«Datemi un paio di minuti per finire qui e vi raggiungo,» replicò Ty, sollevando le pinze di metallo per dimostrare che aveva del lavoro serio da sbrigare. I bambini corsero a divorare la propria colazione. Ty li guardò andarsene, poi rivolse il proprio sguardo su di me. Sogghignò ancora un po'.

«Ho imparato molto su di te al negozio, ieri,» mi disse. Sembrava starsi divertendo molto. Io, non così tanto. Il signor Alto, Snello e Bellissimo era... stava flirtando con me.

In piedi in coda per i pancake, stilai rapidamente una lista mentale. Non erano nemmeno le otto del mattino, per cui non ero nella mia forma migliore. In una giornata buona, o quantomeno più tardi nella mattinata, mi piaceva pensare di essere più carina della media delle ragazze. Sono più alta delle altre, ho i capelli più lunghi e ricci, di un biondo scuro, i seni più grossi e un peso minore della media. Per il peso potevo ringraziare mia madre. Come lei, potevo mangiare tutto quello che volevo e non mettere su un etto. La mia migliore amica Kelly mi odiava per questo, ma cosa potevo farci? Avrebbe dovuto odiare mia madre, piuttosto.

Lo svantaggio dell'essere tanto magra era che non avevo polpacci. Zero. Ero dritta come un fuso dalle ginocchia nodose fino ai piedi. Avrei potuto correre dal mattino alla sera e non svilupparli comunque. Se non altro Kelly aveva dei polpacci. Il resto, inclusi quelli, era solamente frutto di una strana genetica.

Ovviamente, quella mattina non mi ero rassettata come avrei dovuto, o come Kelly diceva che avrei dovuto fare. Io ero il tipo di donna che ritenevo di poche pretese. Probabilmente non avevo neanche un barattolo di lacca per capelli in casa.

Ripassai i punti più cruciali nella mia mente. Capelli, alito, reggiseno, patta dei pantaloni. Se non altro mi ero lavata i denti, ma i miei capelli erano raccolti in una coda scomposta, probabilmente con dei riccioli che ne schizzavano fuori in tutte le direzioni. Indossavo dei pantaloncini—la zip era chiusa, una vecchia maglietta del Sweet Pea Festival e delle infradito. Niente trucco. Non sarebbe potuta andare tanto peggio a meno che non avessi deciso di non mettermi il reggiseno. Cosa che, avendo quasi una quarta, sarebbe stata *terribile*.

Ero un disastro! Kelly avrebbe negato di conoscermi se mai fosse entrata in quella stanza.

Poi mi ricordai che Ty era il mio nuovo vicino. A prescindere da come potessi sentirmi al riguardo al momento, non avrei potuto nascondermi da lui per sempre.

Cosa avrebbe potuto vedere quell'uomo in me a parte una completa sciattona esperta di dildo? Cosa avevo indossato il giorno prima? Non aveva importanza. Probabilmente era stato troppo accecato da tutti i sex toy per notare il mio abbigliamento. Mi sentivo uno scherzo della natura. Eppure lui stava flirtando.

«Questo è uno di quei momenti imbarazzanti della propria vita.» Gli puntai un dito contro. Figo o meno, mi sentivo decisamente scontrosa. Come osava flirtare con me quando non ero preparata! «Devi confidarmi un tuo segreto così siamo pari.»

Lui incurvò un angolo della bocca verso l'alto in un ghigno. «Mi sembra giusto.» Si sporse verso di me sopra il vassoio di pancake, si guardò a destra e a sinistra, dopodiché sussurrò in modo che solamente io potessi sentirlo. «Mi immagino benissimo i vantaggi del dildo in silicone di cui parlavi ieri, perfino di quello con la punta che rotea.» Fece girare il dito per aria come dimostrazione, poi mi guardò dritto negli occhi. «Ma mi piacciono le donne che scelgono un cazzo vero.»

Era il vapore che si levava dal vassoio di pancake su cui mi stavo sporgendo, o ero io che mi ero appena accaldata tutta?

———

Ci vollero cinque minuti prima che Ty si separasse dai pancake e dalle pinze per sedersi al tavolo di fronte a me e Zach, con Bobby alla sua destra. Il ghigno se l'era portato con sé.

«Quando avremo finito qui, andremo ai mercatini

Montana di fuoco 19

dell'usato,» disse Bobby a Ty mentre masticava le sue uova.

«Già, abbiamo entrambi un dollaro intero da spendere,» aggiunse Zach. Un pezzo di pancake gli uscì dalla bocca per atterrare con un plop nello sciroppo che aveva nel piatto.

«Non si parla con la bocca piena,» mormorai io.

«Sembra divertente. Vedete di mostrarmi tutto il vostro bottino più tardi,» disse Ty ad entrambi.

I ragazzi annuirono in risposta, le labbra ben chiuse mentre masticavano.

«Tu non mangi?» mi chiese Ty.

Io bevvi un sorso di quel caffè paradisiaco. «Lo farò.»

Lui inarcò un sopracciglio, ma non commentò.

Chiacchierare. Dovevo chiacchierare. I bambini ne erano in grado. Al diavolo il passato. I dildi. I capelli in disordine. Si trattava solamente del futuro. Lui era il mio vicino di casa ed io avrei dovuto smetterla di sentirmi in imbarazzo, prima o poi. «Io... non sapevo che fossi un pompiere volontario.»

Ty scosse la testa. «Non lo sono. Lavoro in città per i Vigili del Fuoco di Bozeman. Stazione Uno sulla Rouse. Qui, in questa zona a sud della città, sono volontari. Ho degli amici nel dipartimento e mi sono offerto di aiutarli con la colazione questa mattina.»

Dunque era una coincidenza di paese se mi ero imbattuta in lui. Di prima mattina e con un aspetto orribile. Sarebbe stato meglio se mi fossi data una sistemata e gli avessi portato dei brownies a casa, accogliendolo nel vicinato. L'unico vantaggio dell'essermi imbattuta in lui a quel modo era che non avevo dovuto cucinare.

«E tu? Il Riccioli D'Oro è tuo?»

«Devi essere nuovo in città.» Allungai una mano e afferrai il bicchiere di succo di frutta di Bobby prima che si rovesciasse, spostandolo.

«Già, cresciuto nel Montana, ma nuovo a Bozeman. Sono stato nell'esercito per anni e ho deciso di mettere radici vicino a casa. Ho comprato quella poco lontano dalla tua.»

«Il Riccioli d'Oro appartiene a Goldie, mia suocera. È il suo negozio. *Tutti* conoscono Goldie. È famosa da queste parti. Saprai cosa intendo quando la conoscerai. È una bomba. Io ci lavoro solamente per aiutarla da quando mio marito è mancato.»

Ty assunse un'espressione che non riuscii a decifrare. Compassione, tristezza, acidità di stomaco. Avrebbe potuto trattarsi di una qualunque di quelle opzioni.

«Mio papà è morto in un hamburger,» disse Bobby a Ty.

Ora sembrava semplicemente confuso. Aggrottava la fronte e mi stava fissando come se fossimo stati tutti pazzi.

«Finito tutto?» chiesi ai ragazzi, sorridendo, felice di

Montana di fuoco

vedere quell'uomo senza parole. «Potete andare a vedere i camion dei pompieri, se volete.»

Non ci fu bisogno di ripeterglielo. Scattarono via più in fretta di un cacciatore all'apertura della stagione degli alci. Io feci scivolare il piatto di Bobby di fronte a me e mi misi a mangiare i pancake e le uova che ne erano rimaste.

Ty si schiarì la gola. «Tuo marito è morto in un...»

«Amburgo,» dissi io, poi risi. «Nel senso, in Germania. Un trombo che gli è arrivato fino ai polmoni, probabilmente per via del volo.»

Di solito mi fermavo lì nel parlare della morte di Nate. I pettegolezzi succosi non facevano per me. Guardando Ty, però, decisi di condividere il resto della storia. Al diavolo. Che male poteva fare? Quell'uomo pensava già che fossi un personaggio dei cartoni animati. Per qualche ragione, volevo che sapesse la verità. Tutti i dettagli. «Era lì per lavoro---e per piacere. È morto nel letto con un'altra donna.» Trassi un respiro profondo. «E un altro uomo.»

«Per la miseria,» mormorò lui, aprendo leggermente la bocca. Riuscivo a vedere i suoi denti bianchi e dritti.

Ottenevo spesso pietà e scomoda compassione quando la gente veniva a sapere della morte di Nate, specialmente dal momento che non era tanto vecchio. Solamente poche persone erano a conoscenza delle sue attività extracurriculari, il fatto che mi avesse tradita.

Non solo ero una vedova, ma mio marito mi aveva messo le corna prima di decidere di morire.

Io ormai avevo già superato la cosa—e lui—quando avevo ricevuto la telefonata. Avevo avuto voglia di ucciderlo io stessa un paio di volte per il fatto che mi avesse tradita, per cui trovavo ironico che fosse morto nel farlo. Tuttavia, stavo ancora lavorando sulla mia autostima per colpa sua, perfino dopo anni.

Ty si sporse in avanti, appoggiando i gomiti sul tavolo. Quando gli divennero appiccicosi per via dello sciroppo, afferrò un fazzoletto e se li pulì. Qualche pasticcione doveva aver mangiato al tavolo prima di noi. «Sapevi di lei—di loro, del suo... Cristo... lo sapevi, prima?»

Il clacson del camion di pompieri, che era probabilmente uno dei suoni più forti dell'intera contea, suonò. Tutti nel giro di un miglio dovevano averlo sentito. La gente sul posto poteva considerarsi fortunata se non si fosse rovesciata il caffè addosso. E diventata sorda. Dei bambini si misero a piangere, qualcuno di più anziano si posò una mano sul petto contemplando un infarto. Io vidi Zach salutarmi con la mano dal sedile del camion con un'espressione colpevole in volto. Io risposi al saluto. «Lunga storia. Devo scappare prima che lo arrestino. Benvenuto nel quartiere.»

2

Alle sette, il sole era ancora alto nel cielo, ma io sprofondai nella mia sedia, coperta dall'ombrellone. I resti della cena erano sparpagliati di fronte a me sul tavolo in teak. Piatti, tovaglioli e posate sparsi ovunque, pannocchie senza più mais, il pollo grigliato un mero ricordo. L'aroma di carboni ardenti aleggiava ancora nell'aria. Io mi spaparanzai, appoggiando comodamente la testa all'alto schienale in legno. Mi rilassai con lo stomaco pieno. Sfinita. Avevo la punta del naso calda che bruciava un po', forse scottata dal sole.

Era stata una lunga giornata. Dopo il fiasco della colazione alla stazione dei vigili del fuoco, avevamo girato sei mercatini dell'usato per poi scalare Pete's Hill e fare pranzo con un picnic. Panino al burro di arachidi e marmellata con vista panoramica. Adoravo quel sentiero dal momento che si trovava in pieno centro, ma su un altopiano che offriva panorami stupendi, specialmente al tramonto. Bozeman si trovava in una vallata circondata su tre lati dalle montagne. Le Gallantinis, le Spanish Peaks e le Tobacco Roots. Cieli aperti in ogni direzione. Ai bambini piaceva perché riuscivamo a vedere il tetto di casa nostra dalla nostra panchina preferita.

Mentre li guardavo dalla veranda, i bambini giocavano nel giardino sul retro con indosso i loro costumi di Halloween dell'anno precedente. Zach, vestito da Stormtrooper, era sulla corda a fingersi un Tarzan futuristico o un pirata. Bobby indossava il suo costume da Spiderman con la maschera da Stormtrooper di Zach. Dovevano aver caldo da morire con quel guardaroba di poliestere.

Bobby scavava nella sabbiera con una paletta da giardiniere, fingendo di essere Indiana Jones alla ricerca di un tesoro perduto, sebbene come facesse a vederci qualcosa attraverso le piccole fessure della maschera proprio non lo capivo. I miei figli non erano ossessionati con un solo personaggio per bambini preferito spalmato sulle lenzuola, sui teli da mare e sulle valigette per il pranzo. A loro piacevano tutti. Non facevano discriminazioni.

Accanto a Bobby, inclinato in maniera stramba, c'era lo gnomo da giardino in ceramica che aveva comprato col suo dollaro al secondo mercatino. Aveva una piccola giacca azzurra, un cappellino a punta rosso e una barba bianca. Alto trenta centimetri. Aveva quell'inquietante sorriso a labbra chiuse. Anche Zach si era preso uno gnomo. Il suo era diverso, giacca rossa e cappello blu. Stessa barba bianca. Era seduto su una sedia in veranda tutta sua al tavolo accanto a me. Zach aveva insistito affinché si unisse a noi per cena. Se mi fossi appoggiata di più allo schienale, i suoi occhietti brillanti non sarebbero stati fissi su di me. Per fortuna, c'erano due gnomi al mercatino, perché uno solo avrebbe creato un tracollo globale nucleare. Non potevo dividere una statuetta da giardino in ceramica tagliandola nel mezzo per condividerla come un brownie o un biscotto. Con un dollaro al pezzo, i bambini erano felici, il che rendeva me felice. La vita era bella.

«Arr, abbassa i cannoni!» urlò Zach mentre sfrecciava per aria. La corda era appesa al frassino che faceva ombra al cortile. Il recinto tra la casa del Colonnello e la mia arrivava alla vita, per cui Zach ci saliva sopra e si lanciava da lì. Nonostante le case non fossero incastrate l'una all'altra in piccoli appezzamenti—la mia comprendeva più di un quarto di acro di terreno—dalla mia posizione in veranda riuscivo a vedere all'interno del salotto del Colonnello la sera. Anche lui riusciva a vedere dentro casa mia, sebbene la sua visuale fosse la fila di finestre che dava sulla mia cucina. Forse era per quello che veniva tanto spesso per cena. Riusciva a vedere cosa cucinassi.

Vivevamo nella zona a sud di Bozeman, a dieci isolati dalla Main. Ogni casa era diversa, alcune erano capanne originali dei minatori che risalivano ai primi anni del paese fino alle case dei rancher degli anni sessanta. La mia era più di ultimo stampo. Era una moderna costruzione a un piano di metà secolo con il tetto piatto e un sacco di carattere. Il tipico seminterrato squallido. Pannellatura in sequoia dipinta di un grigio-verde scuro con dettagli neri. Ampi aggetti davano alla casa un senso alla Frank Lloyd Wright. Ciò che la rendeva speciale erano le finestre che andavano da terra fino al soffitto e da parete a parete. Il salotto, la cucina, la sala da pranzo e la camera da letto principale avevano tutte delle pareti di vetro che permettevano all'esterno di far parte della casa. Sfortunatamente, le ampie finestre permettevano anche a tutti di vedere all'interno. Vicini, guardoni. Anche loro non facevano discriminazioni.

Io adoravo casa mia. Era appartenuta a Nate prima che ci fossimo sposati, ai suoi genitori prima ancora e ai genitori di Goldie prima ancora di loro. Il nonno di Nate l'aveva comprata nuova nel '59, l'aveva ceduta a Goldie e Paul, suo marito, come dono di nozze a fine anni sessanta. Erano vissuti lì fino a quando io e Nate non ci eravamo sposati e l'avevano passata a noi come regalo di nozze. Io sarei stata più che contenta di qualche stoviglia in porcellana o di un set per la fonduta come regalo. Passare la casa alla generazione successiva, però, era diventata una tradizione. Nate, essendo il bastardo egoista che era stato, non aveva rifiutato un pasto gratis. O una casa gratis.

Quando Nate era morto, mi ero aspettata di restituire la casa a Goldie e Paul e di trasferirmi. Di trovare qualcosa di più piccolo per solo me e i ragazzi. Erano praticamente dei neonati, all'epoca. Bobby in realtà lo era stato. Goldie, però, aveva insistito a dire che la casa era mia. Me l'ero più che guadagnata, aveva detto. Aveva voluto bene a suo figlio e le mancava ancora, ma sapeva tutto ciò che mi aveva fatto passare Nate. E poi, aveva detto che la casa era troppo grande per solo lei e Paul.

E così ero rimasta e la casa era mia. Tre generazioni del West avevano lasciato il loro segno su quell'abitazione, però. Io ero sempre stata un po' nervosa all'idea di modificarla, ma dovevo ammettere di essere ormai stufa degli ecclettici mobili di seconda mano di Nate. Lui era morto da diversi anni, per cui forse era arrivato il momento di sbarazzarmi anche del suo arredamento. Quell'inverno, mi ripromisi.

Con una grande casa e delle grandi vetrate, però, arrivavano delle bollette del riscaldamento esorbitanti. Quelle finestre erano a vetro singolo, originale, il che non era la scelta migliore per gli inverni del Montana. O per dei piccoli bambini che aspiravano ad entrare nella lega professionistica.

La casa del Colonnello non era vintage quanto la mia. Anche quella era da ranch, ma le somiglianze finivano lì. Era larga e bassa, con un tetto poco inclinato, i rivestimenti laterali bianchi con qualche mattone a vista e banale come poche. Aveva però un giardino impeccabile con le aiuole più impeccabili che avessi mai visto ad aggiungere quel brio che mancava alla casa.

Quella di Ty era stata costruita nella stessa epoca di quella del Colonnello, ma aveva le pannellature in legno dipinte di un marrone scuro con una porta d'ingresso di un vivido arancione. Aveva comprato quella casa dalla proprietà del signor Kowalchek, che era morto all'età di novantasette anni. Il caro defunto era stato il proprietario originale e non vi aveva apportato una sola modifica dal giorno in cui ci si era trasferito. I bagni erano probabilmente pitturati di verde. Mi immaginavo Ty a riempire le proprie giornate con ristrutturazioni e ammodernamenti che avrebbero potuto durare tanto quanto il suo mutuo.

«Che fa la Mamma, oggi?» chiesi al Colonnello. Cenava spesso con noi e quella sera aveva portato una torta di gelatina come dessert. Era la sua specialità. Io personalmente la adoravo fintanto che non ci fossero strane verdure o frutta secca a rovinarla. Quel giorno, era a forma di ciambellone a quattro strati di diversi colori. Decisamente impressionante.

«Golf,» borbottò il Colonnello. «Non so proprio come faccia quella donna a giocare con questo caldo. È un forno, laggiù. A rincorrere una piccola palla in giro per ore e ore. A me è sempre sembrato stupido.»

Una cosa del Colonnello era che non parlava con mezzi termini. Con lui sapevi esattamente cosa pensasse di te. All'età di sessantacinque anni, aveva la testa piena di capelli grigi. Folti. Quei capelli avevano troppa paura di quell'uomo per cadere. Indossava dei pantaloni kaki ben stirati e una camicia coi bottoni al colletto bianca, la sua uniforme standard. Alle volte indossava dei pantaloni corti, ma erano semplicemente i suoi vecchi kaki tagliati a metà.

«Non è un forno per lei. Dice che Savannah è "come una morbida copertina" a luglio.» Io ritenevo che Savannah, nel Georgia, a luglio fosse un forno. Col calore alla massima potenza, le finestre chiuse e una coperta riscaldata addosso. Più una sauna a vapore. Non potevo dimenticarmene l'umidità. «Pensa che il golf sia rilassante.»

Il Colonnello sbuffò. «Se quella donna si rilassa ancora un po' muore.»

«Mamma, ho trovato una macchina preistorica che inseguiva i dinosauri!» esclamò Bobby dal suo posto nella sabbiera, la maschera sollevata sui capelli scuri. Teneva in mano una Hotweels che aveva ricevuto come omaggio ad una festa di compleanno qualche settimana prima. Io inarcai un sopracciglio e mi finsi interessata.

Soddisfatto della mia attenzione, lui ricacciò giù la maschera e tornò a scavare.

«Quando tornerà?» Poteva sembrare strano che dovessi chiedere al Colonnello degli spostamenti di mia madre, ma parlava con lui dieci volte più di quanto non parlasse con me. Non che non mi volesse bene. Però *amava* il Colonnello. E trovarsi a duemila miglia di distanza rendeva quell'amore ancora più forte.

«Alla fine di agosto quando comincerà la scuola. Vuole essere qui per la prima settimana.»

A me stava bene. Mi piaceva mia madre. Andavamo d'accordo e, quando veniva in città, era fantastico. Si occupava dei piccoli dettagli relativi alla crescita dei bambini. Fare il bagno, leggere storie, preparare il pranzo per la scuola. Era bello avere qualcuno che si occupasse di me, una volta tanto. Una mamma chioccia che badava ai suoi pulcini. Non faceva le lavatrici, ma quello riuscivo a gestirlo da sola.

Zach corse da me e afferrò il proprio gnomo. «Posso andare a far vedere a Ty il mio George? Ha detto questa mattina che voleva vedere il nostro bottino.»

Io spalancai la bocca, ma la richiusi prima di poter ridere. In realtà, non ero sicura di cosa dovesse farmi ridere di più: il suo costume, il suo gnomo o il suo gergo da pirata. «George? Hai dato un nome al tuo gnomo?»

Zach annuì. «Certo, tutti hanno bisogno di un nome.»

Montana di fuoco 31

Non sapevo che tutti comprendesse una statuina di gnomo di ceramica, ma non avevo intenzione di rovinargli il divertimento. «Certo. Non uscire dalla parte della strada, passa per il giardino sul retro del Colonnello per arrivare da Ty.»

Zach partì come un razzo. Bobby, rendendosi conto di dove fosse diretto suo fratello, gli corse dietro, col suo gnomo—qualunque fosse il suo nome—in mano.

«Allora, parlami del nostro nuovo vicino.» Ero disperatamente curiosa riguardo a Ty. In quanto primo uomo a farmi battere il cuore da una vita, volevo saperne di più. Anche se ero troppo fifona per agire al riguardo. Potevo fare pensieri sexy su di lui, però. Quelli non facevano del male a nessuno e li avrei avuti a disposizione quando avessi tirato fuori il mio vibratore a letto quella sera.

«È delle parti di Pony. I suoi genitori hanno un ranch là. Mucche. Un sacco di mucche.» Pony era un minuscolo paesino ad ovest di Bozeman, nel bel mezzo del nulla. Un posto bellissimo, ma isolato. Ancor più che Bozeman. Diamine, con poco più di quarantamila persone, Bozeman era come New York City, al confronto. Il Colonnello scosse la testa. «Non mi dispiace mangiarle, ma non ho bisogno di averne diverse migliaia come animali da compagnia.»

Io roteai gli occhi. Non c'era davvero nulla da dire al riguardo.

«Si è arruolato nell'esercito appena finito il liceo,» proseguì lui. «Ha fatto due mandati nel Medio Oriente. Roba seria. È tornato con tutte le parti del corpo ancora attaccate e adesso fa il pompiere.»

L'intera vita di quell'uomo in quattro frasi. Avrei dovuto chiedere ad una ragazza di ottenere i dettagli succosi. Inspirai bruscamente—come farebbe una persona che si ritrova un'ape sul naso—quando mi resi conto che non sapevo nemmeno se Ty fosse sposato. Era impossibile ricordarmi se avesse avuto un anello al dito. Ero stata troppo accecata dalle sue spalle ampie e dai suoi occhi azzurri. Dovevo ottenere lo scoop da una donna. Prima di tutto, fede nuziale. Poi fidanzata attuale, brutte relazioni, da che lato del letto dormisse. La roba importante. Kelly. Avrei dovuto chiamarla più tardi. La mia migliore amica era la persona più veloce che conoscessi nello scovare informazioni che io non riuscivo a reperire. Con sette bambini sparsi tra scuola, lezioni di nuoto, allenamenti di calcio, appuntamenti dal dentista e quant'altro, si imbatteva in tutte le persone della città che io non incrociavo.

Oppure avrei potuto risalire direttamente alla fonte. Che, a giudicare dalle urla e dagli schiamazzi che si facevano sempre più forti, si stava dirigendo verso di me. Il Pompiere, Spiderman e l'uomo di Guerre Stellari attraversarono il giardino sul retro a passi pesanti. Mi sentivo protetta da fiamme, insetti e alieni. Due, però, tenevano

Montana di fuoco

in mano degli gnomi da giardino, per cui la loro immagine era leggermente rovinata.

Ty si era cambiato e non indossava più la maglietta da volontario della stazione dei vigili del fuoco, bensì un paio di jeans, una maglietta bianca e delle infradito. Oddio. Il look casual gli stava *alla grande*. E quei jeans, li indossava bene e lo fasciavano in *tutti i punti giusti*. Sbattei le palpebre, rendendomi conto che gli stavo fissando l'inguine. Perché mi rendeva tanto nervosa? Trasudava virilità, con quel modo sciolto in cui si muoveva, sicuro di sé. Il Montana di sicuro sapeva come plasmare un uomo. Il testosterone gli fuoriusciva dai pori ed io non facevo che assimilarlo. Era quello che trovavo tanto attraente di lui. Il suo fascino andava oltre il bell'aspetto. Io ero stata sposata con un bell'uomo e lui non aveva trasudato nulla. Magari ego. Dai pori di Nate non era uscito molto a parte pessimo karma visto quanto fosse stato viscido.

Ty strinse la mano al Colonnello e mi sorrise. I nostri sguardi si incrociarono e si sostennero. E si sostennero. I suoi occhi erano così azzurri, intensamente concentrati sui miei, poi più in basso, sulla mia bocca. Io mi sciolsi dentro. E in altri posti. Risposi al sorriso. I ragazzi strattonarono Ty per le braccia, rompendo l'incantesimo tra noi due.

Ty si schiarì la gola. «Sembra che ve la siate cavata

bene ai mercatini dell'usato,» disse, godendosi l'entusiasmo dei bambini per gli gnomi.

«Sì, George è fantastico!» esclamò Zach, posando il suo amico di ceramica sul tavolo accanto al piatto di portata del pollo.

«Sono felice che i vigili del fuoco abbiano messo Zach nella lista nera invece di arrestarlo direttamente,» commentò Ty mentre si sedeva. Bobby, che stava ancora abbracciando il proprio gnomo, gli salì in braccio.

In braccio, perfettamente comodo e a suo agio con quell'uomo. Il mio cuore ebbe un tuffo ed io mi sentii di nuovo quindicenne. Il solo guardarlo mi faceva svolazzare le farfalle nello stomaco e sudare i palmi delle mani. Avevo paura di poter cominciare a balbettare e ridacchiare. Invece risi. Non potei farne a meno. Era bello vedere qualcuno prendere in giro le piccole debolezze della vita.

———

UN'ORA PIÙ TARDI, così che io potessi andare al lavoro, lasciai i bambini con il Colonnello. Avrebbero campeggiato nel suo giardino per la sera e stavano giusto montando la tenda quando io me ne andai. Il sole stava calando, il cielo striato di rosa e viola. L'aria aveva finalmente cominciato a rinfrescarsi. Io mi tirai su la zip della felpa col cappuccio.

«Fare campeggio gli farà crescere i peli sul petto,» mi disse lui.

Zach e Bobby lo guardarono e non sembrarono particolarmente emozionati all'idea.

«Potete fare la pipì all'aperto,» aggiunse lui e i bimbi saltellarono su e giù per la gioia.

Io li abbracciai e li baciai al volo prima che corressero verso l'abete più vicino per tirarsi giù i pantaloni e innaffiarlo.

«Non preoccuparti di nulla,» mi disse il Colonnello. «Mi trovo più a mio agio in una tenda che non dentro casa, comunque.»

Probabilmente era vero dopo tutti gli anni che aveva trascorso nell'esercito.

«Vi sveglio quando torno a casa e me li trascino via,» dissi, poi scappai al lavoro.

———

APRII una consegna di lingerie vedo non vedo. Era rosa, attillata e tutta trasparente. Non lasciava nulla all'immaginazione e dava un sacco di accesso a tutte le zone importanti.

Il negozio sapeva di piña colada dal momento che un cliente aveva fatto cadere un barattolo di talco dall'aroma tropicale a terra. Mi ci erano voluti quindici minuti per aspirare quella che sembrava farina, ma che veniva utilizzata in maniera meno culinaria e più sessuale, sebbene gli assaggi ne facessero parte. L'odore aleggiava ancora. Probabilmente ce l'avevo addosso perfino io.

Squillò il telefono.

«Riccioli D'Oro.» Goldie ascoltò, poi rispose, «Le è rimasto bloccato dove?» Ascoltò ancora. «Uh huh.» E poi ancora. «Non forniamo consigli su condizioni mediche, ma se è rimasto bloccato dove dice e non ci arriva, allora deve andare al pronto soccorso per farselo tirare fuori. Venga la prossima settimana quando si sentirà meglio e gliene daremo un altro, offerto da noi.» Goldie riagganciò.

Alla faccia del servizio clienti!

«Allora, ho sentito dell'incidente alla stazione dei vigili del fuoco questa mattina,» commentò Goldie, la gomma da masticare che scoppiettava tra i suoi denti rifatti. Mia suocera aveva settant'anni, alta un metro e cinquanta, un sacco di capelli tinti di biondo raccolti sulla testa. Indossava una maglietta dallo scollo a V nera attillata, che metteva in mostra un ampio decolleté. Jeans e un paio di zoccoli. Puntava a dimostrare meno di quarant'anni dalle caviglie in su, ma alla comodità quando si trattava dei suoi piedi.

Suo marito, Paul, era l'esatto opposto di lei. Calmo, tranquillo, riservato. Sceglieva con saggezza le proprie parole. Quando parlava, io lo ascoltavo, dal momento che diceva sempre qualcosa di buono. Non avevo idea di come il loro matrimonio fosse sopravvissuto per quasi quarant'anni, ma qualunque fosse il loro segreto, stava funzionando.

Paul era un ostetrico che aveva messo al mondo più della metà dei bambini in città. Adesso metteva al mondo i bambini di quei bambini. Era in servizio quando io ero entrata in travaglio di Zach, ma io avevo posto un limite—perfino a nove centimetri di dilatazione—nel farmela vedere da mio suocero, per cui avevano chiamato un sostituto. Si poteva dire che, come coppia, i miei suoceri conoscessero la passera di una donna meglio di chiunque altro in città. Lei era esperta del divertimento, lui delle conseguenze.

«John Poleski era alla colazione con sua moglie e suo nipote. Per fortuna, si è fatto mettere quel pacemaker l'anno scorso.»

John Poleski aveva almeno ottant'anni, della forma di un alto barile e pelato. Aveva lavorato per la ferrovia lungo la tratta vicino a Malta, una piccola cittadina al confine canadese, per decenni. Non l'avevo mai visto indossare altro che una tuta da lavoro.

Roteai gli occhi mentre battevo lo scontrino per l'acquisto di una lozione corpo al gusto fragola e un DVD a noleggio di *Colpiscimi Col Tuo Cazzo Nero*.

«Vorrei esserci stata,» ridacchiò lei. «Devo dare un bacio a mio nipote per aver ravvivato la festa.» Goldie era sempre a favore di ravvivare le feste. Era la Regina del

Ravvivamento Feste a Bozeman. Le piaceva ficcare il naso negli affari di tutti, cosa facile da fare da quelle parti. «John ha anche detto che hai conosciuto Ty Strickland. Lui è un *vero* uomo. Scommetto che ci sa fare con le mani.» Agitò le sopracciglia nella mia direzione.

Io temevo la piega che stava prendendo quella conversazione. Decisi di sviare il discorso perché *non* avevo intenzione di parlare con lei dei miei pensieri sconci riguardo al mio nuovo vicino. «Mi ricorderò decisamente di lui quando il mio spazzaneve smetterà di funzionare.»

Lei picchiettò le unghie smaltate sulla vetrinetta piena dei giocattolini di fascia più alta. «Spazzaneve un corno. Sa occuparsi di altre cose che devi far funzionare, Jane.» Mi guardò, con la testa piegata verso il basso per rivolgermi il suo sguardo pungente. «Hai bisogno di sesso e quell'uomo è in grado di dartelo.»

«Lo terrò a mente,» borbottai, avvicinandomi agli espositori di lingerie. Non avevo dubbi che Ty Strickland fosse in grado di *darmelo*. Non avevo nemmeno dubbi che sarebbe stato bravissimo a farlo. Davvero *molto, molto* bravo.

«Sono passati tre anni da quando Nate se n'è andato,» replicò lei, interrompendo i miei pensieri sul fare sesso con Ty. «Quanto prima di allora?»

Era la tipica conversazione che sostenevo sempre con mia suocera. Avrebbe parlato di sesso perfino col papa.

Sebbene pensassi che il papa sarebbe stato più a suo agio di me in quel momento. Era di suo figlio—il suo defunto figlio—che stava parlando. Lei era la prima, però, ad ammettere che non era stato poi proprio un santo e anzi, un girone dell'inferno se l'era meritato.

«Ovviamente, l'avete fatto per avere Bobby e quello è stato, quanto, cinque anni fa?» Sollevò lo sguardo mentre faceva mentalmente i calcoli.

«Per la miseria,» sussurrai io. Avrei fatto sesso col primo ragazzo che fosse entrato dalla porta se fosse servito a far tacere Goldie.

«Tesoro, ti conosco da quanto eri una piccola matricola alla MSU.»

La MSU, o Università Statale del Montana, era praticamente in centro. In effetti, si trovava a soli pochi isolati da casa mia. «Venendo da uno stato come il Maryland, giuro che non sapevi distinguere il muso dal sedere di una mucca.»

Era vero. Non lo sapevo.

«Non sapevi distinguere nemmeno il muso dal sedere di un uomo.» Ridacchiò. «Hai conosciuto subito Nate. Scommetto che è stato perfino il tuo primo ragazzo, vero?» Mi fece l'occhiolino.

Non avrei mai risposto a quella domanda. Tanto lo sapeva già. Farmelo dire ad alta voce era crudele e una punizione insolita.

«E poi sei finita col sposarlo. Il tuo primo ragazzo. Il

tuo *unico* ragazzo.» Risistemò con noncuranza il cesto dei preservativi che offrivamo come mentine ai clienti. «Tua mamma si è sempre fidata di me affinché ci fossi per te. Savannah è dall'altra parte del mondo e tu avevi bisogno di tutto l'aiuto possibile. Ne hai ancora, se è per quello.»

Goldie era stata un punto fermo nella mia vita sin dall'inizio della mia fatidica relazione con suo figlio. Dolce e gentile, ma decisamente pazza, mi ero innamorata di lei quasi tanto rapidamente quanto mi ero innamorata di Nate. Dal momento che ero cresciuta nel Maryland, Bozeman era il più lontano geograficamente da casa possibile, tranne forse se mi fossi trasferita in Alaska. In quanto a stile di vita, forse avrei trovato più famigliare essere inviata nello spazio.

All'epoca, avevo voluto qualcosa di diverso, qualcosa di lontano. Mio papà se n'era andato e mia mamma aveva divorziato da lui in un attimo. Avevo immaginato che avrei *trovato* me stessa nel Montana. Ci stavo ancora lavorando. Durante gli anni al college, mia mamma si era trasferita a sud a Savannah per trovare sé stessa e Goldie l'aveva sostituita mentre io mi accasavo a Bozeman. La mia vera madre, più incline a indossare roba di Lily Pulitzer che non di Levi, aveva creato un legame insolito con Goldie ed era a suo agio nel vederla fare da madre su delega per me.

«Per come la vedo io, sarebbe ora.»

Io gemetti e scossi la testa. Non perché mi desse fastidio, nonostante fosse così, ma perché aveva ragione. Era ora. Era più che ora, il tempo era praticamente scaduto.

La notte in cui Bobby era stato concepito era stata l'ultima volta in cui io e Nate avevamo fatto sesso. L'ultima volta in cui io avevo fatto sesso *e basta*. Avevo scoperto di essere incinta lo stesso giorno in cui avevo scoperto Nate con un'altra donna nel magazzino del Riccioli D'Oro. Coi pantaloni alle caviglie, il culo bianco di Nate che si spingeva contro quella tipa sbattendosela sulle mensole dei porno. Avevo buttato tutti i suoi vestiti sul prato davanti casa un'ora più tardi.

«Ty sembra bravo,» replicai nella maniera più neutra possibile. «Non so nemmeno se abbia una ragazza. E poi, ci ho parlato solamente tipo cinque minuti. In totale. Penso di aver bisogno di un po' più di preliminari.»

Lei mi fece di nuovo l'occhiolino. «Non preoccuparti, dolcezza. Ti aiuto io.»

Oddio. Aiuto da parte di Goldie? Non era una bella cosa.

———

Quattro ore più tardi, aprii la zip della tenda per trascinare i miei bambini in camera loro. Non erano ancora pronti a stare via tutta la notte. Sussurrai buonanotte al Colonnello mentre lui usciva e se ne andava a casa sua.

Era decisamente buio. Non c'erano i lampioni accesi, si riusciva facilmente a vedere la Via Lattea nel cielo. Era tutto silenzioso. Nonostante vivessimo solamente a pochi isolati dalla MSU, e sul lato a sud della città vicino alla Main, non accadevano molte cose a quell'ora della notte d'estate. Tranne gente che russava. O faceva sesso.

Gli studenti del college erano a far festa nelle loro città natali. La gente del posto sarebbe andata a messa il mattino seguente. Mi trovavo dentro la tenda a prendere in braccio Bobby quando sentii il trambusto. Sembrava un grosso animale che andava a caccia di cibo nel mio giardino. Passi pesanti, fruscio di foglie. Era scappato un cane? C'era un cervo che si mangiava le mie piante di pomodori? Mi raggelai, la testa pesante di Bobby appoggiata comodamente alla mia spalla. Né lui—né Zach—si sarebbero svegliati nemmeno se fosse passato un corteo nel cortile del Colonnello. Non mi sarebbero stati d'aiuto.

Gli animali selvatici non mi facevano paura. Non si vedevano orsi in città dalla primavera, quando si erano svegliati dal loro letargo. Tutte le altre creature della notte avevano più paura di me di quanta non ne avessi io di loro. Tranne i serpenti. Avevo decisamente più paura io di loro. Ma i serpenti non avevano piedi, né zoccoli, per cui li scartai. Immaginai che tutto il rumore che avrei fatto per tirare fuori Bobby—e me stessa—dalla tenda, attraverso il cortile del Colonnello, per il cancello e fino nel mio giardino avrebbe fatto fuggire qualunque animale. Una volta raggiunto lo steccato, lo sentii battere in ritirata nell'erba oltre la siepe di lillà che separava il mio giardino da quello del signor Blumenthal alle mie spalle.

La mattina seguente, alle prime luci dell'alba, delle piccole dita mi aprirono gli occhi. «Mamma! Ci sono delle impronte nel giardino sul retro!» esclamò Bobby. «Penso sia passato Babbo Natale.»

Il mio cervello era ancora annebbiato. Sbattei le palpebre diverse volte e sbirciai la sveglia sul comodino. Le otto. Non male per una domenica. Non mi sarebbe dispiaciuto arrivare alle dieci, ma ci si accontentava di quel che passava il convento, quando c'erano dei bambini.

«Maaaaamma!»

«Ssh! Zach sta ancora dormendo.» Impronte, giusto. «È luglio. Niente Babbo Natale. Ma penso che Shrek o Ciuchino fossero là fuori a frugare in giro quando sono tornata a casa ieri sera.»

L'inverno precedente, una famiglia di cervi aveva fatto visita all'albero di mele selvatiche nel cortile di lato, scavando nella neve alla ricerca di frutti caduti. Quella famiglia di quattro animali aveva lasciato una scia nella neve che aveva fatto il giro di tutto il quartiere. Avevano saputo dove cercare del cibo nei mesi più scarni. Fermandosi a raspare la neve ghiacciata e il terreno gelato, avevano mangiato la frutta marcia. Durante la fredda mattinata invernale in cui li avevamo visti per la prima volta, i bambini stavano guardando Shrek II. E così Shrek, Ciuchino, il drago e Fiona si erano uniti alla famiglia, anche se dall'esterno. Una volta giunta la primavera, si erano spostati verso pascoli più verdi. Letteralmente.

Bobby scosse la testa, inginocchiandosi accanto a me. «No, Mamma, impronte di persone.»

Quello mi svegliò più in fetta di una tazza di caffè. «Cosa? Impronte di persone?»

Bobby annuì.

«Aspetta, cosa ci facevi tu fuori da solo mentre io dormivo?»

«Non hai portato in casa gli gnomi dalla tenda ieri sera. Erano là fuori tutti soli. E poi, il Colonnello è fuori a bere il suo caffè, per cui non ero da solo.»

Gli gnomi. Non si potevano lasciare gli gnomi fuori da soli.

«Okay.» Sospirai mentre scendevo dal letto. Indossavo dei pantaloni del pigiama di cotone a strisce bianche e rosa col cordino e una canottiera bianca. Seguendo Bobby fuori dalla porta sul retro, incrociai le braccia al petto per difendermi dal freddo della mattinata e dalla mia mancanza di reggiseno.

Bobby corse verso le aiuole di lillà. «Vedi!» Indicò a terra e fece tutto il giro del giardino. Io decisi di seguirlo, facendo attenzione a non calpestare cacca di cervo a piedi nudi. Dove c'erano cervi, c'era sempre della cacca. Shrek e la sua famiglia erano tanto gentili da lasciare dei regalini del genere. Invece di cacca di cervo, però, c'erano delle impronte. Bobby aveva ragione. Il terreno era soffice e scivoloso per via dei getti di irrigazione ed era facile scorgere i segni di impronte per tutto il giardino. Lasciai cadere le braccia lungo i fianchi mentre guardavo le grosse impronte umane dalla forma di stivali da lavoro. Sembrava che qualcuno fosse stato bendato per giocare alla pentolaccia e non avesse trovato la pignatta.

Chi era stato in giardino la sera prima e perché?

Accadevano cose folli quando vivevi vicino all'università. Una sera d'estate, una macchina mi era entrata in giardino, si era resa conto che c'era una casa nel mezzo, aveva fatto retromarcia e aveva proseguito altrove. Io non l'avevo visto—o sentito—accadere dal momento che la mia camera da letto si trovava nel retro, ma i segni di gomme sull'erba erano bastati come prova. Trovarsi qualcuno nel giardino sul retro, però, era decisamente troppo inquietante. Troppo vicino a casa.

Mentre mi guardavo attorno esaminando le attività notturne, vidi il Colonnello, tazza di caffè alla mano, dirigersi in casa sua. Non mi aveva vista prima di entrare. Lasciato là in piedi alla recinzione di confine c'era Ty. Anche lui aveva in mano una tazza. Dovevano essersi fatti un caffè in compagnia quella mattina. Il suo sguardo era intenso, la sua espressione seria mentre mi fissava. Niente sorriso. Gli rivolsi un piccolo cenno di saluto con la mano e notai che non mi stava guardando in faccia, bensì venti centimetri più sotto. Mi sentii arrossire quando mi ricordai.

Canottiera bianca. Niente reggiseno. Due mattine di fila in cui avevo un aspetto orribile.

Incrociai le braccia al petto per modestia, sebbene fossi già più che in imbarazzo. Nonostante ci fosse il giardino del Colonnello a dividerci, riuscii a vedere Ty spalancare la bocca. Il suo sguardo era puntato sul mio petto come un missile a guida infrarossa puntato contro il bersaglio. Mi azzardai ad abbassare gli occhi sulla mia situazione.

Invece di coprirmi, avevo praticamente sollevato le due bellezze così da mettere in mostra alcuni centimetri di decolleté. Un capezzolo aveva fatto capolino dallo scollo puntando dritto verso Ty. Per la miseria! Tirai su la canottiera mettendola a posto, poi corsi in casa per vestirmi prima che potesse succedere qualcosa di più umiliante, se mai fosse stato possibile. Avevo tenuto una lezione sui dildi e gli avevo fatto vedere le tette nel giro di soli due giorni. Fantastico.

3

Ty e il Colonnello non sapevano cosa pensare delle impronte e non erano felici, per usare un eufemismo, del fatto che qualcuno avesse girovagato nel mio giardino. Eravamo seduti sulla mia veranda a bere una seconda e terza tazza di caffè. Io finsi di non essere assurdamente imbarazzata riguardo l'incidente del capezzolo. Il Colonnello non ne sapeva nulla e Ty fu un gentiluomo e non vi accennò. Le sue labbra si incurvavano spesso verso l'alto mentre parlavamo, però, e lo colsi lanciare occhiate al mio petto decisamente coperto. Non sarebbe strabordato nulla ora che indossavo un grosso maglione largo. Ciò non gli impedì di guardare, però, né ai miei capezzoli di indurirsi nel chiedersi cosa stesse pensando esattamente.

Attribuimmo le impronte ad uno studente universitario, ubriaco e perso. Capitava abbastanza spesso da essere plausibile. Discutemmo su cosa fare per evitare che qualcun altro venisse a farmi visita a notte fonda. Le opzioni variavano dall'idea di Zach di posizionare delle trappole al pensiero del Colonnello di aggiungere dei sensori di movimento alle mie luci da esterno. I sensori di movimento vinsero.

Zach e Bobby non erano del tutto convinti, per cui appesero qualche nastrino rosso festivo in velluto con dei piccoli campanellini—tirati fuori dalla scatola di Natale in garage—al cancello della recinzione. Tanto per stare tranquilli. Credevano che ciò avrebbe potuto avvertirci in caso di estranei o malintenzionati. A me stava bene.

Due giorni più tardi, tutto quel trambusto era scemato. Non era stato captato alcun movimento notturno. C'erano stati dei temporali che avevano reso il terreno ancora più molle e l'erba più alta. Le impronte erano praticamente svanite. I bambini si distrassero con l'emozione per l'imminente gita in campeggio col Colonnello. Ogni estate ci avventuravamo fino a Hyalite e ci sistemavamo nel nostro solito posto ai piedi del bacino idrico con una vista sul monte per due notti di splendore selvaggio. Nonostante mancassero ancora tre giorni, erano super emozionati.

Fino a quel momento, eravamo andati in bici per qualche lezione di nuoto alla Bogert Pool, tornando a casa per pranzare in veranda. Sembrava semplice, ma far

Montana di fuoco

pedalare due bambini per un miglio lungo un sentiero dritto e in piano—per due giorni—era incredibilmente difficile. Qualcuno si lamentava sempre di qualcosa. Gambe stanche, sete, caldo. Di solito cadeva una catena o finiva a terra qualcosa più volte di quanto dovesse essere umanamente possibile. Per me, valeva quasi la pena distruggere l'ozono guidando l'auto pur di impedirmi di strangolare i miei figli. Loro, però, avevano riserve di energie infinite che bisognava prosciugare e andare in bici li sfiniva. E poi, una volta che avesse cominciato a nevicare—molto probabilmente a metà settembre, solamente sei settimane più tardi—avrei ripensato con bramosia alle pigre giornate estive in cui ce ne andavamo a zonzo in bicicletta.

Stavo ripiegando i vestiti in lavanderia quando sentii Zach chiamarmi, fiondandosi giù dalle scale del seminterrato come un pazzo. Aveva quell'espressione da Per la miseria in faccia. «Mamma, vieni, corri. Bobby è incastrato.»

«Incastrato? Incastrato dove?» Avevo piegato un telo da mare per metà, ma lo lasciai cadere e corsi su per le scale come se la casa fosse andata a fuoco. «Bobby!» chiamai, nel panico.

«In veranda,» disse Zach.

Io mi bloccai di colpo, girai i tacchi in salotto e mi diressi fuori. Lì, trovai Bobby in piedi accanto al palo dell'ombrellone, piegato in due, col braccio sinistro infilato nel tubo in PVC. Incastrato. «Ciao, Mamma,» disse tranquillo.

Io gli strinsi delicatamente il bicipite e tirai. Decisamente incastrato. «Come diavolo hai fatto?» Non c'era sangue, il braccio era ancora attaccato al reso del corpo e Bobby non stava dando di matto, per cui non lo feci neanch'io.

«Zach ha messo delle caramelle nel tubo e mi ha sfidato a prenderle.»

Io lanciai a Zach un'occhiataccia e lui fu abbastanza furbo da mostrarsi contrito. La situazione in realtà era piuttosto divertente ed io cercai di non ridere. Prima di tutto, dovevo liberare il braccio di Bobby, dopodiché avrei potuto ridere in privato mentre i ragazzi riflettevano sulla vita nella loro stanza per un'ora o due.

Il palo dell'ombrellone era di quelli fatti in casa. Il vento a Bozeman sapeva diventare forte come un uragano senza nemmeno provarci troppo. Una tempesta o anche solo la versione estiva degli spostamenti d'aria degli elicotteri militari sarebbe stata in grado di sradicare alberi, portarsi via piscine gonfiabili fino a farle finire in un altro stato e buttar giù gli ombrelloni da giardino. Per evitare di dover sostituire un ombrellone rotto ad ogni temporale, io e il Colonnello ne avevamo creato una nostra varietà resistente, che avrebbe sicuramente impedito ai venti più forti di far ribaltare e danneggiare il più debole degli ombrelloni. Nonostante avessi una veranda coperta, l'ombrellone copriva diversi punti del cortile, come la sabbiera, nei giorni più caldi.

Avevamo preso un secchio di vernice da venti litri, infilato un palo in PVC da sette centimetri e mezzo nel centro e riempito il secchio attorno ad esso di cemento a presa rapida. Il palo in PVC spuntava di circa trenta centimetri dal bordo e quello dell'ombrellone ci si infilava dritto dentro. Nulla ribaltava così tanto cemento dal momento che era pesantissimo. A meno che non ci fosse stato un tornado—ma vivere in una vallata in mezzo a tre catene montuose lo rendeva impossibile.

«Non ti fa male per niente?» Mi inginocchiai e parlai con Bobby alla sua stessa altezza.

Lui scosse la testa, per quanto i suoi occhi scuri fossero un tantino diffidenti. Ero sicura che lo fossero anche i miei.

«Okay, ragioniamoci un attimo.» Presi il suo braccio, il tubo in PVC e riflettei. Avrei potuto tagliare il palo appena sopra il cemento, ma avrei dovuto misurare l'altro braccio di Bobby per capire fin dove arrivassero le sue dita. Non volevo amputare nulla di utile. Però non avevo gli attrezzi adatti a tagliare il PVC. Cacciaviti, un martello e un paio di chiavi inglesi. Nessun attrezzo a batteria né seghe. Non avevo molta scelta se non chiamare i rinforzi.

«Torno subito,» dissi con calma a Bobby. Corsi in

cucina e presi il cellulare. Trovai il numero non di emergenza dei vigili del fuoco appeso al frigo e lo digitai.

«C'è Ty Strickland, per favore?» Incrociai le dita che non fosse stato in giro a rispondere ad una chiamata. Toccava a lui prestare servizio o mi ero dimenticata? Cosa aveva detto la sera prima? Tornai in veranda per sedermi assieme a Bobby. Dopo un minuto, Ty rispose al telefono.

«Sono Jane West. Mi spiace chiamarti al lavoro, ma ho un problema. Non si è fatto male nessuno, ma Bobby si è incastrato col braccio nella base del nostro ombrellone da giardino.»

Lui rimase in silenzio per un attimo, probabilmente elaborando la cosa e cercando di farnese un'immagine mentale. Lo sentii ridacchiare. «Arriviamo subito. Dì a Bobby di tenere duro.»

Dieci minuti più tardi, mezza caserma dei pompieri girovagava per la mia cucina per occuparsi del braccio di Bobby.

«Abbiamo scommesso su come sia successo,» mi disse Ty, gli occhi che brillavano divertiti. Si abbassarono brevemente sulla mia bocca, poi ancora più giù sui miei seni.

Perché mi si indurivano i capezzoli ogni volta che lui era nei paraggi? Bastava solamente un'occhiata da parte sua. Il mio sguardo corse agli altri pompieri per vedere se se ne fossero accorti. Non l'avevano fatto, troppo

Montana di fuoco

impegnati a mettere Bobby a proprio agio. Il modo in cui Ty incurvò un angolo della bocca verso l'alto, però, mi fece credere che lui se ne fosse accorto e, a giudicare da come il suo sguardo si accese, gli era piaciuto ciò che aveva visto.

«Pensi sempre solo ad una cosa!» sibilai.

Ty rise, poi si fece più vicino. Molto più vicino. «Con te e quel bellissimo capezzolo rosa? Assolutamente.»

Io spalancai la bocca e arrossii. «Ne ho due,» ribattei, sconvolgendomi da sola con la mia risposta sfacciata.

Non potei fare a meno di ridere, perché toccò a lui arrossire. Era bello battibeccare con un uomo. Speciale, come se avessimo condiviso un segreto, specialmente con un gruppetto di pompieri a pochi metri da noi.

Già, avevo appena flirtato sui miei capezzoli. Kelly avrebbe roteato gli occhi circa il modo in cui avevo provato ad attirare Ty, ma sembrava aver funzionato. Era interessato, a giudicare da come i suoi occhi si scurirono e lui serrò la mascella.

«Ehi, Ty! Guardami. Sono incastrato!» disse Bobby, il suo braccio libero che si agitava distogliendo lo sguardo di Ty da me.

Una volta che lui ebbe rivolto la propria attenzione a Bobby, io trassi un respiro profondo per placare la mia agitazione. Certo, ero agitata perché ero preoccupata per mio figlio. Non aveva nulla a che vedere con le occhiate passionali di Ty, la sua ossessione con una certa parte della mia anatomia. Sì, come no.

Con tutti concentrati su Bobby, potei adocchiare Ty con indosso la sua uniforme da pompiere. Camicia blu con un distintivo argentato lucido sul petto, pantaloni blu scuro che rendevano il suo culo uno spettacolo. Se lui voleva guardarmi il seno, allora io avevo carta bianca per guardargli il culo, e tutto il resto. Indossava dei pesanti stivali neri da lavoro, un walkie-talkie e altri aggeggi elettronici appesi alla cintura. Le poche volte che l'avevo visto, aveva sempre avuto un aspetto ordinato e preciso. Non un capello fuori posto, sebbene il taglio da militare lo rendesse piuttosto facile. Sospettavo che fosse un tipo un po' precisino, proprio come il Colonnello. Probabilmente tutti lo diventavano dopo aver trascorso parecchio tempo nell'esercito.

Dovevo ammettere che Goldie aveva avuto ragione. Era un *vero* uomo. Un vero uomo che mi guardava la bocca come se avesse voluto baciarla e i miei seni come se avesse voluto baciare anche loro. Lanciai una rapida occhiata alle sue mani. Grosse. Rozze. Già, probabilmente sarebbe stato in grado di fare un sacco di cose con quelle mani. E non stavo decisamente pensando ad uno spazzaneve.

Nessuno corse a prendere una barella né chiamò un'ambulanza per Bobby. Feci raccontare a loro da Zach che cosa fosse successo. Immaginai che potesse bastare come punizione.

«Immagino che questo sia il genere di chiamata che vi piace. Nessuno si è fatto male, niente incendi da spegnere,» dissi mentre scattavo rapidamente una foto col mio cellulare di Bobby col braccio incastrato, sogghignando. Avrei dovuto inviarla via mail a mia mamma e a Goldie e a chiunque altro non volesse perdersela. E poi, mi serviva una foto da mostrare alla fidanzata di Bobby da lì a vent'anni per metterlo in imbarazzo. Rimasi in disparte mentre Ty si inginocchiava accanto a lui.

«Okay, campione. Non è niente di che. Userò questo seghetto per tagliare il tubo.» Accarezzò i capelli scuri di Bobby in un gesto rassicurante. «Quando andrai all'asilo il mese prossimo avrai la storia migliore da raccontare!»

Bobby annuì tutto contento, probabilmente emozionato all'idea di condividere quell'esperienza coi suoi compagni di quattro anni. Sembrava fidarsi di Ty e non andò nel panico quando la lama prese a fare avanti e indietro. Io mi resi conto di stare trattenendo il fiato e lo lasciai andare. Anch'io avevo fiducia in Ty, ma volevo che Bobby mantenesse tutte le sue dita intatte.

Nel giro di pochi minuti, il tubo in PVC che sbucava dal cemento venne segato via. I pompieri esultarono e misero su un po' di scena per Bobby, che aveva ancora il braccio intrappolato nella plastica fino all'ascella. Lui sorrise adorando tutta quell'attenzione. Zach no. Gli stava bene.

«Foto, mamma!» Bobby sollevò il braccio e si mise a favore di camera per farsi fare qualche altro scatto.

Io armeggiai per un attimo, ma riuscii a fargli una foto. Scossi la testa e risi mentre un paio di pompieri si occupavano di lui.

Ty si alzò e mi si avvicinò. «Tutto a posto?»

«Mi sarebbe piaciuto ricevere qualche rassicurazione sul fatto che il mio bambino non si sarebbe ritrovato con un braccio segato,» borbottai.

Lui si avvicinò, il suo fianco che sfiorava il mio. «Ti sei mostrata coraggiosa,» mi sussurrò all'orecchio, posandomi una mano sulla spalla in un gesto di conforto. Il suo calore mi penetrò nella pelle attraverso il sottile cotone della maglietta. «Fammi vedere la foto,» aggiunse, probabilmente cercando di distrarmi. Non avevo bisogno di mostrargli il mio cellulare per farlo. Solo il suo odore e la sua vicinanza mi distraevano un sacco.

Dal momento che non potevo trascinarmelo in camera da letto per un po' di divertimento tra adulti, sollevai il cellulare per fargli vedere lo schermo. Cercai di cliccare sui tasti giusti per far comparire la foto, ma il suo fiato caldo che mi colpiva il collo rese estremamente difficile quel semplice compito. Ty era decisamente bravo a distrarmi.

Montana di fuoco 57

«Questa settimana ci sono toccate tre overdosi da metanfetamina. Non è ciò che chiamerei divertente.» Non ne sembrava felice. «Un bell'incendio ci piace, sì, ma questo,» --indicò l'immagine di Bobby quando finalmente riuscii a farla comparire sullo schermo e ridacchiò-- «ne parleremo alla festa di Natale.»

Mi fece l'occhiolino.

Io mi leccai le labbra e i suoi occhi seguirono quel movimento. «Io...um... mi assicurerò di inviartene una copia.»

Uno dei pompieri mi chiese del detersivo per piatti ed io andai a prenderlo. Lo usarono per lubrificare il braccio di Bobby e lui lo liberò subito. Per prima cosa, si lanciò contro Ty e gli abbracciò le gambe, tutto insaponato. Ty si inginocchiò e rispose all'abbraccio. I cercapersone e i walkie-talkie presero a gracchiare, segnalando un'altra chiamata. Prima di scappare via, gli uomini diedero ad entrambi i bambini dei distintivi da Piccoli Pompieri, a Bobby per il coraggio e a Zach per la creatività.

———

CHIAMAI GOLDIE e le raccontai dei bambini e del palo dell'ombrellone prima che lo venisse a sapere da qualcun altro.

«Sono ragazzi,» commentò. «Questo è solo l'inizio delle bravate che combineranno.»

Ottimo.

«Oh! Mi sono dimenticata di dirtelo. L'ho sentito dalla sorella di Mary Trapp che è la parrucchiera della prima moglie di Carl Winkler. È la madrina del caposquadra dei pompieri. Erano in chiesa assieme domenica e ha scoperto--»

Huh? «Che stai cercando di dirmi?»

«Ci sto arrivando,» mi rimproverò lei.

«Allora?»

«Ty non ha una ragazza.»

I pettegolezzi di Bozeman alla loro massima potenza.

Nessuna ragazza, nessuna compagna importante, nessun legame. Mi sentii entusiasta e pietrificata allo stesso momento. Un solo sguardo o una carezza distratta da parte di Ty mi faceva venire le palpitazioni. Come sarebbe stato effettivamente baciarlo? E se avesse messo le mani—o la bocca—su quei capezzoli che sembravano attirarlo tanto, probabilmente sarei venuta.

———

ALLE OTTO, i bambini erano crollati. La giornata piena li aveva sfiniti. Dopo il bagno, avevano insistito per farsi appuntare i distintivi di plastica al colletto del pigiama.

Decisero di dormire assieme, Bobby in basso nel letto a castello di Zach e Zach sopra.

Avevano pensato che, invece di tenersi gli gnomi nel letto, li avrebbero messi fuori sui gradini della veranda ad attendere il ragazzo dei giornali. Credevano che il giornale comparisse sulla porta per magia. Io continuavo a cercare di spiegare loro che c'era un uomo che li consegnava di mattina presto, ma loro non si fidavano di quel ragionamento, specialmente visto che pensavano che tutti dormissero come loro. Era una magia simile a quella della fatina dei denti. Per cui, avevano lasciato gli gnomi fuori dalla porta per stare a controllare cosa succedesse davvero.

Le finestre erano aperte, il che faceva entrare l'aria più fresca e l'odore di erba appena tagliata. Aria fresca del Montana. Nessun inquinamento delle grandi città.

Il telefono squillò. L'identificativo del chiamante diceva Olivia Reed.

«Ciao, mamma.»

«Adoro la foto che mi hai mandato. È stato impossibile non ridere quando l'ho vista. Sei sicura che Bobby stia bene?»

Sapevo che si sarebbe preoccupata se se lo fosse sentito raccontare dal Colonnello o da Goldie. Per fortuna, la foto aveva minimizzato qualunque cosa avessero potuto dirle loro.

«Sta bene. Dovresti preoccuparti di più per Zach. Quel monellaccio.»

Mia madre non riuscì a non ridacchiare un po'. «Dì a Bobby da parte mia che è stato molto coraggioso e che li vedrò presto. Ho prenotato un volo per il quindici.»

«Non vedo l'ora di vederti.»

Erano due ore più tardi a Savannah per cui mia madre non si attardò al telefono. Era il tipo da andare a letto presto ed alzarsi presto. Le dieci di sera per lei erano abbastanza tardi. Adoravo quando ci faceva visita dal momento che si alzava prima dei bambini. Il che significava che io potevo dormire di più.

Attaccai il cellulare al caricabatterie e cominciai a lavare i piatti della cena. Per essere una casa degli anni cinquanta, la cucina puzzava di primi anni ottanta. Aveva le credenze in legno scuro con ripiani in laminato verde. Il pavimento era di abete chiaro, che non si abbinava a nulla. Gli unici ammodernamenti negli ultimi venticinque anni erano stati impianti di illuminazione a incasso, un frigo nuovo e un nuovo piano cottura.

Non avevo fretta di ristrutturare. Il garage era accanto alla cucina e ci si buttava dentro di tutto, da giacche, stivali, compiti di scuola e qualunque altra cosa arrivasse in casa. Non aveva senso modernizzare se c'era sempre disordine.

La caratteristica favolosa di quella stanza erano le finestre che occupavano tutta la parete davanti al tavolo della cucina e davano sul giardino sul retro. Rendevano l'esterno parte della stanza. Stavo chiudendo la lavastoviglie quando qualcuno bussò alla porta. Ty.

«Ciao. Volevo vedere come se la cavava Bobby,» disse, con un piccolo pacchetto sottobraccio.

Indossava la sua uniforme da lavoro ed era perfetto. Eccitante. Scopabile.

Io indossavo "il solito". Pantaloncini e una maglietta. Scalza. I capelli legati in una coda. Avrei potuto avere un aspetto migliore, ma stavo imparando che quell'uomo sembrava vedermi solamente nei miei momenti meno che stilisticamente perfetti. Forse ne avevo meno di quanti avessi inizialmente pensato. Spingerlo fuori dalla porta e darmi una sistemata era un'idea stupida. Sbattergli la porta in faccia per dieci minuti—quanto mi ci voleva a fare una doccia, asciugarmi i capelli col phon e truccarmi? —avrebbe chiaramente indicato che ci stavo provando troppo.

Indietreggiai e gli permisi di entrare. «Sta bene. Dorme già. Apprezzo davvero il tuo aiuto di oggi.»

«Fa parte del mio lavoro.» Ty posò la scatola sul bancone, poi si infilò le mani nelle tasche dei pantaloni.

«Ho appena finito di lavare i piatti. Vuoi una birra?» Andai al frigo e ne tirai fuori due. Non ero incuriosita dalla scatola. Affatto.

«Certo.» Ty appoggiò un fianco al bancone, prese la

birra che gli stavo porgendo e la stappò. «Posso chiederti una cosa?»

Bevve un sorso.

Non ero sicura di cosa avrebbe detto. Avrebbe potuto chiedermi di tutto, dal prendere in prestito un po' di zucchero a quale colore fosse la mia lingerie, per cui mi limitai ad annuire.

«Dovrei provarci con te o qualcosa del genere?» Ty incurvò la bocca in un sorriso malizioso.

Sì! Provaci! Sentii quel fastidioso formicolio nello stomaco, quello dove le farfalle cercavano di svolazzare via, e bevvi un lungo sorso di birra per prendere tempo. E, con un po' di speranza, per annegare le farfalle. Fantasticavo decisamente troppo sul baciarlo. Più che baciarlo. Baciarsi faceva così tanto seconda media. Io lo volevo nudo e a fondo dentro di me. Magari con la sua testa tra le mie cosce. Mi schiarii la gola rendendomi conto che stava aspettando una qualche risposta. «Perché... perché me lo chiedi?»

«Quando sono tornato a casa da lavoro stasera,» -- indicò la scatola-- «c'èra questa sulla mia porta.»

Io la guardai accigliata. «Hai ordinato qualcosa?»

Scuotendo la testa, lui disse, «Non proprio. Dentro c'è una scatola di preservativi di taglia enorme, di quelli nervati.» Usò le dita per aiutarsi a contare gli oggetti. «Uno di quei vibratori da infilare sulla punta del dito, una grossa boccetta di lubrificante, un paio di mutande col buco davanti e delle palline anali. Le palline sarebbero per te o per me?»

«Per la miseria.» Ero così mortificata che avrei potuto vomitare. Posai la birra sul bancone con un forte tonfo e mi aggrappai alla superficie per tenermi in piedi. Piegai la testa e sollevai lo sguardo su Ty. Sembrava rilassato e imperturbabile, a godersi di nuovo il mio imbarazzo. Pronunciare le parole "mutande col buco" non era sembrato infastidirlo affatto. Anzi, stava sorridendo.

Io tirai la scatola verso di me e ne sollevai leggermente il coperchio di cartone con un dito. Già, c'era la grossa scatola di preservativi. Poi mi resi conto che pensava che fossi stata io.

«Pensi che te l'abbia mandata io?» balbettai. «Non è davvero il mio stile. Di solito porto un vassoio di brownie ai nuovi vicini.»

«Magari sei il tipo aggressivo. Di quelli a cui piace mostrare ad un uomo cosa desiderano. O certe parti di sé,» replicò lui, sorridendo. I suoi occhi si spostarono palesemente sui miei seni. «Mi piace in una donna.»

Era così assurdo che risi. C'erano i modi normali di flirtare e poi c'era quello. La scatola di Goldie.

«Io? Pensi che sceglierei delle mutande col buco per un uomo?» Se solo avesse saputo. Ero così poco aggressiva. Avrei disperatamente voluto trascinarlo lungo il corridoio fino alla camera da letto, magari per cominciare solo a baciarlo, ma non ero in grado di fare nemmeno quello. Il mio nervosismo mi avrebbe fatta cominciare a ridacchiare. Ero un tale disastro! Se non ero in grado nemmeno di fare il primo passo, come avrei potuto spacciargli indumenti intimi pornografici? O palline anali!

«Solo perché lavoro in un negozio di articoli sessuali non vuol dire che mi piaccia,» --sollevai il tessuto nero in rete delle pseudo-mutande con un dito-- «questo!» Le lanciai dall'altra parte della stanza. Atterrarono sopra il tostapane ed io rabbrividii. «Non mi si sta formando una bella immagine mentale, al momento.»

Ty o qualunque altro uomo, a prescindere da quanto eccitante, sarebbe sembrato ridicolo con un paio di mutande che gli avesse lasciato fuori i gioielli di famiglia. Erano come le mutandine aperte, ma per uomini. E in rete nera. Ripeto, i gusti son gusti, ma quelli non erano i miei.

«Sono più il genere da boxer.» Azzardai una rapida occhiata all'inguine di Ty chiedendomi che cosa avesse indosso.

Lui lo notò e agitò le sopracciglia. «Vuoi vedere se anch'io sono un tipo da boxer?»

Sì. «Um...» Mi sentivo come una quindicenne con gli ormoni nuovi di zecca e impazziti che rovinavano qualunque pensiero decente. Picchiettai la scatola. «Questa è *tutta* opera di Goldie. Mia suocera. Pensa che

Montana di fuoco

io abbia bisogno di... sesso. Pensa che abbia bisogno di fare sesso con *te*.»

Mi passai una mano sul viso, nella speranza di cacciar via un po' del calore bruciante che vi sentivo. Ero più che brava a mettermi in imbarazzo da sola senza alcun aiuto da parte di Goldie. Specialmente dal momento che ero stata beccata a sbirciargli il pacco. Riflettei su come avrei potuto ammazzarla. Strangolarla era un ottimo modo. Avrei potuto strangolarla con le mutande col buco.

«Tua suocera... tua SUOCERA pensa che dovremmo fare sesso?» Ty sgranò gli occhi e spalancò la bocca, sconvolto. Bevve un grosso sorso di birra. «Cristo. Tua suocera pensa che dovremmo fare sesso anale.»

«Puoi smetterla per favore di dire anale?» gli chiesi, morendo di una morte lenta.

«Non sono sicuro se dovrei esserle grato o risentito. Pensa che mi serva così tanto aiuto con una donna?» Indicò la scatola.

Io gemetti. Non avevo dubbi che Ty sapesse *esattamente* cosa fare con una donna.

«Lasciamo un attimo Goldie fuori da questa storia perché domani mattina sarà una donna morta. Non hai pensato di fare sesso con me?» Tanto valeva farlo camminare sui carboni ardenti.

«Be'... sì,» rispose lui. Sogghignò, per metà imbarazzato e metà entusiasta. «Decisamente. Per bene e in almeno venti modi diversi.»

Venti? Le mie mutandine erano decisamente da buttare, ormai.

«Specialmente l'altra mattina quando non avevi il reggiseno e il tuo capezzolo... e l'altra volta quando i tuoi capezzoli--»

Sollevai una mano per fermarlo. Chiaramente, quell'uomo non era un monaco e aveva una fissazione per il seno. «Ho capito l'antifona.» Era vero. Avevo un'immagine in testa della sua bocca sul mio seno, che succhiava e leccava, strattonando il capezzolo e magari usando perfino un po' i denti, le mie dita intrecciate tra i suoi capelli. Già, era decisamente una bella immagine.

«Mi piacciono molto i tuoi capezzoli.» Incurvò un angolo della bocca verso l'alto in uno di quei ghigni maliziosi da maschio. Era il ghigno di un uomo che aveva in mente di fare sesso. «E a loro sembro piacere molto io.»

Era vero. Gli piaceva eccome.

Mi sentii arrossire fino alla radice dei capelli mentre i miei capezzoli tanto desiderati si indurivano sotto il reggiseno sottile. Era arrivato il momento di cambiare argomento.

Mi schiarii la gola. «Goldie non pensa che *tu* abbia bisogno di aiuto, pensa che ne abbia bisogno *io*.»

Lui inarcò un sopracciglio, poi mi scrutò da capo a

pedi. Il suo sguardo fu passionale ed intenso. Si prese anche del tempo per farlo. Specialmente nella zona capezzoli. «Se continui su questa strada priva di reggiseni, finirai con una fila di uomini che fa il giro dell'isolato.»

Grazie al cielo ne indossavo uno in quel momento, sebbene non stesse nascondendo più di tanto il mio... interesse nei suoi confronti. «Lo... um, terrò a mente.»

Ty bevve un altro sorso di birra. «Hai una... famiglia interessante. Non ci si annoia mai da queste parti.»

«Emozionarsi non è poi così male,» dissi io. La mia vita era stata noiosa per così tanto tempo che dovevo ammettere che gli ultimi giorni erano stati... carichi di azione. Emozionanti. Esilaranti.

Ty scosse la testa. «Io ho chiuso con le emozioni. Due mandati nel Medio Oriente e ne ho avuto abbastanza. Sono alla ricerca di una vita tranquilla.» Afferrò la scatola di preservativi e mi lasciò il resto. «Devo andare.»

Mi accigliai. «Ehi, pensavo non ti servisse l'aiuto di Goldie.»

Il suo ghigno era tornato quando si voltò nuovamente verso di me. «Goldie mi ha aiutato risparmiandomi un giro in negozio.» Sollevò la scatola di preservativi. «Ringraziala da parte mia.»

Uscì dalla porta, poi però si fermò e tornò indietro, parandomisi di fronte. Abbastanza vicino che riuscii a vedere un accenno di barba bionda sulla sua mandibola e a sentire il suo odore meraviglioso, qualunque esso fosse. «Senti, a me il sesso sta più che bene. Quella è avventura, non emozione. Una relazione, non esiste. Quello è più di quanto sia in grado di gestire al momento.»

«A cosa servono i preservativi, allora?» mi chiesi io.

Lui sollevò la scatola. «I preservativi servono per il sesso. Una relazione è quando non li usi.»

Aveva senso. Goldie aveva detto che avevo bisogno di sesso, non di una relazione. Chiaramente pensava che uno o due orgasmi mi avrebbero aiutata. In teoria, non potevo discutere. Un orgasmo sarebbe stato stupendo, ma in realtà, a meno che non avessi tirato fuori quel vibratore digitale dalla scatola, avrei dovuto tirar fuori tutto il coraggio necessario a farmela con un uomo. E con Ty, chiaramente non ci sarebbero stati vincoli. Sebbene volessi saltargli addosso in quel preciso istante, era una cosa su cui riflettere.

Ty mi sfiorò appena il seno sinistro con le nocche della mano che tenevano la scatola di preservativi. Sentii il mio capezzolo indurirsi a quel contatto e osservai le sue pupille dilatarsi nel notarlo. «Fammi sapere.»

Io spalancai la bocca, gli occhi che si chiudevano leggermente a quel tocco bollente che mi aveva colta di sorpresa. Erano passati anni da quando un uomo mi aveva toccata a quel modo.

Prima che avessi il tempo di reagire, Ty aprì la porta

Montana di fuoco 69

per andarsene e andò a sbattere dritto contro un uomo che teneva George lo Gnomo stretto al petto. Era alto circa un metro e mezzo, bianco, capelli castani trasandati e dei piccoli baffetti. Aveva l'espressione spaventata di un cervo sul punto di farsi investire da un tir.

«Ma che...?» disse Ty, sorpreso.

L'uomo si voltò e scappò via, Ty che partiva all'inseguimento dopo un istante per elaborare cosa fosse successo. Io corsi dietro di loro una volta tornata in me. Fui più lenta dal momento che le mie gambe non erano minimamente lunghe come quelle di Ty e non avevo la stessa scarica di adrenalina del Ladro di Gnomi. Ty afferrò il tipo per un braccio, ma quello si divincolò, strappandosi la maglietta nel mentre. Continuò a correre come se avesse avuto i demoni dell'inferno alle calcagna.

Lo gnomo gli scivolò dal braccio e cadde in strada, rompendosi in mille pezzi. Ty si fermò, respirando affannosamente, la camicia di flanella dell'uomo che gli penzolava da una mano e la scatola di preservativi nell'altra. Guardammo l'uomo svoltare l'angolo sulla Lincoln. Non sarebbe tornato tanto presto. Ormai era a metà strada per il North Dakota.

Dopo un attimo di silenzio sconvolto, abbassammo lo sguardo su George. Era rotto in quattro grossi pezzi di ceramica. Non ero sicura di come l'avrei spiegato a Zach. Non riuscivo nemmeno a spiegarmelo io stessa. Con un po' di speranza, si sarebbe riusciti a rimetterlo insieme con la colla a caldo.

«Ma che diamine?»

Ty si inginocchiò accanto ai pezzi e raccolse un piccolo pacchetto che era stato nascosto dentro lo gnomo. Del pluriball trasparente proteggeva qualcosa che non erano le viscere dello gnomo. Stava tranquillamente nel palmo di Ty. Sentii una macchina avvicinarsi, per cui mi chinai subito a raccogliere i pezzi dello gnomo e tornammo insieme a casa. Poggiai i pezzi sul bancone della cucina e guardai Ty aprire il pacchetto. All'interno c'era una bustina di plastica vuota e una fiala di vetro con un tappo nero, del genere che veniva usato dagli scienziati per creare pozioni segrete. Era piena di una sostanza bianca.

«Cos'è?» Mi avvicinai per guardarla meglio, assottigliando gli occhi. «Colla? Detersivo per piatti?» Era decisamente strano. Perché c'era della colla dentro uno gnomo?

Ty la sollevò alla luce, poi la fece girare. La scrutò con espressione buffa. «A me sembra sperma di toro.»

Quella era l'ultima cosa che avrei mai pensato avrebbe detto. *Sperma di toro?* Cercai di non pensare a come si potesse ottenere lo sperma di un toro e infilarlo in una fiala. Bleah. Doppio bleah.

«Devo lavarmi le mani.»

4

«Potresti spiegarmi per favore come fai a sapere che quello è seme di mucca?» Indicai la fiala e feci una smorfia prima di andare al lavandino a pomparmi un sacco di sapone sulle mani.

Ne sapevo poco di sperma. Le mie ovaie ne avevano incontrato un po' e avevano fatto due bambini. Lavoravo in un negozio che vendeva prodotti che tenevano lo sperma lontano dalle ovaie. Ma era tutto lì. Niente roba su certe fiale.

«I miei genitori gestiscono un ranch di bestiame,» rispose lui, continuando a scrutare quella roba. «Il termine è sperma di toro. Le mucche sono femmine. Non hanno seme. Sperma di toro.»

Giusto. Me l'ero dimenticato. «Allora come è finito dentro lo gnomo di Zach? E perché?»

Ty non sembrava tanto più felice di me di quella

storia. «Non ne ho idea. Chiamerò i miei genitori affinché ci aiutino a capirci qualcosa.»

Tirò fuori il cellulare. Ero felice che ci fosse un esperto per tutto. Mentre attendeva che qualcuno rispondesse, mi disse, «Qui non si tratta di uno scherzo da ragazzini. Immagino che abbiamo appena capito che non si è trattato di un cervo in giardino l'altra notte.»

Quello era un pensiero spaventoso.

Sollevò un dito per farmi cenno di attendere. «Ciao, mamma--»

Io tirai fuori la pistola della colla a caldo dal cesto del materiale artistico, la attaccai alla presa e aspettai che si scaldasse mentre Ty parlava con sua madre. Innervosita, andai a controllare i bambini. Erano profondamente addormentati, Bobby sulla schiena con le braccia sopra la testa e Zach sul letto di sopra completamente sepolto dalle lenzuola a parte un piede che faceva capolino.

Quando tornai, Ty aveva riagganciato e stava mandando giù il resto della sua birra. «Mia mamma non sa dire per certo se provenga da un toro. Non c'è davvero modo di saperlo solamente guardandolo. Ha detto che potrebbe anche essere di cavallo. Oppure potrebbe non trattarsi proprio di sperma.»

Bleah. Feci una smorfia. «Potrebbe appartenere ad una... persona?»

Ty rifletté sulla mia domanda. «È possibile, ma non c'è davvero un mercato nero per quello. Ci sono banche del seme e uomini in abbondanza disposti a donarne. C'era questo sacchettino insieme alla fiala.» Lo tenne sollevato. «Penso ci fosse del ghiaccio secco per mantenere lo sperma fresco.»

Di nuovo, bleah.

«Se qualcuno avesse avuto intenzione di venderlo per farci dei soldi, varrebbe qualcosa solamente se fosse utile alla riproduzione. Mia mamma dice che dev'essere tenuto a meno di tre gradi per valere qualcosa. perfino congelato, per durare il più possibile.»

«Sono colpita dal fatto che tu l'abbia riconosciuto. Se l'avessi trovato io da sola probabilmente l'avrei aperto e usato come colla per un compito dei bambini.» Mi stavo facendo venire la nausea da sola. «Che schifo.»

Lui mi offrì un piccolo sorriso. «Sono cresciuto su un ranch di bestiame, per cui a me non fa poi così schifo. I miei genitori lo gestiscono ancora assieme ai miei due fratelli. Mucche, galline, maiali. Tutto ciò che comportano. Ciò che mi sconvolge è il fatto che si trovasse in uno gnomo da giardino e che un folle figlio di puttana sia tornato qui due volte per rubarlo. Potrebbe tornare ancora.»

«Dunque hai un sacco di esperienza in tori arrapati?» scherzai io, cercando di non pensare al ritorno di quell'uomo, un possibile pericolo per i bambini, al seme di mucca, no, sperma di toro. Tutto quanto.

Lui ridacchiò e si grattò la nuca. Chiaramente, non

sapeva come rispondermi. Immaginai che nemmeno io avrei saputo che cosa dire al riguardo se mi fosse stato chiesto. Bene. L'avevo fatto di nuovo. Il nervosismo mi aveva fatto dire cose stupide.

«Tori, no.» Inarcò un sopracciglio e disse con un ghigno malizioso, «Arrapati, decisamente.»

Io roteai gli occhi, rendendomi conto di essermela andata a cercare. Volevo fare sesso con lui, ma con lo sperma di toro sul bancone della cucina in mezzo a noi, avevo perso un po' di entusiasmo al riguardo.

«E adesso?» domandai, cambiando argomento.

«Io direi di controllare l'altro gnomo, vedere cosa c'è dentro a quello. Dopodiché buttiamo via qualunque cosa troviamo,» disse mentre gettava la bustina di plastica nell'immondizia.

Il mio stomaco in subbuglio si arrese alla rabbia. Come osava qualcuno rubare ai miei figli! Quell'uomo si era preso lo gnomo direttamente dai gradini della mia veranda e l'altra sera aveva girovagato per il mio giardino. E Ty voleva dimenticarsene? «Io torno al mercatino dell'usato dove abbiamo comprato gli gnomi.»

Lui voltò di scatto la testa a guardarmi, i suoi occhi azzurri che brillavano, non di passione, ma di rabbia a sua volta. «Non esiste. Potrebbe essere pericoloso.»

«Un mercatino dell'usato pericoloso?»

Gli si tese un muscolo nel collo come se si fosse messo a stringere i denti. «Non hai idea del perché quella

Montana di fuoco 75

fiala si trovasse nello gnomo o con che genere di persone abbiamo a che fare. Questo tizio,» --indicò il cortile con un pollice-- «non può essere un pesce grosso in questa storia. È stato abbastanza stupido da pensare di provare a riprendersi la fiala mentre non faceva ancora buio. Avrebbe potuto aspettare due ore quando si fossero spente le luci e tu fossi andata a dormire. O è disperato, o è un idiota.»

Io rimasi lì in piedi di fronte a lui, le braccia incrociate sul petto. «Ecco perché devo tornare là. A scoprire perché, chi e cosa. Lo voglio decisamente sapere.»

«Qualcuno voleva questa roba abbastanza da ficcare il naso nel tuo giardino di notte. È arrivato addirittura fino alla porta della tua cucina. Che era aperta!» Aveva il fiato corto, le mani sui fianchi.

«Perché ho fatto entrare te!» Gli piantai un dito nel petto ad ogni parola. Poteva anche fare il testardo, ma io ero bravissima ad esserlo. Potevo essere più cocciuta di un mulo da soma in estate.

Lui mi prese la mano e se la tenne sul cuore. Lo sentii battere forte, il ritmo costante e rassicurante. «Perché vuoi indagare? Lascia perdere. Potrebbe essere pericoloso.»

Io scossi la testa, liberando la mano sebbene fosse stato piuttosto bello sentirla nella sua. «Non voglio che i bambini si facciano del male.» Ovviamente. «Quel pazzo potrebbe tornare. Per cui devo sapere cosa sta succedendo, devo sapere che quel maniaco non si ripresenterà alla mia porta. La prossima volta che lo farà, i bambini potrebbero essere svegli. O fuori a giocare.»

Ty andò al mio frigo e si servì da solo prendendosi un'altra birra. Ne mandò giù la metà prima di parlare. Io guardai i muscoli della sua gola muoversi prima che lui si ripulisse la bocca col dorso della mano. «D'accordo. Quando ci andiamo?»

———

ALLE SEI E mezza della mattina seguente, ero fuori dalla porta con i bambini in macchina. Ero riuscita a incollare George lo Gnomo prima di andarmene a letto, sebbene avesse un aspetto un po' disfatto. Zach se n'era dispiaciuto meno di quanto mi fossi aspettata e aveva deciso che aveva bisogno di un cerotto su una delle crepe incollate. Dopo un attento esame, era emerso che lo gnomo di Bobby non presentava alcun segno di manomissione. Niente fiale. Niente sperma.

Chiamai Kelly, la mia compagna di stanza al primo anno di università e mia migliore amica, e lasciai i bambini e gli gnomi—non potevo lasciarli a casa—da lei così da poter rintracciare il Ladro di Gnomi.

Kelly viveva a dieci miglia ad ovest della città, a sud di Four Corners in un quartiere chiamato Elk Grove. Era una ripartizione vecchia circa quindici anni costruita su

Montana di fuoco 77

un appezzamento di terreni coltivabili. Era circondata da altri terreni. Niente alberi. Di fronte si trovavano gli Spanish Peaks e questo significava che il Big Sky, il resort sciistico era lì vicino e, più in là, Yellowstone. Il Fiume Gallantin scorreva appena dall'altra parte della strada, casa di alcune delle migliori trote iridee al mondo. Le case erano tutte diverse, le recinzioni uguali e i vicini amichevoli. Si doveva guidare piano altrimenti si rischiava di mettere sotto un bambino o due. Erano ovunque. La casa di Kelly sembrava un fienile rosso. Non la si poteva non notare dal momento che era l'unica di quello stile insolito. Con sette bambini, ci stavano stretti, ma lei era felice e quello era ciò che contava.

Aveva sposato il suo fidanzatino del liceo, Tom, all'età di ventun anni e aveva sputato fuori il primo figlio un anno più tardi. Ogni due anni da allora, ne era arrivato un altro. Variavano di età dai quattordici ai due anni e li aveva desiderati tutti quanti. Erano stati tutti programmati, sebbene lei sembrasse rimanere incinta solo a trovarsi nella stessa stanza assieme a Tom. Non avevano bisogno di alcun aiuto da parte del Riccioli D'Oro.

Se Kelly era una mamma super, io ero una mamma normale. Lei li istruiva a casa. Io avrei preferito piantarmi una forchetta in un occhio, piuttosto. I suoi figli avevano tutti delle ottime maniere ed andavano tutti d'accordo. Niente battibecchi o litigi. O se non altro non molti. Ero incredibilmente impressionata dalla sua abilità nel destreggiarsi in tutto ciò che la vita aveva da offrire. Tuttavia, lei aveva saputo cosa desiderasse già al college. Una grossa, pazza famiglia. Io, d'altro canto, stavo ancora cercando di capire cosa volessi fare da grande.

Zach e Bobby corsero alla parete da arrampicata nel giardino sul retro per giocare con i figli di Kelly prima ancora che io potessi scendere dalla macchina. Vidi almeno cinque o sei teste saltare e ondeggiare e sentii un sacco di grida e urla—nonostante fossero le sette del mattino. Niente baci o abbracci per me. Oh be'.

Kelly mi salutò dalla porta. Indossava dei pantaloncini, una canottiera rosa e delle infradito. Alta un metro e mezzo, era decisamente minuta. Dopo sette bambini, aveva tutte le curve nei punti giusti, ma sembrava sciogliere il grasso delle gravidanze come burro in padella dopo ogni parto. Stare dietro a tutti quanti la aiutava parecchio. Aveva i capelli biondi e corti, in un taglio alla moda. Una via di mezzo tra Meg Ryan e Campanellino. Non ero sicura di come facesse, ma erano sempre in ordine. Pettinati, non un capello fuori posto. Forse usava un sacco di lacca. Non gliel'avevo mai chiesto. Non volevo sembrare meschina e gelosa dei suoi fantastici capelli. La mia chioma riccia e biondo cenere tutta scompigliata mi dava sempre l'aspetto di una che teneva la testa fuori dal finestrino dell'auto come un cane. E quello dopo che provavo a sistemarli. Era impossibile domare dei riccioli ribelli. Di solito, legavo i capelli in una coda e ce li lasciavo.

Kelly era gelosa del fatto che io fossi magra, io ero gelosa dei suoi capelli. Va' a sapere.

Carina o meno, gelosa o meno, io non volevo sette figli. Averne solamente due valeva dei pessimi capelli.

Scesi dalla macchina e mi appoggiai con un braccio alla portiera. «Sono nel cortile sul retro,» le dissi.

Lei rise dalla veranda. «Sette bambini, nove bambini, che differenza fa?»

Per me, tanta. Per lei, non molta.

Le promisi di aggiornarla quando fossi tornata più tardi e me ne andai.

Tornai in città per andare a prendere Ty, la mia vecchia Jeep Cherokee che arrancava. Era nera e ce l'avevo da più tempo dei bambini. Non era più tanto bella. La lavavo solamente una volta ogni tanto d'estate per cui non era più lucida. Qualche ammaccatura sulle portiere, macchie lasciate dai bambini e danni dovuti ad una grandinata dell'estate precedente. Però mi portava dove volevo, specialmente nella neve e col freddo. Non aveva senso spendere soldi su una macchina di lusso quando non facevo tanta strada e avevo dei bambini pasticcioni, per cui avrebbe dovuto prendere fuoco prima che decidessi di sostituirla.

Dieci minuti più tardi, accostai davanti a casa di Ty e bussai alla sua porta.

Lui teneva in mano una tazza di caffè e mi fece entrare. Mi scrutò da capo a piedi.

Indossavo un paio di pantaloni verde militare al polpaccio, una maglietta bianca con scollo a V e un paio di scarpe da ginnastica Keds. Avevo i capelli sciolti dal momento che mi ero fatta la doccia e li avevo lasciati asciugare al vento in macchina mentre mi dirigevo da Kelly. Adesso mi si riversavano sulle spalle in maniera casual, o se non altro era quello che speravo.

Se ci si fosse dovuti vestire bene a Bozeman, si indossavano un paio di jeans e gli stivali migliori. Il mio guardaroba urlava casual. Perché vestirsi eleganti quando di solito mi sporcavo di terra, di grasso—di cibo e di catena di bicicletta—d'erba e di altre cose misteriose durante tutta la giornata? Se non altro mi ero messa il mascara, la crema solare idratante e un po' di lucidalabbra, il che era mettesi dannatamente in tiro. Oh, e un reggiseno che, se lo si fosse chiesto a Ty, avrebbe detto che era facoltativo.

Mi sentii come se avesse cercato di guardarmi attraverso gli abiti immaginandomi nuda. Cosa che aveva già fatto, se non altro con una parte di me.

«Guido io,» mi disse. «Torno subito.»

«Um, certo.» Mentre mi infilavo gli occhiali da sole, mi annotai mentalmente di indossare della lingerie più bella il giorno dopo. Se avesse voluto spogliarmi con gli occhi, tanto valeva che mi vestissi bene.

«Sicuro che non vuoi che guidi io?» gli chiesi dopo che ebbe chiuso a chiave la porta di casa.

Lui inarcò un sopracciglio con un'espressione che urlava che fossi pazza anche solo a pensarci. «Se vengo con te, guido io.»

«Maniaco del controllo?» gli chiesi.

«Decisamente.» Aprì il proprio pickup col telecomando togliendo l'antifurto. Era un bel furgone nuovo a quattro porte che sarebbe stato in grado di trasportare qualunque cosa. Argentato. Tipica auto da maschio robusta e da fuoristrada. Immacolata in quanto a pulizia come se ci avesse passato delle ore a lavarla e lucidarla. Aveva perfino l'odore di auto nuova. Se l'avessi rinchiuso in casa mia per un paio d'ore, ci avrei scommesso che sarebbe stata super pulita anche quella. Avrei dovuto ricordarmene.

Ty indossava dei pantaloncini blu scuro che gli arrivavano appena sopra il ginocchio, una maglietta del BAHA e delle scarpe da ginnastica. Il BAHA era una lega di hockey amatoriale di Bozeman. Mi scaldai in tutti i punti giusti al pensiero di quanto fosse figo. Un giocatore di hockey *e* un pompiere. Il mio tipo. Ty mi aprì la portiera lato passeggero. Porca galanteria! Non mi capitava da tempo. O da mai. Nate era odioso, non galante.

Prendemmo la Kagy fino alla diciannovesima e ci

dirigemmo a sud. I finestrini erano aperti e il sole mi splendeva sul viso. Tralasciammo le chiacchiere inutili durante il tragitto, cosa che a me stette bene. Mi piaceva il silenzio senza bambini che urlavano nei sedili posteriori. Con Ty, però, quel silenzio era un tantino snervante perché sapevo che non era più di tanto entusiasta di quell'uscita. Mi sentivo un po' in colpa. Non abbastanza da cambiare idea, però. La mia missione era trovare il Ladro di Gnomi e fargli il culo. La realtà sarebbe stata diversa, dal momento che non ero esperta nel fare il culo a qualcuno, ma potevo sognare. La missione di Ty era tenermi al sicuro. O quantomeno era ciò a cui aveva accennato la sera prima. Un cavaliere in armatura scintillante messo sotto pressione.

Minuti più tardi, gli diedi indicazioni fino ad un sobborgo degli anni settanta. Le case erano state costruite su due strade perpendicolari alla diciannovesima. Erano grossi appezzamenti, di quasi un acro, con paesaggi rigogliosi. Un paio di alberi costellavano i prati qua e là, ma nessuno più alto di quattro metri e mezzo. I venti e la neve si abbattevano per tutto l'inverno e loro avevano paura di crescere ulteriormente. La maggior parte delle case era antica, nessuna ristrutturazione o modernizzazione esterna per adattarsi allo stile a due piani. Senza alcun tipo di ordinanza urbana o associazione immobiliare privata, le case erano di un eclettico mix di colori diversi che variavano dal beige chiaro ad un

Montana di fuoco 83

azzurro acceso. Nei vialetti e a fare capolino dalle recinzioni sul retro erano parcheggiati degli immensi caravan.

La casa che aveva tenuto il mercatino di svendita era metà in mattoni, metà in legno dipinto di verde scuro. Sulla sinistra era annesso un garage a due posti. Le finestre banali erano adornate da persiane nere. I ginepri crescevano grossi e incolti lungo le fondamenta. Delle enormi aiuole di lillà correvano lungo il perimetro del terreno dei vicini da entrambi i lati.

Ty accostò con l'auto nel vialetto e spense il motore. «È questa? Sembrano essere in vacanza.»

Non c'erano segni di vita apparenti. Le finestre erano chiuse nonostante fosse una calda giornata estiva. Niente bidoni della spazzatura sul marciapiede come i vicini. Doveva essere giorno di raccolta della differenziata. C'erano diversi quotidiani sullo zerbino davanti alla porta d'ingresso e l'erba aveva bisogno di essere tagliata.

Io mi tolsi la cintura e scesi dall'auto. Lontano dalla città il vento era più forte. Mi faceva finire i capelli negli occhi ed io me li ravviai dietro l'orecchio. Ty si mise accanto a me quando io bussai alla porta. Niente. Bussai di nuovo. Ancora niente. Mi guardai attorno mentre aspettavo.

«Devono aver messo tutta la roba che non hanno venduto nel garage,» immaginai.

Ty si avvicinò al portone del garage e sbirciò dalle finestre sporche. Si tirò su gli occhiali da sole per vedere meglio. «Niente auto. Una panca per gli esercizi, un vecchio frigo. Hai ragione. C'è un mucchio di cianfrusaglie in mezzo al pavimento.»

Io ormai l'avevo raggiunto. Non ero alta quanto lui e non avevo la stessa visuale, ma colsi abbastanza. Nulla d'interessante. «E adesso?» chiesi io, delusa. Frustrata.

«Guardiamo sul retro.» Ty si rimise gli occhiali.

I residenti del Montana erano molto esigenti riguardo le proprie libertà personali, specialmente i diritti sulle armi da fuoco. Tutti avevano un fucile e sapevano come usarlo. La maggior parte lo teneva per la caccia e un sacco di gente solo perché ne era costituzionalmente in grado. Quando si trattava di protezione personale, negli altri stati la gente prima sparava e poi faceva domande. Nel Montana, di solito si era talmente amichevoli con gli estranei da offrire loro una tazza di caffè prima di sporgergli, per cui non mi preoccupavo troppo di potermi beccare un proiettile mentre esploravo la casa di un estraneo. Lasciai comunque andare Ty per primo, però.

Le sue lunghe gambe fecero il giro del garage più in fretta delle mie e arrivò prima di me alla veranda in cemento sul retro. Non aveva fretta, ma non era nemmeno il tipo da cincischiare. Sbirciò dalle vetrate della porta sul retro, poi scosse la testa. Io lo stavo raggiungendo quando il vento si alzò di nuovo e sentii

Montana di fuoco

puzza di uova. Uova marce, un sacco di uova. Fu asfissiante. Mi raggelai. Il mio cuore si fermò. Uh-oh.

«Ty,» dissi. Doveva aver sentito qualcosa nel mio tono perché lui si voltò a guardarmi dalla veranda senza esitazione. «Sento odore di--»

Vidi il suo sguardo cambiare consapevole in un'espressione da "oh merda".

«Gas!» Mi afferrò per un braccio in un attimo e corremmo lontano dal garage nella direzione opposta a quella in cui eravamo venuti. «Bombole di propano,» disse lui, col fiato corto mentre saltavamo oltre un vecchio tagliaerba. «Sul lato posteriore del garage. Ci siamo passati dritti davanti. Non sempre sono pericolose, ma di sicuro non resteremo qui per scoprirlo.»

Io praticamente feci a gara per stargli dietro, il mio braccio ancora stretto nella sua presa. Avevamo svoltato l'angolo e ci trovavamo nuovamente davanti alla casa quando sentii un *whoomph*. Non molto forte, ma uno strano suono come se fosse imploso un palloncino. Ty mi tirò praticamente via il braccio dalla spalla mentre ci precipitavamo nel fosso di scolo accanto alla strada. Chiaramente, lui sapeva cosa significasse quel *whoomph* e non era una buona cosa. Un attimo prima ero in piedi, quello dopo mi ritrovai a faccia in giù tra l'erba e la terra con tutto il peso di Ty che mi schiacciava. Contemplai il modo in cui il suo respiro pesante mi solleticava l'orecchio quando... KABOOM.

Fu un KABOOM da fumetti di Batman con l'enorme nuvoletta e la parola scritta in grosse lettere in maiuscolo —facciamo ENORMI. Per ben dieci secondi fummo sommersi da una pioggia di macerie. Ty si districò lentamente da me e si sollevò su un ginocchio, scrollandosi via piccoli pezzi di intonaco e di pannello isolante dalla schiena. Io mi sollevai sulle mani per vedere cosa fosse successo, nonostante ne avessi una vaga idea.

«Non pericolose?» dissi dubbiosa.

Il lato sinistro della casa non c'era più. Il garage era saltato in mille pezzi. Rimanevano solamente tronconi delle pareti attaccati alle fondamenta. La parte principale della casa era tutto sommato intatta, ma il lato più vicino al garage ormai non era altro che un mucchio di pezzi sparsi per il cortile, il vialetto e la strada. Solamente il lato all'estremità destra rimaneva intatto, sebbene la maggior parte delle finestre fosse esplosa. I mobili e altri oggetti casalinghi erano sparsi per il cortile. C'era un frullatore a pochi passi da noi nell'erba.

«La tua auto,» dissi io, indicando ciò che ne era rimasto. In qualche modo, il vecchio frigo che avevamo visto nel garage era stato sbalzato in aria durante l'esplosione. Ed era atterrato proprio addosso all'auto di Ty.

5

Ty osservò la nuova aggiunta al suo furgone da sopra la propria spalla. Il frigorifero americano verde era incastrato nel parabrezza e nel tettuccio ad un angolo di quarantacinque gradi. Un'anta era spalancata e ne era uscito del cibo surgelato. Lui scosse la testa e imprecò. Sentii solamente un paio di parolacce dal momento che l'aveva fatto sottovoce e che l'allarme dei vicini stava suonando. O forse era il ronzio che avevo nelle orecchie. Era difficile capire la differenza.

Un piccolo incendio faceva levare del fumo nero in aria nel punto in cui c'era stato il retro del garage, ma era abbastanza piccolo che non avrebbe dato fuoco all'intera casa. L'odore di abitazione bruciata veniva trasportato dal vento. Dal momento che non sentivo più odore di gas, dovetti immaginare che fosse stato consumato tutto nell'esplosione quando aveva lanciato il frigo sei metri per aria.

Ty era rigido, teso come una corda di violino, ma non urlò né sfogò la propria rabbia come avrei fatto io se la mia auto fosse stata spappolata. Quando tornò a voltarsi verso di me, aveva represso tutto.

«Sei ferita?» Mi prese per le spalle e mi scrutò da capo a piedi, probabilmente controllando se avessi delle ossa rotte, delle viscere strabordanti o pelle staccata. I capezzoli di fuori. La sua voce era dura, la sua presa stretta. Non avevo mai visto i suoi occhi così intensi. Doveva essere l'espressione che aveva avuto in battaglia nel Medio Oriente. Senza dubbio aveva visto di peggio in guerra.

Io non avevo più gli occhiali da sole. Mi ero sbucciata mani e ginocchia quando ero caduta a terra. Bruciava, ma mi sentivo fortunata che si trattasse solamente di quello. Lui mi tirò via un filo d'erba dai capelli. La mia maglietta era ricoperta di terra ed era leggermente strappata sulla spalla.

Scossi la testa. Sconvolta. «La casa è appena esplosa.» Ma dai.

Ty mi attirò tra le braccia in un forte abbraccio, il mio viso premuto contro il suo petto. Il suo petto duro come una roccia. Sapeva di sapone, terra e fuoco. Riuscii a sentire il suo cuore battergli contro la cassa toracica. Se

Montana di fuoco 89

non altro l'esplosione aveva avuto effetto su di lui a livello cardiovascolare.

Dio, era bello farsi abbracciare, farsi confortare da un uomo. Un uomo che si preoccupava davvero per me, e il motivo per cui mi stava stringendo forte era perché si stava rassicurando del fatto che fossi intatta.

Una delle persiane nere del secondo piano cadde e atterrò nei ginepri.

«So che hai visto un sacco di roba folle con i vigili del fuoco e cose che io non posso nemmeno immaginare nell'esercito, ma nel mio piccolo mondo le case non saltano in aria così,» dissi contro la sua maglietta.

«Nel mondo di chiunque le case non saltano in aria così,» disse lui, le sue labbra contro la mia tempia. «Non per via di una bombola di propano. Questa casa ha avuto un aiuto.»

———

Un'ora più tardi, ero seduta in una vecchia sdraio da giardino—di quelle con la plastica colorata intrecciata del 1974 —fornita dalla coppia di anziani che viveva dall'altra parte della strada. Mi sistemai sul loro vialetto, con una tazza di caffè in mano—ve l'avevo detto che la gente nel Montana era amichevole—e osservai ciò che accadeva dall'altro lato della via. Il sole era caldo e avevo la maglietta appiccicata al corpo, bagnata di sudore. Il caffè bollente non era molto rinfrescante, ma nessuno sarebbe riuscito a vedere le mie mani che tremavano ancora mentre ne tenevo la tazza. Il signore e la signora Huffman erano seduti ai miei lati, continuando a chiacchierare esponendo i propri sospetti.

«Quelle bombole di propano sono un vero pericolo. Me ne sto a letto a pensare che potremmo saltare in aria da un momento all'altro,» disse la signora Huffman. Aveva dei lunghi capelli bianchi raccolti in una crocchia sulla nuca in uno stile che ricordava La Casa nella Prateria. Aveva un atteggiamento dolce ed era un tipo molto ansioso.

Il signor Huffman era l'esatto opposto. Basso e tozzo, sarebbe stato un ottimo Babbo Natale al centro commerciale, non fosse stato per i suoi capelli pel di carota e il fatto che non avesse la barba. Pur sulla settantina, aveva ancora i capelli rossi. «Per l'amor del cielo, Helen. Affronti questa tua ridicola paura russando tutte le notti. Le bombole di propano non saltano in aria così. Ci deve essere qualcosa che le accenda, una scintilla. Penso che siamo più al sicuro con le nostre bombole di propano che non con la linea di gas naturale della città.» Il signor Huffman emise un verso di disapprovazione e si sistemò sulla propria sdraio, con le braccia incrociate sul ventre abbondante.

In realtà non potevo biasimare la signora Huffman per le sue preoccupazioni, né il signor Huffman per le sue lamentele sulle opere pubbliche. Tutta la città era in ansia riguardo le esplosioni di gas dal 2009 quando, una mattina, era saltato in aria un isolato di Main Street. Nessun avvertimento, semplicemente boom. Sfortunatamente, era rimasta uccisa una donna e tutto il quartiere era finito in pezzi quando, stando a ciò che era stato raccontato, non aveva fatto altro che premere un interruttore della luce. Le tubature del gas che raggiungevano gli edifici del centro erano vecchie, degli anni trenta e crepate. Il gas era penetrato nel sottosuolo salendo fino alla casa. Io mi ero trovata appena al fondo della via quando era successo. Ci ero andata fin troppo vicino sulla Main quella mattina, e di nuovo mi era capitato quell'ultima volta.

Non avevo mai davvero pensato a come facesse a funzionare la mia caldaia prima dell'esplosione in centro e mi ero resa conto di aver dato molte cose per scontate. Vivevo in città collegata alle tubature del gas senza che, a detta di tutti, dovessi preoccuparmene. Dal momento che casa mia era stata costruita negli anni cinquanta, le mie tubature non potevano avere più di una cinquantina di anni. Nessun problema. O così avevo voluto credere.

Là fuori, la casa del mercatino dell'usato—tutto quel quartiere—usava il propano. Riscaldamento, fornelli e scaldabagno, tutto col propano. Non c'erano vecchie tubature sottoterra, solamente una bombola diversa dietro ogni casa. Dunque, che cosa aveva causato quell'esplosione?

Rimanevano un'auto di pattuglia dello sceriffo della contea e un camion dei pompieri. Quello, ovviamente, apparteneva ai volontari dei vigili del fuoco che avevano organizzato quell'adorabile colazione coi pancake il weekend prima. Fuori dai confini della città, quella casa era servita dai volontari, non dai vigili del fuoco stipendiati.

Una volta che si furono ricordati di me per via dell'incidente col clacson di Zach, mi scrutarono subito e fui ritenuta illesa dai paramedici, per poi venire gentilmente spostata sul cortile degli Huffman dall'altro lato della strada. A debita distanza dal camion dei pompieri e dal suo clacson. Chiaramente, non volevano ripetere la performance dell'altra volta con un membro della famiglia West. Neanche potesse succedere davvero.

Ty rimase con loro, riepilogando cosa fosse successo. Dal momento che lui non era un membro del dipartimento e che la città non era stata chiamata per assistenza, fece solamente da testimone all'incidente. Lo sceriffo prendeva appunti mentre i pompieri armeggiavano coi loro attrezzi tra le macerie della casa e i resti del suo pickup. Io ero troppo distante per sentire che cosa stesse dicendo, oppure le mie orecchie non si erano ancora riprese del tutto. Ogni tanto, lui indicava me e tutti quanti si facevano una bella risatina. Va' a sapere di

Montana di fuoco

cosa stessero parlando, ma potevo solamente immaginarlo. Sembrava si stessero divertendo a mie spese. Borbottai dal mio posto di spettatrice mentre mi immaginavo le loro parole.

«Conoscete le persone che vivono in quella casa?» chiesi. La signora Huffman mi prese la tazza di caffè e la riempì con un thermos.

«Biscotti, cara?» mi chiese, porgendomi un piattino.

Ovviamente, io ne presi uno. Non rifiutavo mai un biscotto da una signora anziana. Ed ero sotto shock. Lo zucchero era ottimo per lo shock. Presi in considerazione l'idea di adottarla come nonna mentre sorseggiavo il mio caffè.

«Ci vivono i Moores. Alma e Ted.»

Ebbi un terribile pensiero e cercai di mandar giù il morso di biscotto fatto a mano con gocce di cioccolato nonostante mi si fosse occlusa la gola. «Non pensate che fossero in casa, vero?»

I pompieri erano entrati e usciti dall'edificio. Se avessero trovato qualcuno—vivo o morto—l'avrebbero già portato fuori. Speravo.

«Si sono trasferiti in Arizona lo scorso autunno. Ne avevano abbastanza degli inverni. Ted è andato in pensione l'anno scorso lasciando il lavoro alle poste. Alma l'anno prima,» mi disse il signor Huffman. Anche lui mangiò un biscotto. Un paio di briciole gli finirono sulla pancia che tremolava come un budino.

«Alma faceva l'insegnante. Inglese al liceo,» aggiunse la signora Huffman, bevendo un sorso di caffè.

«Allora chi ci vive? Sono venuta ad una svendita nel weekend, per cui ci dev'essere qualcuno che si occupa di questo posto.» Seppur non poi così bene. Erba non tagliata, esplosioni di gas.

«Giusto, è stata un'ottima svendita. Mi sono presa una di quelle nuove presse per quesadilla,» disse la signora Huffman. Si era masticata la parola quesadilla facendone sembrare la fine armadillo. «Hanno un figlio che alloggia qui. Morty. Lavora al ranch Rocking Double D.»

«Quel ragazzo è sempre stato... strano,» disse il signor Huffman.

Non ero sicuro di cosa significasse strano per lui. Perfino al quarantacinquesimo parallelo, quella rimaneva comunque la Bible Belt, per cui avrebbe potuto voler dire qualunque cosa.

«Strano?» domandai, sperando che avrebbe chiarito.

«Ha ventiquattr'anni e vive nella casa dei suoi genitori. Non ha mai avuto grande motivazione nella sua vita. Perfino da bambino. Guardava la TV. Giocava sempre con quei videogiochi sparatutto.»

Quel Morty aveva abbastanza motivazione da adulto da rubare una fiala di sperma dalla mia porta d'ingresso? Era immischiato in qualcosa? Qualcuno? Era abbastanza intelligente da prelevare lo sperma da dove lavorava? Se così fosse stato, perché l'aveva messo in uno gnomo da giardino? La parte dello gnomo era veramente strana. Forse era davvero stato lui, dopotutto.

Ne avevo avuto abbastanza di farmi coccolare dagli Huffman. Li ringraziai per il cibo offerto e mi diressi nuovamente dall'altra parte della strada.

Il mio cellulare mi squillò nella tasca ed io mi fermai nel bel mezzo della strada chiusa al traffico. Lessi il display.

«Ciao, Mamma,» dissi allegra.

«Sono appena tornata a casa da una svendita al centro commerciale. Volevo prendermi dei nuovi rossetti al banco dei trucchi, ma invece ho comprato dei pigiami per i bambini e dei cappellini.» Mia mamma sembrava soddisfatta dei propri affari al centro commerciale quanto lo ero io quando trovavo qualcosa di buono ai mercatini dell'usato. Avevo imparato da lei. Solo che i suoi negozi erano migliori—e più alla moda. Non aveva senso sudare ai mercatini dell'usato in estate a Savannah. Nessun affare valeva un infarto.

Colsi lo sguardo di Ty e lui si diresse verso di me.

I suoi pantaloncini avevano una tasca strappata lungo la cucitura. Della terra gli macchiava la maglietta su una delle spalle ampie. Sembrava ancora piuttosto arcigno eppure era eccitante da morire. Aveva i bicipiti gonfi, gli avambracci muscolosi. Le sue gambe avevano una spruzzata di peli chiari, ma io sbavavo su quei polpacci ben definiti. Faceva esercizio. Un sacco.

«È fantastico, mamma!» risposi, all'improvviso con la gola molto secca. «Io... um... non posso davvero parlare, adesso. Ti chiamo dopo.» Prima che potesse salutarmi, terminai la chiamata. Non volevo che scoprisse quel piccolo incidente con la casa. C'erano un luogo e un momento appropriati per raccontare alla propria madre di essere quasi saltati per aria e non erano quelli.

«Per fortuna non c'era nessuno dentro, nessuno si è fatto male.» Lo sguardo di Ty scorse su ogni parte di me che riuscisse a vedere. Mi innervosii nuovamente.

«Mi dispiace per la tua auto,» dissi mentre guardavo un piccolo manipolo di pompieri in piedi attorno ad essa, probabilmente a riflettere su come toglierne il frigorifero. C'erano un paio di sacchetti di verdura congelata sparsi a terra accanto alla ruota anteriore.

Lui fece una smorfia, poi mi sfregò il pollice sulla fronte. Dovevo aver avuto una macchia di terra. «È solamente un'auto.»

Perché era tanto indifferente al riguardo? Io sarei stata estremamente turbata se la mia auto fosse stata schiacciata da un frigo. Mi ricordava un po' La Malvagia Strega dell'Ovest. «Io mi ero offerta di guidare.»

Ty mi lanciò un'occhiataccia e strinse la mascella. Mi resi conto di aver probabilmente appena giocato col

Montana di fuoco 97

fuoco. Lui si guardò a destra e a sinistra, poi mi prese per un braccio, questa volta delicatamente. «Vieni con me.»

Io lo seguii dietro il camion dei pompieri, lontano dalla folla. Lui mi si avvicinò chinandosi così che ci trovammo alla stessa altezza.

«È una fottuta macchina. Posso prendermene un'altra.» I suoi occhi azzurri scesero sulla mia bocca per poi tornare su. «Ma tu, tu sei insostituibile.»

Oh. Mi si risvegliò un calore dentro e qualcos'altro. Qualcosa di... bello.

«Merda.» Lui scosse la testa. «Sto pensando di baciarti.»

Mi si mozzò il fiato in gola e sentii la pressione sanguigna schizzarmi alle stelle.

«Ma è la cosa sbagliata da fare,» proseguì lui. Mentre mi fissava la bocca, sembrò addolorato, come se baciarmi fosse stato ciò che desiderava, ma anche una tortura. «Diamine, io non bacio le donne sceme.»

Eh? A quel punto gli rivolsi un'occhiata stranita. Non era ciò che mi ero aspettata a quel punto.

«Scema?» gli chiesi. Ero rimasta bloccata alla parola *baciare*, il che mi stava rallentando il cervello.

Lui si passò una mano sulla nuca, palesemente frustrato. «Se fossi venuta fin qui da sola come avevi voluto fare, gli altri starebbero raccogliendo i tuoi pezzi assieme a quelli della casa.»

Io gli piantai un dito nel petto. «Se fossi venuta da

sola avrei parcheggiato in strada!» Che pessima risposta. Non ero molto brava a discutere. Avevo odiato le volte in cui Nate mi aveva dato addosso, dicendomi che tutto ciò che non andava nella sua vita era stata colpa mia. Forse *ero* scema.

Lui si accigliò, gli occhi azzurri che brillavano. «Che diavolo vorrebbe dire?» Aveva l'espressione di un uomo che parlava con una donna veramente scema. Non potevo biasimarlo.

Sentii le lacrime bruciarmi gli occhi, consapevole che, per quanto volesse baciarmi, non volesse *me*. «Non ne ho idea!» Mandai giù il grumo di frustrazione e vecchie paure che cercava di sfuggirmi. «Nate mi urlava contro e non mi piace.»

Abbassai lo sguardo a terra. Ovunque che non fosse su Ty.

«Scommetto che non ti ha mai urlato contro per una casa che è esplosa.»

Io scossi la testa. «No. Solo il sesso,» risposi indifferente. Sollevai lo sguardo su di lui, sorpresa. Merda, non avevo voluto farmelo sfuggire. Troppe informazioni e nessuno voleva sentirsi parlare dell'uomo venuto prima di loro, nemmeno se era morto.

Ty ritrasse leggermente la testa e mi guardò stranito. «Dolcezza, posso garantirti che io non ti urlerei mai contro riguardo al sesso.» Si sporse nuovamente, questa volta così vicino da sussurrarmi all'orecchio. Sentii il suo

Montana di fuoco

fiato caldo sul collo e rabbrividii. Le sue nocche mi scivolarono lungo il braccio nudo, facendomi venire la pelle d'oca. Il mio corpo rispondeva così bene al suo. *Troppo* bene. «Tu, però, puoi urlare quanto ti pare. Diamine, scommetto che saprei farti gridare.»

Aveva ragione. *Ero* scema. Scema abbastanza da voltare la testa verso la sua e baciarlo. Non un bacetto sulla guancia, ma il genere di bacio per cui si afferrano i capelli sulla nuca dell'uomo e ci si dà dentro per un po'.

Dopo un istante in cui rimase immobile perché sconvolto, lui assunse il controllo. La delicatezza era finita. Il suo bacio fu un po' violento, la sua lingua che si muoveva in fretta per trovare la mia. Mi sentii accaldare e gemetti, cosa che non fece che spronarlo ad approfondire ulteriormente il bacio. La sua mano mi strinse la nuca e mi tenne a sé, facendomi ruotare come voleva.

Dio, era bravo a baciare! Fantastico. Profonde leccate, soffici bacetti, una possessività dominante.

Io ero altrettanto disperata dalla voglia di perdermi in quel bacio, di tenerlo stretto, avvolgendo perfino una gamba attorno alla sua. Riuscivo a sentire ogni singolo *duro* centimetro di lui.

Che mattinata folle! L'adrenalina si fondeva nel bacio, nel mio bisogno di prendermelo proprio lì per strada. Mi accaldai tutta, mi cedettero le gambe. Mi sentivo viva e, dopo quell'esperienza in cui eravamo sfuggiti alla morte, era meraviglioso. Venni fatta indietreggiare fino a finire con la schiena contro qualcosa di duro e freddo. Il camion dei pompieri. Il petto di Ty era altrettanto duro contro i miei seni e lui senza dubbio riusciva a sentire i miei capezzoli. Il suo ginocchio mi fece allargare le gambe e si fece ancora più vicino, il suo cazzo duro che si sistemava proprio contro la mia figa, i nostri abiti l'unica cosa a dividerci. Come una vera zoccola, io ondeggiai i fianchi, sfregandomi contro di lui. Gememmo insieme.

Ero così completamente persa, così coinvolta. Così... distratta. Quella cosa non poteva finire da nessuna parte, non lì, non contro un camion dei pompieri—sebbene fossi certa che Goldie avesse un film per adulti su una cosa del genere nella sua collezione in negozio. L'attrice però non ero io. *Quella* non ero io.

Mi ritrassi il meglio possibile, ricordandomi dove fossimo.

«Dobbiamo...um... dobbiamo fermarci,» ansimai come se avessi corso una maratona.

Ty sogghignò, i suoi occhi scuri di desiderio. Aveva le labbra rosse un po' lucide. Premette il suo cazzo contro di me ancora una volta, poi indietreggiò. «Ho quella scatola di preservativi se vuoi ricominciare da qualche parte dove possiamo avere un po' più di privacy.»

Mi baciò la punta del naso e si allontanò, lasciandomi appoggiata al camion dei pompieri, l'unica cosa che mi teneva in piedi.

Montana di fuoco 101

INTORNO ALL'ORA DI PRANZO, uno sceriffo mi diede un passaggio a casa. Ty era dovuto restare là ad aspettare il controllo dell'assicurazione e compilare i moduli per la sua auto schiacciata. Kelly era stata abbastanza gentile da riportare Bobby e Zach in città nel suo epico van che riusciva a tenere tutti i suoi bambini e i miei. Il livello di decibel nel retro doveva essere stato simile a quello di un concerto rock.

Li incontrai alla Bogert Pool. Erano tutti ammassati, tubi galleggianti, occhialini e asciugamani che volavano ovunque, pronti per un pomeriggio di nuoto. La Bogert era la piscina all'aperto della città che faceva lezioni di nuoto la mattina—che Zach e Bobby frequentavano—e apriva al pubblico tutto il pomeriggio. Era caotica e piena di bambini, ma di solito i miei figli incontravano qualcuno che conoscevano e giocavano per ore nell'acqua bassa. Io ero felice di un po' di sole caldo e di acqua fresca.

Io e Kelly ci sedemmo sul bordo della piscina bassa e guardammo i più piccoli schizzarsi e nuotare. Io indossavo il bikini verde che avevo ricevuto due anni prima per posta. Non era troppo striminzito, sebbene i miei seni abbondanti offrissero una grossa scollatura a prescindere da cosa indossassi e mi facevano sempre sentire un po' a disagio. Kelly indossava il tipico costume da mamma. Un pezzo superiore dai disegni sgargianti, più che altro rosa, e un costume a gonnellina. Ovviamente, su di lei stava benissimo. Se l'avessi indossato io, mi sarebbero uscite le tette dal pezzo di sopra e le balze della gonna sarebbero sembrate dei mutandoni.

«Non so se dovrei ridere di te o abbracciarti. Sono così felice che tu stia bene, ma non riesco a crederci. La casa è saltata in aria e l'auto di Ty...» Kelly scosse la testa. Non c'era davvero molto altro da dire. Il resto—il perché, il chi e il come—erano ancora un mistero. Avevo sperato di andare alla casa della svendita e ottenere delle risposte. Invece, avevo solamente più domande. Più problemi.

E quello era solo il mistero dello gnomo. Non comprendeva nemmeno Ty e il mistero del bacio. Il Bacio. Si meritava le maiuscole perché era una cosa monumentale. Memorabile. Indimenticabile. Allo stesso tempo, non era davvero poi così complicato. Era solamente un bacio. Un bacio estremamente eccitante, erotico e convulso. Mi si erano praticamente sciolte le ossa, il cervello mi era uscito dalle orecchie. I capezzoli mi si indurivano al solo pensarci. E, più in basso, pulsavo e volevo quello spesso cazzo che avevo percepito.

«Spiegami di nuovo il tuo problema con Ty?» mi chiese Kelly. «È stato un bacio.»

Quando le avevo raccontato dell'incidente dietro il camion dei pompieri, lei si era fatta aria con la mano. Mi sentivo come al liceo, a parlare di una limonata con qualcuno, analizzandone ogni singolo dettaglio.

Diamine, sì. Era stato un *Bacio*.

Il cellulare mi squillò nella borsa ed io corsi a prenderlo, lasciandomi alle spalle impronte bagnate. Goldie.

«Che diamine è successo?» Non perse tempo a salutarmi.

Sapevo che cosa mi stesse chiedendo e mi rifiutavo di aggiornarla prima di urlare io contro per prima. «Che diamine, appunto! Perché caspita hai dato a Ty quella scatola?»

«Non pensavo che tu avresti fatto qualcosa per rimediare alla mancanza di sesso nella tua vita. Ho pensato di darvi magari una spintarella.»

«Una spintarella?» Diedi le spalle agli altri avventori della piscina e coprii il telefono con una mano. «Delle palline anali non sono una spintarella! Hai la minima idea di cosa pensi lui di me adesso? Io no di certo!»

«Penserà che sei sessualmente avventurosa e aperta a provare cose nuove.»

«Non ho intenzione di provare delle palline anali al primo appuntamento!» sussurrai. Altri baci sarebbero andati bene, però.

«D'accordo, d'accordo,» borbottò lei. «Mi inventerò qualcosa di più blando. Conservale per il terzo appuntamento.» Mi arrivò forte e chiara la sua risatina.

Io provai a contare fino a dieci, ma arrivai a sei. «*Non*

gli manderai un'altra scatola.» La mia voce fu poco meno di un urlo, quella che usavo coi bambini quando infilavano i loro giocattoli nel cesso. «Se lo farai... non ti racconterò dell'esplosione.» Minacciarla era tutto ciò che potessi fare. Ed era una minaccia debole dal momento che l'avrebbe scoperto comunque da qualcun altro.

«D'accordo. Non gli manderò un'altra scatola.» Sembrava contrita, il che significava che doveva avere un asso nella manica. Probabilmente stava incrociando le dita.

«Bene. Sono in piscina, per cui ti spiegherò tutto più tardi. Sempre alle dieci?» Avrei dovuto lavorare con lei quella sera dal momento che Veronica, un'altra dipendente, era in vacanza.

«Sì, grazie.»

«Com'è che non torturi mai Veronica con una scatola?» le chiesi.

«Una vagina solitaria alla volta.»

Goldie riattaccò senza salutare.

Io spalancai la bocca e fissai il telefono. L'aveva appena detto davvero? Vagina solitaria?

Salutai distrattamente Bobby con la mano, che fece un tuffo a bomba dal bordo della piscina. Kelly applaudì quando riemerse in superficie. Io misi via il cellulare, ancora sconvolta dalle parole di Goldie, e raggiunsi nuovamente la mia amica.

«Pronto? Il bacio?» mi spronò lei.

Montana di fuoco 105

«Come ho detto, non si è trattato *solamente* di un bacio.» Sospirai. Non potevo negarlo. «È stato molto di più. Ogni volta che vedo Ty mi prende quella sensazione di nausea, di ansia allo stomaco. Ci sono un sacco di bei ragazzi là fuori che non mi hanno mai fatto effetto. Come il papà di Luke Newsom della seconda elementare. Lui è molto attraente, ma io non provo nulla. Poi però Ty entra nella stanza e... scintilla. C'è stata una scintilla che non riesco a spiegare.» Una scintilla che mi arrivava dritta al clitoride.

Kelly guadò nell'acqua bassa per andare a prendere Emmaline che piangeva perché un bambino più grande l'aveva schizzata. Contenta delle attenzioni di sua madre, la piccola di quattro anni si divincolò dalla sua presa e tornò ai suoi giochi.

«Dio, adoro quella scintilla,» disse Kelly, sollevando lo sguardo sognante al cielo come se si fosse ricordata di una scintilla speciale tutta sua. «Allora, qual è il problema?»

Esattamente. Qual era il problema? Ero una codarda. Troppo codarda per interessarmi di nuovo a qualcuno, nonostante quella passione tra di noi. L'alchimia era alle stelle. Perfino Ty non poteva discutere al riguardo. Io però non volevo che mi trovasse in difetto. Sgradevole. Come Nate. La vita era proseguita benissimo fino a quando... scintilla. Una volta accesa quella scintilla, non si torna indietro.

«Devo scoprire cosa stia succedendo con quella ridicola fiala di sperma.» Sussurrai quell'ultima parte dal momento che ci trovavamo in mezzo ad un pubblico vario. Adulti e bambini.

Lei si accigliò. «Cos'ha a che vedere col bacio?»

Cavolo, non l'avevo distratta. «Nulla. Proprio nulla. È solo che so che cosa viene dopo un bacio e non sono sicura di essere pronta.»

«*Quella* è la parte migliore! Io dico dacci dentro.» Kelly si calò ulteriormente il cappellino di paglia sugli occhi. Il sole si rifletteva forte sull'acqua. Si portò una mano alla bocca e sussurrò, «Io prenderei un po' di quei campioni di preservativi al negozio, tanto per stare tranquilli.»

Roteai gli occhi. Se solo avesse saputo del pacchetto di Goldie e dell'enorme scatola che adesso aveva Ty. Andai a prendere la crema solare nella mia borsa e cominciai a spruzzarla. Mi sentivo eccessivamente calda sulla nuca. Era per via del sole o dell'aver parlato di fare sesso con Ty?

«Possiamo cambiare argomento, adesso?» Lei e Goldie sembravano divertirsi un mondo a chiacchierare della mia vita sessuale inesistente. Molto più di me.

«D'accordo, d'accordo. Com'è che si chiamava il ranch dove il tizio, il ladro di gnomi, lavorava?»

«Um... Rocking Double D.»

Il terzo figlio di Kelly in ordine di età crescente, Kyle,

si fermò da lei per farsi sistemare gli occhialini, poi se ne andò. «Ho sentito parlare di quel posto. Era sui giornali il mese scorso.»

Il Montana, il quarto stato più grande degli Stati Uniti, era enorme. Con meno di un milione di persone che vivano in tutto il paese, c'erano un sacco di terreni aperti. Un sacco di terreni da ranch. Per il Montana, io venivo considerata una cittadina e raramente, se non mai, ero stata coinvolta nella vita da ranch. L'unica volta in cui avevo visto dei rancher era stato alla fiera della contea quando avevano portato le loro mucche, pecore e altri animali per promuovere il proprio ranch, venderli o competere per il nastro azzurro. Io non ne sapevo proprio nulla della coltivazione o dell'allevamento. Compravo il mio cibo al mercato contadino, al supermercato o in macelleria.

Kelly, però, era cresciuta a Bozeman e conosceva un sacco di persone, e un sacco di persone conoscevano lei —molto più di me. Rancher, cittadini, chiunque. I suoi genitori ne conoscevano ancora di più. Aggiungiamoci Goldie e giuro che conoscevano tutti tra Butte e Billings. Il fatto che il ranch del Rocking Double D fosse stato sul *Chronicle*, però, significava che anche la gente di città come me avrebbe dovuto conoscerlo.

«Una mucca lì ha avuto tre vitelli gemelli.»

Quella era l'ultima cosa che mi fossi aspettata che dicesse. In effetti, mi distrasse talmente tanto che mi spruzzai la crema solare sul braccio fin nei capelli. Adesso sapevo di cocco e di cloro. Dovetti immaginarmi tre vitelli gemelli e poi una mucca che li desse alla luce. Quanto era grande un vitello alla nascita? Non riuscivo ad immaginarmi mamma mucca con tre nella pancia. Doveva averle toccato terra.

«Non sapevo nemmeno che fosse possibile. Tre?»

«Immagino capiti ogni tanto, ma di solito non sopravvivono tutti e tre. Una specie di roba da madre che rifiuta i vitelli di troppo. Chissà. Ma è abbastanza raro che tutti e tre siano sopravvissuti che il giornale ci ha scritto un articolo.»

«Uh.» Che diavolo aveva a che vedere una fiala di sperma di toro in uno gnomo con tre vitelli gemelli?

6

«Assolutamente nulla,» disse Ty quella sera dopo cena. Era venuto a controllare come stessi. Cosa che a me non era dispiaciuta. Affatto. «Nessuno può pianificare il parto di tre vitelli gemelli. Capita e basta. Non ha nulla a che vedere con la fiala.»

«Tre gemelli o meno, la fiala molto probabilmente proviene dal ranch Rocking Double D. Ha senso. Morty Moore deve averla rubata da lì.»

Eravamo seduti sui gradini della mia veranda. Conducevano alla porta d'ingresso dipinta di un arancione scuro, aperta. C'erano due vasi ai lati pieni di gerani colorati e altre piante di cui non conoscevo il nome.

Io mi ero fatta la doccia e mi ero rimessa dei pantaloncini e una maglietta dopo la piscina, ma avevo lasciato perdere le scarpe. Ty era seduto vicino a me, le sue mani appoggiate alle ginocchia piegate. Riuscivo a vedergli dei piccoli graffi sugli avambracci dovuti all'esplosione e al nostro tuffo nel fosso. Sapeva di sapone e di abiti puliti. Era difficile non guardare la sua bocca, non sporgermi a baciarlo di nuovo. L'attrazione era quasi troppo forte per resistervi. I suoi baci erano come una droga ed io ne volevo un'altra dose, ma essere in compagnia di due bambini manteneva le cose non vietate ai minori.

«Probabilmente hai ragione. Forse stava cercando di fare un po' di soldi. Ma non sappiamo quale sia il suo lavoro al ranch o come abbia avuto accesso alle fiale. E perché diavolo ha infilato quella fiala nello gnomo?» I suoi occhi ricaddero sulla mia bocca come sembravano fare sempre. Forse anche lui era tormentato come me. «Hai un buon odore.» Sollevò una mano e me la fece passare tra i capelli.

«Cloro,» mormorai io mentre mi premevo contro il suo palmo. Era caldo, pieno di calli, e quel semplice gesto fu rilassante, come un abbraccio.

I bambini erano in garage a giocare, un attimo prima tirando fuori i monopattini, quello dopo una palla da calcio. Sapevano intrattenersi da soli ed erano molto creativi. Niente TV o videogiochi in vista.

La via era tranquilla a parte un tosaerba in lontananza e l'odore di erba tagliata nell'aria. I corvi avevano fatto il nido sul pino dall'altro lato della strada e il loro

Montana di fuoco

gracchiare, o come si chiamasse il loro verso, avrebbe potuto far impazzire qualcuno. Il Colonnello tirava fuori la fionda almeno una volta al giorno per spaventarli. In quel preciso istante, però, erano zitti.

I piatti della cena erano puliti, la serata si era rinfrescata e la mia pelle brillava rosea grazie al sole. Sentivo i bambini chiacchierare. Era una semplice serata estiva ed io ero contenta. Dopo la folle mattinata e il caos in piscina con nove bambini, c'erano pace e tranquillità. Calma.

«Che state facendo voi due?» esclamai. Non volevo allontanarmi da Ty per scoprirlo. La sua mano mi passò distrattamente su un ginocchio. Scintilla! Se i bambini non si urlavano contro né piangevano di dolore, tendevo a tenermene fuori. Specialmente adesso che un ragazzo figo mi aveva detto che avevo un buon odore, aveva la sua mano su di me e la sua bocca era a portata di bacio.

«Sistemiamo le nostre bici!» rispose a voce alta Zach.

«Ottimo. Bambini occupati.» Ty si sporse e mi baciò su quel punto altamente sensibile dietro l'orecchio. Io non potei fare a meno di trasalire a quel contatto. Una vampata di calore mi corse dritta a sud.

«Um... hai sentito qualcosa su Morty Moore? Non si è ancora fatto vivo?» chiesi a Ty, cercando di mantenere il senno. Una cosa era saltargli praticamente addosso dietro un camion dei pompieri, un'altra era farlo quando i bambini avrebbero potuto sbucare fuori dal garage da un momento all'altro. «Sappiamo che non è morto nell'esplosione e che era qui a scappare da te la sera scorsa. Oddio.» La sua mano calda si spostò lungo la pelle calda della mia coscia, la punta delle sue dita appena sotto l'orlo dei miei pantaloncini.

Lui mi mordicchiò il punto tra il collo e la spalla. Che caldo!

«La motorizzazione ci ha fornito la sua foto della patente,» mormorò lui mentre mi faceva passare il bruciore con un bacio. «Morty Moore era decisamente l'uomo davanti a casa tua l'altra sera.»

Ty sarebbe stato in grado di riconoscerlo meglio di me. Si erano ritrovati faccia a faccia abbastanza a lungo. Io l'avevo visto solamente correre via per la strada.

«I vigili del fuoco hanno parlato con i Moore in Arizona. Loro figlio, Morty--»

Io feci tutto il possibile per tenermi le mani lungo i fianchi, le strinsi perfino a pugno. Volevano disperatamente intrecciarsi tra i suoi capelli e spingergli la testa di qualche centimetro più in basso. «Che razza di genitore chiama suo figlio Morty Moore? Devono averlo preso in giro senza pietà a scuola.»

Sentii Ty sogghignare contro il mio collo. Doveva essere d'accordo con me. «Morty viveva in quella casa. Vista la situazione immobiliare, i Moore non ci provano nemmeno a venderla. Non lo sentono da più di una settimana. Tutta la questione è stata affidata alla polizia.»

«La polizia?» Gli tirai indietro la testa dalle orecchie e lo guardai come se avesse avuto tre gemelli. «Pensavo si fosse trattato solamente di una perdita di gas. Hai detto che ha avuto un aiuto, ma pensavo intendessi che qualcuno è andato a sbattere contro una tubatura e l'ha allentata o qualcosa del genere.» Il mio desiderio di farmi prendere lì, in quel preciso istante, su quei gradini diminuì fin quasi a svanire al pensiero di essere quasi morta per un'esplosione premeditata.

Ty scosse la testa, nonostante non fossi certa che fosse perché era stato allontanato dal mio collo o in risposta al mio commento. Sospirò, si alzò e andò a raccogliere un fiore morto dal mio vaso di gerani. «La tubatura che correva dalla bombola fino in casa era stata danneggiata. Intenzionalmente. C'era una perdita, che è stato il motivo per cui hai sentito odore di gas. Queste sono tutte indagini preliminari. Indagheranno e mi faranno sapere.»

Riuscii a sentire il sangue—quel che ne era rimasto —defluirmi dal cervello. «Qualcuno stava cercando di ucciderci?» squittii.

«Dubito che fosse rivolto a noi. Molto probabilmente a Morty. È immischiato in qualcosa fino al collo.»

«Sperma.»

Ty incurvò un angolo della bocca verso l'alto. «Una cosa del genere. Senti, devo lavorare i prossimi giorni. Ho il mio turno, un rimpiazzo e poi un altro turno. Pensi di riuscire a stare fuori dai guai?»

«Divertente,» commentai io, roteando gli occhi. Avrei voluto che si fosse seduto nuovamente accanto a me, con la sua bocca di nuovo sulla mia pelle. «Penso di poterlo fare. E poi, è mercoledì. Cosa può succedere di mercoledì?»

Ty non rispose, forse per paura.

Zach e Bobby portarono fuori le loro biciclette dal garage. Indossavano i caschetti, pronti a partire. Sul marciapiede, salirono con cautela in sella, Bobby sulla sua biciclettina rossa con le rotelle, Zach sulla sua mountain bike presa ad un mercatino dell'usato. Io osservai più attentamente la parte frontale della bici di Bobby. Sul manubrio erano seduti due dei suoi animaletti di peluche. Dal momento che non aveva un cestino dovetti chiedermi come ce li avesse attaccati.

«Quelle sono...um--» borbottò Ty, indicando la bici di Bobby. Cominciò a ridere.

Lì, attaccate al manubrio di una bicicletta per bambini di quattro anni, a tenere ben stretti il suo cagnolino e orsacchiotto, c'erano le mutande col buco in rete nera. In qualche modo avevano fatto passare il manubrio nei buchi per le gambe, facendogli fare il giro più volte giusto per essere sicuri. Nella parte bucata centrale, Bobby ci aveva infilato i suoi due animaletti di peluche.

«Per la miseria. Mi ero completamente dimenticata

di quel...um indumento intimo per uomini. I bambini devono averle trovate sul bancone quando le ho--» Imitai il gesto di una fionda con le mani--«lanciate vicino al frigo.»

I bambini ci salutarono con un rapido cenno e si allontanarono pedalando oltre la casa del Colonnello. Ty piegò la testa e sogghignò. «Quei bambini sono maledettamente creativi.»

Io lasciai cadere la testa tra le mani, mortificata.

«Perché diavolo qualcuno dovrebbe far saltare in aria la casa dei Moore?» volle sapere Goldie. Aveva atteso tutto il giorno per delle risposte. Quella sera, indossava un paio di pantaloni al polpaccio neri, dei sandali neri con zeppa e una maglietta bianca con lo scollo a V in cotone con dei lustrini dorati a formare un diamante sul petto. Aveva i capelli raccolti in una coda, ma li aveva gonfiati un po' davanti. Tra i tacchi e i capelli, era quasi alta quanto me.

«Pensiamo che sia stato per via della fiala di sperma che abbiamo trovato,» dissi con indifferenza, come se avessi parlato di andare a comprare delle uova al supermercato.

Goldie abbassò la testa per scrutarmi da sopra i suoi occhiali da lettura. Erano legati al suo collo da una catenina piena di brillantini agganciata alle stanghette. Non disse nulla, si limitò a tornare a battere uno scontrino sul registratore di cassa. Conoscevo quello sguardo. Era mezzo un *ma che diamine* e mezzo *non fare l'impertinente*. Non aveva ancora finito con me.

Ah! Sapevo qualcosa che lei non sapeva. Sogghignai. Non potei farne a meno.

«Chiedo scusa.» Una coppia sulla ventina attirò la mia attenzione. La donna indossava un abitino che metteva in mostra un tatuaggio sulla parte superiore del braccio di una geisha sfumata artisticamente in un mare in tempesta che le faceva il giro del gomito. Aveva i capelli nerissimi e un anellino argentato al naso. Il ragazzo indossava dei jeans che gli scendevano ben oltre il sedere così da farmi vedere quasi interamente i suoi boxer blu. Non avevo idea di come facesse a camminare, ma se non altro, se la donna avesse voluto fare sesso subito, lui non si sarebbe dovuto tirare giù i pantaloni per tirarsi fuori il pacco.

«Cosa posso fare per voi?» domandai, pronta a servirli.

«Vorremmo provare il sesso anale, ma non siamo sicuri di cosa sarebbe meglio.»

C'era qualcosa che tutti sapevano sul culo che a me sfuggiva? «Ma certo.» Mi avvicinai al reparto apposito e cominciai a porgere loro le cose di cui avrebbero potuto avere bisogno. «Lubrificante. Prendete il boccettino grande. C'è la variante standard e quella anestetizzante. Ci sono plug, palline e vibratori da scegliere da questa vetrina.»

«Voglio qualcosa di grosso. Qualcosa di decisamente fico,» disse il tipo. Tirò giù un plug che sembrava una granata. «Tipo questo.» In quanto commessa, non avevo intenzione di rovinare il loro divertimento condividendo i miei pensieri circa una granata nel culo.

Guardai la sua ragazza per vedere se fosse d'accordo con lui. Lei annuì. «Sì. Grosso.»

«Se non l'hai mai fatto prima, potresti voler cominciare con qualcosa di piccolo così da non farti male. Andare per gradi.» Volevo assicurarmi che sapesse in cosa si stesse cacciando.

Lei inarcò le sopracciglia. «Non è per me! *Lui* vuole provare il sesso anale. Dal momento che finirà nel suo culo, può scegliere lui.»

A me stava bene. «Certo. Voi due decidete pure e venite in cassa quando siete pronti.»

Un paio di minuti più tardi, battei loro lo scontrino. Finirono col prendere effettivamente il modello a granata e accettarono il mio consiglio sulla boccetta di lubrificante formato convenienza. Goldie si unì a noi e infilò un paio di preservativi nel sacchetto. «Tanto per stare sicuri,» disse. «Oh, aspettate.» Allungò una mano dietro il bancone per frugare nella scatola di Ty che io avevo riportato in negozio. «Ecco. Provate anche queste palline. Potrebbero piacervi. Sono in omaggio.»

Dopo che se ne furono andati, mi voltai verso Goldie. «Cosa c'è di così interessante nel sesso anale?»

«Non pensare di potermi distrarre. Quale fiala di sperma?»

Io le raccontai tutto ciò che era successo negli ultimi giorni, descrivendole la svendita, gli gnomi, la scoperta della fiala, il viaggio di ritorno alla casa del mercatino e l'esplosione. Tralasciai la mia attrazione per Ty e il bacio che avevamo condiviso. Non aveva senso agitarla per la mia vita sessuale più di quanto non lo fosse già. E poi, nonostante me l'avesse promesso, non volevo che altre scatole finissero alla porta di Ty.

«Unf,» replicò Goldie. Fu tutto ciò che ebbe da dire sul mio discorso di più di un'ora. Un gruppo di donne sulla ventina entrò alla ricerca di idee e regali per un addio al nubilato. Una delle offerte che proponeva il Riccioli D'Oro era una festa privata con sex toy a casa propria. Era come una dimostrazione della Tupperware, ma con i dildo. Alcune donne erano troppo imbarazzate o nervose per venire in negozio, per cui spesso si finiva col fare anche un po' di educazione sessuale agli adulti. Alle volte i lunghi inverni portavano con sé lunghe serate buie e le feste di Goldie di certo sapevano ravvivare le cose.

Avevo condiviso io l'idea delle dimostrazioni private

con Goldie per attirare nuovi clienti un paio di anni prima. Lei ci si era tuffata di testa ed io mi ero offerta volontaria per quel nuovo ramo d'affari. Mi teneva occupata un paio di sere al mese.

Organizzai con le ragazze di presentarmi alla festa di addio al nubilato il mese seguente e promisi di renderlo super speciale. Avrei fatto solamente il mio lavoro.

«Penso che tu debba fare attenzione. Qualcuno là fuori non è contento,» disse Goldie quando chiudemmo il negozio. Spense tutte le luci e ci avviammo assieme verso le nostre auto. All'una di notte, c'era silenzio ovunque. L'aria era fresca, probabilmente intorno ai dieci gradi, ed io avevo la pelle d'oca sulle braccia. Un bello sbalzo di temperatura rispetto al pomeriggio in piscina. Era stata una giornata piena ed io ero esausta.

«Nulla di quanto successo ha a che fare con me,» risposi. «Io ho solamente trovato la fiala. Non ho cercato di venderla. E poi, non ce ne sono altre. È finita. Non ho intenzione di comprare altri gnomi.» Non avevo nemmeno intenzione di dirle che avevo già deciso di andare al ranch Rocking Double D a parare col proprietario. Stava succedendo qualcosa di losco e volevo mettere in guardia chiunque gestisse quel posto su Morty, raccontare loro di come fossi stata coinvolta e che volessi tenermene alla larga in futuro. Magari avrei potuto guardarli licenziare Morty il ladro, già che ero lì.

Goldie strinse le labbra, ma non aggiunse altro. «A che ora vuoi i bambini domani mattina?»

Di solito dormivo fino a tardi e mi godevo un po' di tempo in pace con me stessa quando lei e Paul tenevano Zach e Bobby a dormire a casa loro. Magari avrei potuto rendere la mattinata più produttiva andando al Rocking Double D invece di premere il pulsante di rinvio sulla mia sveglia.

«Magari mi faccio una corsa e sbrigo qualche faccenda. Pensi di poterli tenere fino a dopo pranzo?» Una corsa! Ah! Magari sarei corsa fino al ranch a indagare un po'. Con l'auto.

———

La mattina seguente, dopo una tranquilla nottata senza bambini, ero in piedi davanti al bancone della cucina a sorseggiare il mio caffè. Mi ero fatta la doccia e asciugata i capelli. La porta che dava sulla veranda coperta era aperta, l'aria fresca che entrava in casa. La nottata fredda si era tramutata in una mattinata limpida. Cielo azzurro. Il tempo era perfetto. Avrebbero dovuto esserci più di venticinque gradi quel giorno, sebbene in quel momento non arrivassero quasi neanche a venti. Di solito indossavo i miei soliti pantaloncini e maglietta, ma dal momento che il mio piano prevedeva far visita ad un ranch in attività, sapevo che un paio di pantaloni lunghi

Montana di fuoco 121

e delle scarpe robuste erano praticamente necessarie. Indossavo dei jeans, una canottiera bianca e i miei stivali di Frye. Con un po' di speranza, sarei riuscita a impedire alla cacca di cavallo e a qualunque altra cosa si trovasse nel fango di finirmi addosso. E poi, era la cosa più vicina ad un abbigliamento da cowgirl che avessi.

Cercai il ranch Rocking Double D sul mio cellulare e fui sorpresa di scoprire che avesse un vero e proprio sito internet. Si diceva che fosse un ranch di cavalli di prim'ordine, che allevasse quarter horse, li facesse riprodurre e li vendesse. Io non ne sapevo nulla di cavalli a parte l'identificarne uno quando lo vedevo. Ce n'erano di marroni, neri, bianchi e alcuni a chiazze. Nessuno a strisce, dal momento che, a quanto pareva, quella era una prerogativa delle zebre.

Chiamai Kelly e lei rispose al primo squillo. I bambini urlavano in sottofondo. «Ciao,» dissi.

«Aspetta un attimo,» mi rispose. «Liam ha vomitato sul camioncino giocattolo di Hank e non si è ripreso.» Non sapevo se stesse parlando di Liam o di Hank. Una porta sbatté, poi silenzio. «Okay, sono uscita in giardino.»

«Volevo solamente farti sapere che ho intenzione di andare al ranch Rocking Double D questa mattina. Devo trovare Morty e andare al fondo di questa storia della fiala. Conoscere il proprietario del ranch, dirgli cosa penso che stia succedendo. Volevo farlo sapere almeno ad una persona che non mi avrebbe urlato contro.»

«Fa' attenzione. Solo perché non urlo non vuol dire che non mi preoccupi per te.»

«Almeno la tua preoccupazione non si manifesta in urla e nel cercare di farmi sentire in colpa.»

Kelly rise.

Al telefono, aprii un link diverso sul ranch, quello del *Chronicle* che parlava del parto dei tre vitelli. «Vedo l'articolo sui tre vitelli,» dissi in vivavoce. «Avevi ragione su tutto quanto. Dice che il ranch appartiene a Drake Dexter. Lo conosci?»

«Solo come proprietario del ranch, nient'altro. Mi spiace.»

«È un ranch di cavalli, ma devono esserci una mucca o due per essere stati graziati dalla nascita dei tre vitelli. Allora cosa ne pensi? Il seme nella fiala era di un toro o di un cavallo?»

Sentii la voce attutita di Kelly e qualcosa riguardo a del gelato per colazione. «Scusa. Um, se il ranch è famoso per i suoi quarter horse e offre degli stalloni da riproduzione, mi verrebbe da pensare che si tratti di sperma di cavallo.»

«Lo sperma di un cavallo di lusso frutterebbe parecchi soldi?»

Kelly sbuffò. «Evita di dire "sperma di un cavallo di lusso" davanti a Drake Dexter. Potresti insultare lui e la tua intelligenza.»

«Ottima osservazione. Lo sperma di cavallo frutterebbe più soldi di quello di toro?»

«Non ne ho idea.»

«Potrei chiedere ai genitori di Ty. Sono allevatori di bestiame per cui sarebbero loro gli esperti.»

«A proposito di Ty... perché non lo chiedi a lui e basta?»

«Perché se sapesse che sto andando al ranch oggi si arrabbierebbe. Non vuole che mi immischi più in questa faccenda.»

«Aww, che romantico!»

«Romantico? Non mi piace sentirmi dire cosa devo fare,» borbottai io.

«Si sta solo mostrando protettivo. È quel testosterone da maschio alfa di cui lui ne ha un sacco. Fa' attenzione, potrebbe riportarti nella sua caverna trascinandoti per i capelli.»

L'immagine di farmi afferrare e trascinare ovunque da Ty mi scaldò tutta. «L'ho conosciuto per la prima volta la settimana scorsa. Non ha alcun diritto su di me o su ciò che faccio.»

«Allora non dovrebbe darti fastidio dirgli che stai per andare al ranch. Perché tenerglielo nascosto?»

Bella domanda.

L'INDIRIZZO che avevo trovato collocava il ranch a ovest della città, vicino a Norris. Mi ci vollero quasi trenta minuti per prendere la Norris Road fin oltre le sorgenti termali. Ero rimasta bloccata dietro un pickup che trainava un rimorchio con su un gommone, un quad e diverse borse frigo. Qualcuno stava andando in campeggio, a caccia e a pesca. Svoltai verso sud in direzione di Ennis e imboccai una strada sterrata a sinistra, poi a destra.

Il ranch, come molti nel West, aveva un'enorme arcata in legno all'inizio del vialetto. Due D poggiate su una curva come la base di una sedia a dondolo erano il simbolo del ranch ed erano poste con tutti gli onori in primo piano al centro dell'arcata. Io seguii lentamente il vialetto sterrato per circa mezzo miglio fino alla zona di parcheggio principale. Era impossibile non scorgere gli edifici dedicati ai cavalli. Quello principale era praticamente una mostruosità delle dimensioni di un hangar per aerei. Doveva esserci un circuito da gare al chiuso all'interno. Quello, oppure un 747.

Pareti in metallo grigio con dettagli verde scuro su ogni lato. Una cupola con un segnavento in cima. Era una costruzione seria, ma palesemente costosa. I minuscoli giardini a circondarla erano ben tenuti e di buon gusto, l'edificio pulito e con solamente un leggerissimo odore di cavalli a permearlo. Niente cacca in vista.

Doveva avere un qualche nome da cavalli speciale, ma io non sapevo quale fosse.

Su un promontorio in lontananza si ergeva una grossa casa. Una villa del Montana costruita in legno con grosse finestre e un panorama immenso. I terreni tutt'intorno si estendevano fino alle montagne, uno scenario bellissimo. Quella casa sarebbe potuta finire sulla copertina dell'*Architectural Digest*. Se ti piacevano le mega ville nel bel mezzo del nulla con cavalli e mucche puzzolenti a vagare nei dintorni. C'era chi le adora. I gusti erano gusti.

Accanto all'edificio principale c'erano le stalle, quello lo capivo perfino io. Lunghe quasi come un campo da calcio, erano strette con delle grosse porte a scorrimento sul lato più corto. Riuscivo a vederci un pochino dentro e a scorgere un paio di stalle. Un cavallo o due avevano il muso fuori dalle mezze porte, per cui seppi di trovarmi nel posto giusto. Parcheggiai e andai alla ricerca di Drake Dexter—e di Morty Moore.

Era più buio di quanto mi fossi aspettata nella stalla e mi ci volle un po' prima che i miei occhi si abituassero essendo stata al sole. Faceva caldo all'interno, era pieno di polvere e c'era odore di fieno e di cavalli. Diverse persone lavoravano inforcando il fieno, alcuni sollevando altro, molto probabilmente cacca. Un sacco di cacca. Qualcuno stava conducendo fuori un cavallo marrone tenendolo per le briglie. Sembrava un'operazione di precisione. Tutti gli impiegati sembravano indossare delle polo verdi col logo del Rocking Double D ricamato in bianco sul petto. Il complesso era pulito, ben tenuto e chiaramente fruttuoso.

«Chiedo scusa.» Fermai uno dei lavoratori che stava spingendo una carriola con il manico di un forcone che ne sbucava fuori. «Sto cercando Morty Moore o Drake Dexter.»

L'uomo aveva la stazza di un barile con delle grosse braccia ben in carne dovute al suo spalare cacca tutto il giorno. Si asciugò la fronte con il dorso della mano. «Non vedo Morty da circa una settimana, signora, per cui non posso aiutarla. Il signor Dexter dovrebbe trovarsi nell'arena dei cavalli.»

Mi era stato dato della signora. Per la miseria, all'improvviso ero abbastanza vecchia da farmi chiamare signora. Sarebbe solo peggiorato da lì in avanti. «L'arena dei cavalli è l'edificio grosso?»

«Esatto. Attraversate la porta sul lato occidentale. Non potete non notare il signor Dexter. Grosso cappello da cowboy e baffi.»

Lo ringraziai ed uscii. Sembrava fossi alla ricerca dell'uomo delle Marlboro. Non avrebbe dovuto essere troppo difficile da individuare, sebbene nel Montana, e su un ranch, ci fossero probabilmente un sacco di uomini del genere. Tuttavia, mentre seguivo le sue istruzioni e attraversavo la porta occidentale, eccolo lì! Ecco il signor Drake Dexter, signore delle Marlboro. Già, era l'espressione massima del cowboy che popolava le fantasie da romanzo d'amore di qualunque donna. Doveva aver fatto un sacco di soldi grazie ai compensi per tutte quelle pubblicità di sigarette.

Alto, whoa, ben oltre il metro e ottanta. Robusto, con la costituzione di uno che ha bevuto un sacco di acqua fresca di montagna e ha mangiato un sacco di carne buona crescendo. Forse anche qualche cereale da colazione dei campioni. Indossava dei jeans Wrangler, degli stivali da lavoro, una camicia a maniche lunghe bianca coi bottoni a scatto. Aveva un'immensa fibbia argentata alla cintura, probabilmente vinta a fare qualcosa di ridicolmente pericoloso, molto probabilmente in groppa ad un animale vivo e irascibile. Il cappello era enorme. Bianco e ben sfruttato.

Quando il lavoratore aveva parlato di baffi, io avevo subito pensato a dei grossi baffoni sopra il labbro. Quelli erano degli enormi baffoni sopra al labbro che curvavano fino ad arrivargli alla mandibola. Quell'uomo sapeva farseli crescere bene. Aveva la pelle abbronzata, leggermente segnata dalle intemperie. I suoi capelli erano scuri, sebbene la maggior parte fosse nascosta da quel cappello gigantesco. Era follemente bello a quella maniera da cowboy rozzo. Il genere di uomo che ci si sogna in groppa ad un cavallo, che ti tira su con un braccio solo e ti mette in sella di fronte a sé per poi galoppare verso il tramonto.

Quell'uomo mi provocò subito una scintilla, sebbene fu una scintilla di fantasia. Non sarei mai stata compatibile con uno che se la vedeva con mucche e cavalli tutto il giorno. Drake Dexter si voltò e mi vide. Il suo sguardo mi scorse addosso. Non con indifferenza, bensì con audacia, come se si fosse messo ad ammirare un nuovo bel cavallo. Okay, una scintilla di fantasia che fu piuttosto bella dal momento che la sentii bruciarmi e scaldarmi in tutti i punti speciali.

«Signor Dexter?» chiesi quando lui venne a pararsi vicino a me. Un po' troppo vicino. Mise un braccio sulla ringhiera che correva attorno al ring. Io dovetti sollevare lo sguardo per incrociare il suo. Fu come venire risucchiata da un buco nero. Non c'era ossigeno.

«Dex.» Sorrise. Cavolo, era un tipo intenso. Il suo sguardo, la sua posa, tutto il suo essere trasudavano potere. Arroganza.

Gli porsi una mano. Lui la prese nella sua grossa, la sua presa forte e potente. La tenne un po' troppo a lungo perché potessi sentirmi a mio agio. «Jane West. Io... um...» Ora, trovandomi lì con i suoi occhi castani addosso, era difficile tradurre in parole ciò che avrei voluto dire. «Credo di avere del seme... dello sperma che appartiene a lei.»

Dex inarcò un sopracciglio. «Tu credi? Ti garantisco che me lo ricorderei se tu avessi un po' del mio sperma.»

Montana di fuoco

I suoi occhi mi scorsero di nuovo addosso come a cercare dove fosse quel seme.

Io arrossii dalla punta dei capelli fino a quella dei piedi. Non riuscivo a vederlo, ma potevo percepirlo ovunque. Avrei voluto sprofondare nel terreno e morire. L'avevo detto davvero? Ad un completo estraneo? *Credo di avere dello sperma che appartiene a lei.* Non poteva andare peggio di così. «Lasci che ricominci da capo. Ho trovato una fiala con dello sperma dentro e penso che provenga dal suo ranch.»

Dex sorrise. «Quella è tutta un'altra storia. Io non dimentico dove metto il mio sperma.»

Ewww, che schifo.

7

Il sorriso di Dex mutò in un ghigno malizioso. «Io non infilo lo sperma in una fiala.» Non aggiunse altro, sebbene fosse palese ciò che non stava dicendo. Come se non avessi saputo dove *infilava* il suo sperma. «I nostri stalloni sono tra i migliori e il *loro* sperma... seme viene messo in alcune fiale. Offriamo servizio di stalloni da riproduzione ad altri ranch che vogliano una stirpe di sangue superiore tra i loro quarter horse e portano qui le loro cavalle affinché vengano inseminate. Spediamo anche il seme ai ranch in giro per il mondo quando sono troppo distanti da raggiungere.»

«Per cui è probabile che mi sia ritrovata con una fiala che avrebbe dovuto essere spedita?»

«Dove l'hai trovata?» Si passò una mano sui baffi.

Io guardai i bottoni a scatto della sua camicia. «Um, dentro uno gnomo da giardino.»

Montana di fuoco

Dex inarcò le sopracciglia. «Chiedo scusa?»

Io lo guardai negli occhi. «Ho comprato gli gnomi ad una svendita di roba usata.»

Annuendo, Dex mi chiese, «Come hai collegato una fiala di seme all'interno di uno gnomo da giardino, che hai comprato ad una svendita, al mio ranch?»

Non l'avrei biasimato se avesse pensato che fossi pazza. Sembravo ridicola. Ridicola, ma sincera. «L'ho ottenuta per sbaglio, in realtà, da Morty Moore. Mi è stato detto che lavora qui.»

Dex si guardò alle spalle e salutò con la mano un uomo che stava conducendo un cavallo fuori dal ring. «Ho più di un centinaio di lavoratori alle mie dipendenze. Non conosco tutti per nome. È sicuramente possibile che quest'uomo, Morty Moore, lavori qui.» Si allontanò dalla ringhiera. Io indietreggiai. «Lascia che faccia una telefonata.» Si tirò fuori un cellulare dal taschino della camicia e si mise a comporre un numero.

Era plausibile che Dex non conoscesse il nome di ogni impiegato, ma in un ranch di quel calibro, un uomo che aveva chiaramente il controllo—su tutto—mi sarebbe sembrato probabile che avesse molta famigliarità con tutti i suoi lavoratori. Non sembrava il genere di persona da lasciare nulla al caso. C'era qualcosa di decisamente strano in Dex, qualcosa di un tantino inquietante. Facciamo un sacco inquietante. Il modo in cui mi guardava, i maliziosi commenti sessuali. Non erano allusivi, erano possessivi, eccessivamente aggressivi e non solo dominanti, ma irrispettosi.

Ascoltai mentre parlava con qualcuno di Morty Moore per poi riagganciare. «Morty lavorava stagionalmente col bestiame. La primavera è un periodo frenetico quando marchiamo e castriamo i vitelli.»

Tagliare le palle ai vitelli. Che bello.

«C'è oggi? Mi piacerebbe molto parlargli.» Sapevo che non c'era dal momento che avevo parlato con l'uomo nella stalla. Cosa avrebbe detto Dex?

«Il capo del personale ha detto che Morty non si presenta a lavoro da più di una settimana.» Dex fece spallucce. «Capita. Da queste parti, per certe posizioni, come quelle dedicate al bestiame, si effettuano spesso dei cambi turno.»

Rimasi delusa. Un vicolo cieco. O forse no? Avevo visto Morty due sere prima fuggire da casa mia. Ty aveva confermato che i suoi genitori non lo sentivano da una settimana. Non era andato nemmeno a lavoro per una settimana. Io e Ty eravamo gli ultimi ad averlo visto?

«Certo. Grazie per l'aiuto.» Gli offrii un breve sorriso e mi voltai per andarmene.

«Dov'è la fiala adesso?» mi chiese Dex con voce amichevole.

Io mi voltai nuovamente. «In freezer. Immagino non le serva più, per cui la butterò via e basta.» Mentii. Non l'avevo messa nel mio freezer. Avrei dovuto comprarne uno nuovo se l'avessi fatto. Per risparmiarmi la spesa, l'avevo buttata nella spazzatura.

Lui annuì brevemente e mi prese delicatamente per un braccio. Chiaramente non gli importava della fiala mancante. «Ti faccio fare un giro prima che te ne vai.»

Sembrava che Dex non chiedesse, ordinasse e basta. Mi condusse lontano dal ring verso una porta laterale. «Um, okay.» Sembrava che mi sarei fatta un giro di un ranch di cavalli. Che lo volessi o meno.

Tuttavia sapevo che, se avessi fatto una scenata, mi avrebbe lasciata andare. Non sembrava il genere di persona a cui piacesse dare nell'occhio. Il giro probabilmente non era una brutta idea, comunque. Avrei potuto imparare qualcosa sulla fiala e sull'interesse di Morty al riguardo. Ne sapevo meno di niente di tutta quella faccenda. Non mi sarebbe dispiaciuto se me l'avesse chiesto, però. Prepotente al massimo.

«Dunque ha avviato questo ranch tutto da solo? È davvero notevole,» domandai, cercando di fare conversazione. Nulla funzionava meglio del gonfiare l'ego di un uomo. Se avessi dovuto restare lì, aveva senso imparare qualcosa e farlo con un uomo disposto a parlare. Dex avrebbe potuto aiutarmi, senza saperlo, a scoprirne di più su Morty e a rintracciarlo.

Aveva ancora una mano sul mio braccio, la sua pelle calda a contatto con la mia. L'attrazione iniziale, quella scintilla da fantasia, era sparita. Poteva anche essere bellissimo, ma niente di più.

«I miei genitori hanno allevato bestiame su questi terreni fin dagli anni cinquanta. Io ho scoperto una passione per i cavalli e ho aggiunto l'impresa equina al ranch.»

«I suoi genitori sono ancora coinvolti nella proprietà?»

«Sono morti da diverso tempo. E tu? Che cosa fai? Non ti vedo alcun anello al dito.»

Avevamo lasciato l'arena dei cavalli, attraversando lo spazio all'aria aperta per raggiungere un terzo edificio. Quello era più piccolo, meno di cinque metri quadri. Anche quello aveva le pareti di metallo grigio coi dettagli verdi. Tutti gli edifici erano uguali.

«Um, no. Sono vedova.»

Dex si immobilizzò e abbassò lo sguardo su di me. «Bene. Non vorrei dover litigare con un marito per te.»

Il mio cervello si bloccò. Bene? Il fatto che fossi vedova? Non voleva litigare con un marito per me? Bleah! Conoscevo quell'uomo da meno di dieci minuti. Era serio. Riuscivo a capirlo dall'espressione che aveva negli occhi. Come un predatore pronto a saltare addosso alla sua preda. Che schifo.

«Capo!» chiamò un uomo con la maglia verde del ranch dalla porta. «Siamo pronti.» Dex mi lasciò andare e sollevò un braccio in risposta. L'uomo tornò dentro.

Montana di fuoco 135

Dex interruppe il contatto visivo con me. Meno male!

«Devo davvero tornare a casa,» dissi. «Non voglio interrompere la sua giornata.»

«Non stai interrompendo nulla. Non ricevo spesso bellissimi ospiti.» Mi sorrise, poi riprese a camminare, dirigendosi verso l'uomo che l'aveva chiamato. «Cosa fai nella vita?» mi chiese da sopra la spalla.

Chiaramente, avrei dovuto seguirlo. «Io...um... gestisco il Riccioli D'Oro a Bozeman.» Dovetti camminare in fretta per tenere il passo con le sue lunghe gambe.

«Riccioli d'Oro?»

«Un negozio di articoli per adulti.»

Lui si fermò e mi scrutò di nuovo. Quante volte aveva intenzione di farlo? Sogghignò e gli occhi gli si accesero di una luce nuova. «Ma davvero? Allora troverai di sicuro che questa parte del tour faccia per te.»

Non ero sicura di cosa avesse a che vedere il gestire un negozio per adulti con un allevamento di cavalli. Lui mi tenne la porta aperta ed io entrai per prima. Scettica.

«Questo è il capanno di riproduzione dove forniamo i nostri servizi con gli stalloni.»

Capanno non era il termine che avrei usato per descrivere quel posto. Io avevo un capanno nel cortile sul retro che usavo per tenerci il tosaerba e gli attrezzi da giardinaggio. Qualcuno usava la proverbiale legnaia per sculacciare i propri figli quando si comportavano male.

Quella era tutta un'altra cosa. La stanza era grossa, con una strana pedana nel mezzo. Era ben illuminata e pulita in maniera praticamente asettica. Una zona sulla destra era un box per cavalli con un cancello basso e del fieno a terra. Nessun tosaerba in vista.

«Questa è la stanza dove raccogliamo lo sperma sulla cavalla fantasma per l'inseminazione artificiale. Le cavalle vengono portate qui da ogni dove e vengono al Double D per riprodursi coi nostri stalloni. Invece di farlo alla vecchia maniera, vengono inseminate con una pipetta direttamente nell'utero per evitare di venire ferite da uno stallone vivace.»

Okkkkay.

Delle ampie doppie porte dritte davanti a noi si aprirono e un cavallo venne condotto all'interno da un uomo con la maglietta verde del ranch e dei jeans. Non sapevo che genere di cavallo fosse, a parte che era marrone. «Quella è la cavalla che serve a stuzzicare lo stallone. È in calore e resterà nello stallo per aiutare il maschio.»

Mmmh. Bleah. Perché diavolo Dex pensava che avrebbe *fatto per me*? Cosa c'entrava la gestione di un negozio per adulti con la riproduzione dei cavalli? Pensava che dal momento che mi occupavo di sesso sarei stata interessata anche a quello tra cavalli? Nel giro di un minuto avevo già imparato molto più di quanto non volessi sapere sulla riproduzione equina. Mai.

La cavalla venne condotta nello stallo, le furono tolte

le briglie e il cancelletto venne chiuso. «Lo stallone percepirà la cavalla, sentirà il suo odore e saprà che è in calore. Questo farà montare il suo desiderio di copulare.»

Immaginai che la cavalla fantasma fosse quella roba al centro della stanza. Sembrava una cavallina di quelle da ginnastica. Larga circa trenta centimetri e lunga poco più di un metro, di forma cilindrica. Era montata su due pali di metallo a circa un metro di altezza. Era una specie di corpo di cavallo senza zampe o testa.

«I nostri stalloni sono stati addestrati a montarsi la cavalla fantasma, sebbene preferirebbero decisamente quella vera.» Mi fece l'occhiolino. «Non abbiamo scelta quando si tratta della cavalla di un cliente.»

Un altro cavallo venne condotto nella stanza attraverso le stesse doppie porte. Quello era nero e circa trenta centimetri più alto della femmina. Era vivace, muoveva la testa avanti e indietro contro le briglie. Le sue zampe posteriori scalciarono mentre si impennava. Il pene nero decisamente grosso che penzolava dritto verso il basso a circa trenta centimetri dalle sue zampe posteriori fu ciò che mi indicò di che sesso fosse. Stavo cominciando a capire cosa stesse succedendo.

Come diavolo ero arrivata giusto in tempo per del porno tra cavalli?

«Io... devo andare,» dissi, cominciando ad indietreggiare. «Penso che magari il cavallo vorrà un po' di privacy o qualcosa del genere.»

«Resta.» Mi prese di nuovo per un braccio, abbassando lo sguardo su di me. Il suo sguardo era potente, la sua voce roca e profonda. «È come tra un uomo e una donna. Alcuni stalloni sono praticamente dei barbari quando si accoppiano. Si concentrano solamente sui propri istinti, così determinati quando si tratta del loro desiderio di riprodursi che si dimenticano della cavalla. Ma quando lei viene maltrattata, presa con forza, non può negare come, in fondo, voglia davvero essere trattata. Quando la cavalla si sottomette allo stallone, alla fine le sue necessità vengono soddisfatte.»

Dovevo aver avuto un'espressione confusa in viso, perché lui proseguì. «A una donna piace un uomo che assume il controllo. Che possiede il suo corpo. Che le mostra cosa desidera lei facendo ciò che di cui ha bisogno lui.»

Ding, ding. Drake Dexter era un Dominatore. Gli piaceva controllare le donne, usarle. Trattarle come... come cavalle. E stava dimostrando il proprio valore attraverso un cavallo arrapato. A me. La vedova che lavorava in un negozio di articoli per adulti.

«Ooookay.» Non mi sentivo minacciata, solo ridicolmente a disagio. Non mi piaceva la dominazione. Certo, mi piaceva un uomo che assumeva il controllo, mi faceva sentire femminile. Solo che non mi piaceva indossare roba di pelle, farmi legare e chiamare un uomo Signore. E decisamente non mi piaceva Drake Dexter. Probabilmente, però, sarebbe stato più facile stare al gioco, per il momento.

«Lo stallone verrà condotto dalla cavalla. Ne sentirà l'odore, percepirà che è in calore. Questo lo preparerà. Ecco, vedi. L'ha sentita.» Lo stallone stava effettivamente controllando la cavalla.

L'addestratore fece fare allo stallone il giro attorno alla cavalla fantasma mentre altri due uomini entravano nella stanza. Uno andò ad allungare una mano sotto l'arnese e ne tirò fuori un oggetto bianco. Era lungo circa mezzo metro, cilindrico e con un buco nel mezzo.

«Quella che ha in mano Robert è una vagina artificiale, o AV.»

Fantastico. Vagina artificiale.

«Ora guarda,» sussurrò Dex. «È sempre stupendo osservare il potere di uno stallone. La sua intensità sessuale e il suo bisogno di espellere il proprio seme.»

Se non mi fossi sentita importunata prima, lo fui ufficialmente in quel momento. A Dex piaceva decisamente troppo quella cosa. Lo guardava come ipnotizzato. Probabilmente fantasticava su una donna legata alla cavalla fantasma e lui che se la prendeva da dietro come uno stallone. Una donna era solamente un recipiente per il suo "seme"? La risposta molto probabilmente era sì. Speravo di non essere la donna che aveva in mente. Poi mi ricordai cosa gli avessi detto appena incontrati. *Ho dello sperma che appartiene a lei*. Fantastico.

I trenta secondi successivi furono come assistere ad un incidente d'auto. Non si poteva distogliere lo sguardo dal massacro. Lo stallone montò la cavalla fantasma e Robert, quello con in mano la vagina artificiale, la applicò subito al pene di proporzioni gigantesche dell'equino. Il cavallo non pompò tanto i fianchi quanto più che altro rimase lì, con le zampe posteriori che si adattavano a quella posizione con la parte superiore del corpo sulla cavalla fantasma. Il rumore del dolore—o forse del desiderio—del cavallo riempì la stanza. Io feci una smorfia mentre osservavo. Qualche istante più tardi, Robert tirò via l'AV, il cavallo smontò e fu condotto fuori dall'edificio.

Mi sembrava di aver bisogno di una sigaretta.

«Wow.» Non sapevo che cosa dire. *È stato fantastico*, o *Mi ha davvero eccitata*, decisamente non sarebbero andati bene.

«Stupendo, non è vero?» Stupendo non era la prima parola che mi veniva in mente. Annuii debolmente. «L'AV ha una punta sterile che raccoglie lo sperma. Poi viene messo in una fiala, come quella che hai detto di avere, e congelato. Viene immagazzinato fino a quando non ce n'è bisogno e viene spedito in giro per il mondo.»

«Ce n'è un gran mercato?»

«Assolutamente. I miei stalloni sono famosi per la loro velocità, le loro qualità genetiche esemplari e sono

Montana di fuoco 141

molto ricercati. Al punto che lo stallone che hai appena visto, il suo seme mi frutta più di $10,000 a fiala.»

«Per la miseria.» Non c'era da meravigliarsi che Morty volesse quella fiala. Sarebbe stato un bell'affare secondario per lui.

Dex rise. «Lo trovi interessante.» Mi teneva ancora per il braccio, ma stavolta si fece più vicino, abbastanza da invadere il mio spazio personale. «Sapevo che sarebbe stato così.» Mi ravviò una ciocca di capelli dietro l'orecchio. Un brivido mi corse lungo la schiena al suo tocco inquietante.

Indietreggiai. «Già, è stato interessante.» Guardai il mio orologio. Non mi importava che ore fossero, volevo solamente andarmene da lì. Ne avevo avuto abbastanza per quel giorno. Forse per tutta una vita. «Caspita, guarda che ore sono. Devo scappare.»

———

NORRIS ROAD ERA RINOMATA per il pessimo segnale telefonico che prendeva, per cui dovetti attendere di avvicinarmi di più alla città per chiamare Kelly.

«Ricordi quando ti ho detto che il cowboy dei miei sogni era Bobby Ewing?» le chiesi quando ebbi finalmente campo. Quando avevo otto anni avevo fantasticato di sposarmi Bobby Ewing del telefilm *Dallas*. Volevo essere Pamela, sua moglie, con i suoi bellissimi capelli e abiti. Bobby indossava cappelli da cowboy, viveva su un ranch e guidava una Mercedes decapottabile rossa di lusso. Era una bomba. Sin da allora avevo sognato di sposare un cowboy. Forse, nel profondo, era quello il motivo per cui mi ero trasferita nel Montana. Bobby Ewing, però, viveva in Texas. Chiaramente, avevo scelto lo stato sbagliato dal momento che ero finita invece con lo sposare Nate lo Stronzo.

«Già. Ti prego, dimmi che Drake Dexter era super figo come Bobby.» Sospirò. «Li trovi tutti tu quelli belli.»

«Tom è un vero macho e tu lo sai,» ribattei io.

«Sì, ma è mio marito. Non è affatto la stessa cosa.»

«Questo tipo non assomiglia affatto a Bobby Ewing. È decisamente il tipo delle Marlboro.»

Kelly sospirò di nuovo.

«Ma è un vero pervertito.»

«Oh.» Sembrò svuotarsi. Come se si fosse scoperto che l'uomo dei suoi sogni era gay. Si sognavano solamente gli uomini che avrebbero fatto sesso con te.

La spia del rifornimento si accese sul quadro strumenti accompagnata da un segnale acustico. «Cavolo. Devo andare a fare benzina.» Riagganciai e mi diressi alla stazione di servizio più vicina sulla Huffine vicino al minimarket.

Diedi la mia carta di credito al distributore e un po' di benzina alla mia auto. Morivo di sete, per cui entrai a bere qualcosa. Mi diressi verso la zona frigo del mini-

Montana di fuoco 143

market passando al vaglio le bevande. C'era odore di hot dog e popcorn al burro e l'aria condizionata era piacevole sulla mia pelle piena di polvere. Aprii il frigo e scelsi un tè al ginseng e limone quando sentii, «Dammi tutti i tuoi soldi!»

Per la miseria.

Mi voltai e vidi un uomo con indosso una canottiera di un giallo acceso che puntava un coltello contro il cassiere. Essendo girato di lato, riuscivo a vedere i suoi capelli neri scompigliati sparati in tutte le direzioni. I suoi occhi erano spiritati, annebbiati. Drogato. Decisamente drogato. Sembrava tornato dall'aldilà, con la pelle grigiastra e un'infezione aperta sul labbro. Se era abbastanza stupido da rapinare un minimarket in pieno giorno, le sue cellule cerebrali dovevano essere occupate a cercare di ottenere altra droga. Stupido, ma pericoloso.

C'erano altri tre clienti nel negozio. Due operai civili con le loro magliette arancioni fosforescenti si trovavano più in là lungo la parete al fondo del negozio. Un altro uomo, sulla cinquantina, si trovava a circa un metro e mezzo da me. Io ero la più vicina al rapinatore.

Il commesso sembrava nel panico. Doveva avere diciott'anni ed aver appena finito il liceo. Era pieno di brufoli e aveva un misero accenno di barba sulle guance che sembrava scabbia. Forse se l'era fatta addosso dalla paura. Non avrei potuto biasimarlo, in quel caso. Non guadagnava abbastanza da farsi tenere in ostaggio da un pazzo lunatico.

«Subito! Apri la cassa e dammi i cazzo di soldi!» urlò il rapinatore, agitando furiosamente il coltello. Era un Bowie usato per sventrare gli animali durante la stagione della caccia. Speravo che non fossimo noi i prossimi.

Io indietreggiai lentamente, spostandomi sempre di più dalla cassa e cercando di respirare nonostante la paura. Provai quel calore improvviso che accompagnava il panico, un po' come quando si evita per un soffio di andare a sbattere mentre si guida. I due operai partirono alla carica superandomi. Uno tirò fuori una pistola da dietro i pantaloni. L'altro brandì un coltello che aveva tenuto in un fodero attaccato alla cintura di cuoio. Chiaramente, il lavoro da operaio prevedeva di essere sempre armati. Non si sapeva mai con che genere di clienti si avesse a che fare ogni giorno.

Si avvicinarono al rapinatore nello stesso momento in cui un uomo aprì la porta del negozio con un fucile. Inizialmente, pensai che potesse essere un altro cattivo, ma poi urlò, «Mettilo giù, bastardo!»

Era come vivere in una zona demilitarizzata con tutto l'armamento in circolazione. Gli abitanti del Montana e le loro armi da fuoco. Mai mettersi in mezzo. Tutti e tre i Buoni Samaritani circondarono il rapinatore.

«Non pensarci nemmeno, stronzo!»

Il ticchettio di un fucile che veniva caricato. «Butta il coltello!»

L'arma cadde a terra dalle mani del rapinatore mentre uno degli operai gli dava un colpo alla nuca. A quel punto fu costretto—sotto tiro—a mettersi a terra. Riuscivo praticamente a vedere gli uccellini che gli giravano attorno alla testa. L'uomo sulla cinquantina aveva tirato fuori il cellulare e stava parlando con la polizia.

Io rimasi lì in piedi a fissare la scena ad occhi sgranati e chiusi rapidamente la bocca che mi si era spalancata. Afferrai un rotolo di nastro adesivo dalla mensola davanti a me e lo porsi ad uno degli operai. Lui mi rivolse un breve sorriso. Grande e grosso, sembrava movimentare un sacco di cavi. «Bella idea.» Cominciò a legare polsi e caviglie dell'uomo con il nastro adesivo argentato e lo legò come un salame in un attimo. Doveva aver preso vitelli al lazo al rodeo.

«Per fortuna aveva la pistola,» commentai una volta che ebbe finito.

«Dobbiamo portare dei nuovi cavi al nuovo rione sulla Huffline. Ci sono cani della prateria ovunque. Ho pensato che avrei potuto fare un po' di pratica di tiro al bersaglio durante la pausa pranzo.»

I cani della prateria erano ovunque nel West. Distruggevano i campi aperti prendendo in prestito il sottosuolo di intere città e la gente vi sparava per divertimento sui terreni privati. Era barbarico, ma era anche selezione naturale.

Il fucile rimase puntato contro il rapinatore fino a quando non arrivò la polizia. Il signore sulla cinquantina doveva averli aggiornati sulle varie armi in negozio e come avessero contrastato il rapinatore. Per fortuna, non spararono a tutti per poi fare domande dopo.

Due minuti dopo che la polizia ebbe fatto irruzione e preso in custodia il rapinatore, arrivarono i vigili del fuoco a sirene spiegate.

Un agente di nome Dempsey mi stava interrogando di fronte all'edificio. Sulla quarantina e gentile, non ebbe fretta nell'ottenere la mia dichiarazione. Ty si avvicinò con indosso la sua uniforme da pompiere, maglietta blu, pantaloni della divisa gialli e stivali. Bretelle rosse. Dio, le bretelle rosse mi fermarono per un attimo il cuore. «Può darci un minuto?» chiese all'agente.

Cavolo se ero felice di vederlo. L'adrenalina era svanita ed io ero sfinita e tremavo. Era davvero bello vedere un volto conosciuto. Confortante in tutta quella follia. Anelavo un abbraccio e un bacio proprio dietro l'orecchio.

«Che diavolo ci fai qui?» chiese a denti stretti. Chiaramente, stava cercando di non urlare dal momento che le vene sul suo collo erano in rilievo come se fosse stato sul punto di prendergli un colpo.

«Facevo benzina.»

Montana di fuoco 147

Lui spostò lo sguardo dal negozio alla mia auto di fronte ad una delle pompe. «Tutto qui?»

Io agitai una mano. «Sai, quello che capita sempre a chiunque entri in un minimarket. Ho assistito ad un pazzo che ha preso in ostaggio il negozio due metri davanti a me con un coltellaccio prima che tre cittadini ben armati lo stendessero con un colpo alla nuca e lo tenessero sotto tiro.»

«Tu hai una pistola?» mi chiese mentre mi scrutava, come se avessi avuto una cintura da Old West appesa alla vita.

«Um, no. A me non *piacciono* le pistole. La mia parte in tutto questo è stata tenermi alla larga, per poi porgere un rotolo di nastro adesivo che ho trovato nella sezione casalinghi per farlo legare.»

Ty chiuse gli occhi e avrei potuto giurare di vederlo contare fino a dieci nella sua testa. Una vena gli pulsava sulla tempia. «Stai bene?»

Mi scrutò di nuovo. Non fu con passione, bensì con sguardo clinico.

«Bene,» risposi io. «Ma mi sono dimenticata il mio tè.»

Lui inarcò un sopracciglio e scosse lentamente la testa. Si mise le mani sui fianchi. «Cristo,» borbottò.

Guardammo entrambi due agenti trascinare fuori il rapinatore tenendolo sotto le ascelle. Non avevano scambiato il nastro adesivo per delle manette. Dovevano averlo legato per bene. Lui urlò e si lamentò di aver bisogno di soldi, ma nessuno gli diede retta. Un tecnico di medicina d'urgenza si avvicinò e gli agenti lo misero a faccia in giù su una barella affinché venisse portato in ospedale.

«Quel tipo è fuori di testa,» commentò Ty mentre infilavano la barella sul retro del furgone e chiudevano le portiere. Tornò la quiete.

«Dev'essersi drogato con qualcosa.»

«Metanfetamina. Si dice che ne sia arrivato un nuovo carico in città. I vigili del fuoco di Churchill hanno avuto a che fare con una roulotte che è andata a fuoco la scorsa notte. Un laboratorio di metanfetamina. Sta succedendo qualcosa di grosso in zona, ma non sappiamo ancora cosa.»

Churchill era una piccola cittadina a quindici minuti ad ovest di Bozeman. Sempre più abitanti di Bozeman si stavano trasferendo in quella zona per un prezzo degli immobili più basso e un tragitto casa-lavoro più lungo.

«Fantastico. Speravo che i miei bambini sarebbero cresciuti in un posto sicuro e libero dalle droghe.»

«La metanfetamina è ovunque, anche a Bozeman,» commentò lui. «Questo pazzo entra in negozio brandendo un coltello e tre uomini lo assaltano con delle armi da fuoco?»

«Uno degli operai aveva un coltello, l'altro una pistola. Un altro tizio stava facendo benzina, ha visto

Montana di fuoco 149

l'uomo dalla porta e ha tirato giù il suo fucile da caccia dal retro del pickup.»

«Merda,» disse Ty. Indietreggiò e prese a muoversi in cerchio imprecando. Tornò verso di me e si passò una mano sulla faccia. «Non ce la faccio. Sembri essere una calamita per i disastri.»

«Io?» gli chiesi. Alzai la voce quanto lui.

Lui mi piantò un dito contro la spalla. «Tu! Chi altro si farebbe rubare qualcosa dalla porta di casa da un uomo, si farebbe praticamente saltare in aria e finirebbe poi coinvolto in una rapina a mano armata?»

Stava impazzendo?

«Non è colpa mia se quel tipo ha rapinato il negozio. Io stavo solo comprando del tè!»

«Esattamente,» ribatté subito lui. «Non ci stavi nemmeno *provando*. Posso solamente immaginare che razza di disastri sapresti creare se ci provassi davvero!»

Ero sconvolta e arrabbiata. Ferita. Adesso era Ty che stava diventando pazzo.

Prima che potessi anche solo pensare, lui mi afferrò per le spalle e mi attirò in un bacio, uno con un sacco di lingua. Fu audace e possessivo, selvaggio e indomito, come se quell'azione potesse dirmi tutto ciò che provava quando non riusciva a trovare le parole.

Sentii qualcuno fischiare in sottofondo, forse i suoi amici pompieri. E un paio di poliziotti. Anche qualche passante.

Lui si ritrasse, ma mantenne la presa su di me. Bene, dal momento che le mie gambe non avrebbero retto dopo un bacio del genere. «Non riesco a tenerti le mani lontane di dosso.» Sembrava arrabbiato per quello. «Cazzo. Ma non posso più andare avanti così. Non posso stare a guardare qualcun altro a cui tengo venire ferito. O ucciso.»

Ty si allontanò e salì nel retro del camion dei pompieri. Io lo guardai partire bloccata dove mi aveva lasciata.

8

«*Cosa?*» praticamente urlò Goldie quando le raccontai della rapina. Ci trovavamo sulla sua veranda. Lei e Paul avevano comprato un piccolo bungalow quando io e Nate ci eravamo sposati. Era ad un piano, vecchio più di un secolo e a soli tre isolati dal negozio.

«È finito tutto bene,» risposi io, minimizzando tutto quell'incidente.

«Ma avrebbe potuto finire molto peggio.» Si teneva una mano sul collo ed era impallidita un po' sotto al bronzer.

Le diedi un rapido abbraccio quando i bambini uscirono di corsa in veranda. Immaginai che la conversazione fosse finita... per il momento.

«Mamma, indovina?» mi chiese Bobby.

«Cosa?»

«Siamo potuti entrare nella vasca riscaldata con le mutande!»

Goldie e Paul avevano una vasca riscaldata nel cortile sul retro. La usavano tutto l'anno, ma era fantastica per l'inverno. Ci stavano otto persone e aveva delle speciali luci colorate sott'acqua. Zach e Bobby la consideravano la loro mini piscina personale. E non dovevano mettersi il costume.

«GG ci ha comprato i biglietti per il demolition dervy!»

Lanciai un'occhiata a Goldie, anche conosciuta come GG. Era il suo diminutivo con i bambini. Lei, ovviamente, si rifiutava di farsi chiamare nonna, per cui avevamo trovato un soprannome che le andasse bene. «Domani sera alla fiera della contea. Andremo presto e faremo tutte le giostre,» disse lei.

Quel "noi" non comprendeva anche me. A me non faceva mai impazzire l'idea di trascorrere del tempo sotto il sole cocente al lunapark della contea ad aspettare in coda di salire su qualche trappola mortale ridicolmente costosa. Aggiungiamoci il caldo eccessivo e dei bambini nervosi e si trasformava in una giornata infernale. Chiaramente, provavo emozioni molto negative nei confronti della fiera della contea. Non mi dispiaceva fare un giro a guardare gli animali e le aste, ma le giostre, ugh.

«Demolition derby? Mi piace una bella gara di auto da demolizione!» dissi a Bobby. Mi emozionava davvero un demolition derby. Chi poteva negare di essere interessato a delle auto che si scontravano l'una contro l'altra? E il fango! Adesso dovevo solamente tirarmi fuori dalla parte della fiera.

«Parleremo ancora del resto più tardi,» disse Goldie mentre abbracciava Bobby.

«Puoi semplicemente guardarlo al telegiornale.»

———

QUANDO TORNAI A CASA, rimasi sotto la doccia fino a quando l'acqua non diventò fredda, i bambini parcheggiati davanti alla TV a guardare lo Star Wars originale. Usai i sali da bagno che mi aveva regalato Goldie il Natale precedente, ma che non avevo mai aperto, sperando di sfregarmi via lo strato di sozzeria che mi si era accumulato sulla pelle al ranch di Dex. Lasciai asciugare i capelli al vento mentre portavo un cesto di panni sporchi in giro per casa raccogliendo abiti da lavare sparsi sul pavimento delle camere dei bambini e nel loro bagno.

Dovevo ammettere che i miei sentimenti erano un tantino feriti. Okay, un sacco feriti. Provavo una curiosa fitta di rimorso, come se avessi perso qualcosa che non era nemmeno davvero iniziato. Ty non voleva avere niente a che fare con me perché ero una minaccia per me stessa. Ah! Non mi era mai accaduto nulla, e intendo dire nulla, di emozionante—fino a meno di una settimana prima quando avevo comprato due gnomi ad un mercatino dell'usato. Finire col farmi del male era un'idea stupida perché io non facevo nulla di folle. Nulla di esagerato. Mai. Non facevo arrampicata, non mi lanciavo col paracadute, niente avventure folli di nessun genere.

Certo, c'era una palese scintilla e un legame a livello sessuale con Ty. Diciamo pure che era un vero e proprio fuoco infernale, ma lui non mi conosceva davvero. Proprio come lui non sapeva molto di me, io non sapevo nulla di lui. Sapevo che aveva dei genitori e che era cresciuto a Pony su un ranch. Sapevo che era stato nell'esercito. Non sapevo cosa avesse fatto nell'esercito. Non sapevo che effetto avessero avuto i suoi mandati. Doveva aver avuto degli amici e dei compagni soldati che erano rimasti feriti o perfino uccisi. E questo aveva avuto un tale effetto su di lui che avrebbe preferito allontanarmi prima di potersi interessare a me, solo nel caso mi fosse successo qualcosa. L'aveva detto lui stesso.

Stava a me fargli cambiare idea? O era troppo per un uomo solo da gestire? Era anche solo giusto provarci? Volevo farlo? Avevo già avuto un marito traditore e bugiardo che mi era morto. Volevo passarci di nuovo? Volevo farmi coinvolgere ancora di più da un uomo che avrebbe potuto allontanarsi? Ty non era l'unico ad avere delle cicatrici.

Ma poi sorrisi tra me mentre versavo del detersivo nella lavatrice. Mi seri conto che ci teneva abbastanza a me da allontanarmi, e questo doveva significare molto. E ciò mi scaldò un posto nel cuore che pensavo si fosse raggelato da tempo come un inverno nel Montana.

KELLY MI CHIAMÒ una volta che la roba lavata fu nell'asciugatrice.

«Ho visto la rapina in tv. Stai bene?» mi chiese, la voce intrisa di preoccupazione.

La stazione TV locale era una roba piccola. Nel senso di minuscola. Non che non fossero bravi. Per fortuna non avevano tante notizie da gestire. Non capitavano tante brutte cose a Bozeman, il che era uno dei motivi per cui mi piaceva vivere lì. Si occupava delle principali notizie che circolavano in città che, la maggior parte delle volte, comprendevano rotazione delle colture, forti geli e tre vitelli gemelli. L'emozione più forte di quella giornata era stata un lancio della monetina tra i premi del migliore nella categoria per il pollame alla fiera della contea e la rapina al minimarket.

«Sto bene. È stato spaventoso.» Mi trovavo in cucina a sgranocchiare qualcosa. Cracker e formaggio. Avevo il cellulare pinzato tra l'orecchio e la spalla mentre tagliavo del Monteray Jack e lo posavo su un piatto con una manciata di Ritz.

«Dicevano che quell'uomo era fatto di metanfetamina.»

«A me lo sembrava,» risposi io. «Era completamente fuori di senno.»

«Il figlio della mia vicina è stato arrestato lunedì per possesso di metanfetamina.»

«Davvero? Il figlio della signora Tanner?» La signora Tanner insegnava all'università. Professoressa di inglese, se non ricordavo male. Suo figlio doveva avere una ventina d'anni e chiaramente era in un brutto giro. Dio, speravo che i miei figli non si sarebbero dati alla droga mandando all'aria tutto il duro lavoro che stavo facendo.

«Lavorava ad una delle sorgenti termali, non mi ricordo quale, e qualcuno l'ha scoperto a vendere negli spogliatoi maschili.»

«Una sorgente termale?» Mi sorprendeva. Le sorgenti termali naturali erano sparse in tutto il Montana, ce n'erano diverse a poche ore di auto da Bozeman. Una si trovava appena al fondo della strada su cui abitava Kelly, per cui lei ci andava spesso con i bambini. Così come molte altre famiglie. La maggior parte aveva quattro o cinque piscine, tutte con una temperatura diversa che variava da quella classica a quasi bollente. Sapevano sempre un po' di uova marce.

«È strano perché ci sono stati due incidenti relativi

alla metanfetamina negli ultimi giorni. Sta succedendo un po' troppo vicino a casa per i miei gusti,» disse Kelly.

Con sette figli, non la biasimavo.

«Oh, mi sono dimenticata. Quando Ty è venuto a tirare fuori il braccio di Bobby dal palo dell'ombrellone, ha detto che sono stati chiamati un paio di volte per questioni legate alla metanfetamina. Mi ha detto oggi che un laboratorio che la produceva è andato a fuoco a Churchill. E c'è qualcosa di grosso in ballo, ma non sanno ancora di cosa si tratti.» Versai del succo di mela in alcuni bicchieri di plastica e chiamai i bambini perché rientrassero dal cortile per fare merenda.

«In circa dieci anni dovremo già destreggiarci tra ogni genere di stronzata da adolescenti senza doverci preoccupare anche delle droghe.»

«Non so se sarò in grado di gestire le droghe, ma il s... e...ss...o adolescenziale non è un problema,» feci lo spelling mentre porgevo a Bobby il suo bicchiere.

«Già, li faremo semplicemente sedere assieme a Goldie per farglielo spiegare. Ti garantisco che li metterà talmente in imbarazzo che rimarranno vergini fino ai trent'anni.»

«Non dimenticarti di Paul. Probabilmente li porterà a vedere un'adolescente che partorisce spaventandoli a morte.»

«Ah, hai la famiglia migliore di sempre!»

OGNI ANNO A LUGLIO si teneva la Gallantin County Fair al lunapark, un paio di isolati a nord della Main. C'erano gare che assegnavano il nastro azzurro in ogni genere di categoria. Cavalli, mucche, polli, conigli, pecore, maiali. Coperte, torte e marmellate. Tra i vari edifici della fiera venivano esposti i partecipanti a tutte le categorie. Quegli edifici mi ricordavano le vecchie stazioni della National Guard, costruite decine di anni prima con pannelli in metallo grigio scialbo. Avevano tutti la stessa forma, lunghi e stretti. Alcuni erano fatti appositamente per gli animali con gabbie lungo tutto il perimetro in quattro lunghe file con due corridoi per passarci in mezzo. I pavimenti erano sterrati. L'odore era forte e pessimo. Negli edifici dei polli e dei conigli, c'era anche un sacco di polvere e faceva caldo, con piume, pelo e trucioli nell'aria.

La vita da ranch e la vita da città si mescolavano per una settimana. Sembrava che quella sera ci fossimo uniti a tutti gli abitanti dell'intera contea. E forse anche a qualcuno di quella vicina. Wrangler uniti a Carhartt. Cappellini da baseball e Stetson. Io indossai qualcosa nel mezzo con dei jeans, delle scarpe da ginnastica e una canottiera rosa. La polvere si sollevava ad ogni passo, per cui avevo scoperto a mie spese molti anni prima che era meglio tralasciare infradito o sandali. Ci si sporcava i piedi e ci si ricopriva di ogni genere di cacca di animale. Avevo dei seri problemi con la cacca di animale.

Il sole era calato sulle Tobacco Roots, la serata ancora calda. Avevo i capelli raccolti in una coda per tenere il collo al fresco. Avevo raggiunto Goldie, Paul e i bambini alle sette dopo che il calore della giornata era passato e i bimbi avevano bruciato la maggior parte delle energie sulle giostre. Avevamo un po' di tempo da perdere prima del derby.

Io diedi un bacio a tutti e cominciammo a vagare, andando a vedere gli animali. «Voglio vedere le mucche,» disse Bobby. «Alcuni bambini ne hanno una come animale domestico. Anch'io la voglio.»

«Quelli sono figli di contadini con un sacco di terreni. Dove la metteresti tu la tua mucca?» gli chiese Goldie.

«Nel giardino sul retro.»

«Ci sarebbe un sacco di cacca di mucca. Ovunque!» aggiunse Zach.

Io non volevo raccontare a Bobby cosa succedesse una volta che gli "animali da compagnia" crescevano abbastanza da poterli mangiare, per cui decisi di cambiare argomento. «Andiamo a vedere l'asta sui cavalli.» Indicai l'edificio più vicino a noi.

«Sì!»

I bambini corsero avanti, con Goldie che li seguiva meglio che poteva con le sue ballerine dorate. Non si addicevano molto al terreno polveroso e accidentato, ma decisamente si addicevano ai suoi pantaloni capri neri e alla canottiera piena di brillantini.

«Ho dato alla luce il figlio di Joann Jastrebski, ieri. Un maschietto,» disse Paul. Ero stata amica di Joann al college e ci tenevamo in contatto sui social media. Ogni tanto la vedevo in città.

«Che bello.» Mi emozionavo quando gli altri avevano dei figli, ma era stata dura per me quando avevo avuto Bobby. Un bambino di tre anni e un neonato senza papà. A quel punto, ormai, Nate viveva ad Amburgo e gli mancavano pochi mesi al decesso. Nonostante la gioia di un nuovo bambino, avevo il cuore a pezzi al pensiero di come sarebbero potute andare le cose.

Paul mi toccò una spalla e mi rivolse un sorriso. Uno consapevole. Ciò che mi piaceva di più di lui era la sua capacità di comprendere, di sostenere un'intera conversazione solamente con un breve tocco o un'occhiata. Anche lui si ricordava cosa mi avesse fatto suo figlio.

L'asta dei cavalli era a pieno regime quando prendemmo posto sulle tribune. Gli spalti facevano il giro della stanza e davano su un ring al centro in terra battuta. Un sacco di gente era lì per comprare, vendere o solamente assistere all'asta. Chiaramente, io non avevo alcuna intenzione di comprare un cavallo, per cui rientravo nella categoria di chi assisteva. Dopo la mia insolita e grafica lezione del giorno prima, avevo visto più cavalli in due giorni di quanti non ne avessi mai visti in vita mia.

Montana di fuoco

Il sesso tra cavalli, se non altro, non sembrava essere l'attrazione principale. In effetti, sembrava tutto piuttosto noioso. Qualcuno fece un giro a cavallo del recinto, lento e poi veloce, per chi fosse interessato a comprare per vedere cosa avrebbe ottenuto mentre il banditore parlava come al solito a raffica. Io non ero in grado di distinguere che cosa rendesse un cavallo migliore di un altro, ma sembravano vendere ad ogni tipo di prezzo. Dalle diverse centinaia di dollari in su. Paul portò i bambini ad una tribuna proprio davanti al recinto per vedere meglio. Zach e Bobby si misero in piedi sulla ringhiera più bassa e Paul rimase in mezzo a loro mentre parlavano e indicavano diverse cose.

Io e Goldie sedemmo in silenzio a guardare prima un cavallo, poi un altro essere messi in vendita. Mentre entrava il terzo cavallo, il banditore declamò, «Questo quarter horse proviene dal ranch Rocking Double D.» Mi si rivoltò lo stomaco quando vidi Drake Dexter galoppare nel ring. Era decisamente a suo agio in sella, quello era certo. Indossava dei jeans e degli stivali e lo stesso cappello del giorno prima. La camicia di quel giorno era blu scuro con le maniche arrotolate a mettere in mostra i suoi forti avambracci abbronzati. Tra tutte le persone nel pubblico, si concentrò su di me, come se avesse avuto una qualche strana abilità extrasensoriale. Il suo sguardo incrociò il mio e mi fece un cenno col cappello, alla vecchia maniera.

«Bene, bene,» disse Goldie, scrutandolo.

«Quello è Drake Dexter.»

«Proprio un bel cowboy. Mi fa impazzire.»

Dovevo ammettere che era bello, ma impazzire? Più che altro era lui che doveva finire in un manicomio. Il bell'aspetto comunque era solo superficiale. Quando apriva bocca, quell'uomo dava i brividi.

Non stavo prestando minimamente attenzione all'asta. I miei pensieri correvano a Dex e al nostro primo, strano incontro.

«Venduto!» urlò il banditore dagli altoparlanti. Dex condusse il suo cavallo al recinto e sollevò un braccio per salutarmi.

«Vuole parlarti. Mmm, mmm. Scendi. Parlaci. Magari gli invierò una scatola di omaggi.»

«Ho la sensazione che abbia già un cassetto pieno di roba,» le dissi. Probabilmente una stanza intera, tipo, una segreta.

Sorrisi, per quanto debolmente, mentre scendevo con cautela dalle tribune e mi avvicinavo a Dex.

«Ciao,» mi disse. «Stai bene vestita di rosa.» Fissava la mia canottiera, il che significava che stava osservando la mia scollatura. Avendo un seno abbondante, cercavo di comprare le canottiere più coprenti che riuscissi a trovare con lo scollo più alto del normale, ma quando un uomo stava in sella ad un cavallo poteva guardarti dall'alto fino all'ombelico.

Montana di fuoco 163

«Um, salve.» Incrociai le braccia al petto e mi seri conto troppo tardi che ciò non faceva che peggiorare la situazione. Non avevo imparato nulla dall'ultima volta con Ty. Sembravo in imbarazzo quanto mi sentivo?

«Sono sorpreso di vederti qui.»

«Sono con la mia famiglia.»

Lui porse le redini ad un uomo che ci aveva raggiunti alla ringhiera. Dex smontò e l'uomo e il cavallo si allontanarono. Lui appoggiò gli avambracci alla ringhiera più alta e ci si sporse. Riuscivo a sentire l'odore di un qualche dopobarba speziato che, dovevo ammettere, era buono. Teneva un piccolo frustino in mano. Non l'avevo notato prima.

«Non mi ero resa conto che frustassi i tuoi cavalli.»

Dex guardò l'attrezzo. «Alle volte hanno bisogno di essere delicatamente spronati.»

«Ah.» Non sapevo che altro dire. Era una conversazione scomoda ed era appena cominciata. Non mi piaceva fare del male agli animali... o alle persone.

Lui si spore e quasi mi sussurrò all'orecchio. «Un frustino può essere usato anche per dare piacere. Se ti interessa.» Il suo dopobarba fu più forte, quasi nauseante, una volta che ebbi elaborato le sue parole.

Mi voltai verso Goldie e le lanciai un'occhiata. Spostai lo sguardo da lei a Dex e le dissi tramite telepatia femminile che mi serviva aiuto.

«Interessarmi?»

Finsi ignoranza una volta che mi fui nuovamente girata verso Dex. Lui sorrise, i suoi denti super bianchi in contrasto con la sua pelle abbronzata.

«Se una donna non è sicura di ciò che desidera, un piccolo reindirizzamento potrebbe aiutare.» Si picchiettò piano il palmo con il frustino.

«Vuoi dire ciò che tu desideri.»

Lui emise una bassa risata, il suo fiato caldo contro il mio viso.

«Un uomo sa cosa è meglio e per una donna è importante ricordarselo.»

«Dunque la fai sottomettere picchiandola?»

Dex fece schioccare la lingua. «Sottomettersi, sì. Picchiarla? No. La punirei per essersi dimenticata quale fosse il suo posto.»

Ed ecco lì.

«Salve,» disse Goldie. Finalmente. Se l'era presa bella comoda per arrivare fino a lì. Porse delicatamente la propria mano.

Dex le sorrise e la strinse. «Drake Dexter.»

«Lei è Goldie, mia suocera,» dissi per presentargliela. Non avevamo intenzione di indugiare, per cui non pensavo che fosse necessario fornire anche un cognome.

«Piacere,» rispose Dex, la voce ricca e profonda, gli occhi che penetravano quelli di Goldie. Mi era chiaro che fosse in grado di risucchiare una donna con lo

Montana di fuoco 165

sguardo. Speravo che Goldie avesse attivato gli scudi di difesa.

«È un cavallo magnifico quello che ha cavalcato.»

«Grazie.»

Volevo che quella conversazione finisse, per cui accelerai le cose. «Dex mi stava raccontando dei vari modi in cui si può usare un frustino.»

Goldie inarcò un sopracciglio. «Oh?» Guardò Dex e il frustino che aveva in mano.

«Alle volte una cavalla ha bisogno di un piccolo aiuto per ricordarsi dove io voglia andare.»

Rivolsi a Goldie un'occhiata eloquente, nella speranza che avrebbe letto tra le righe. Era sempre veloce ad afferrare le cose.

«Ha assolutamente ragione. È importante tenere in riga il proprio cavallo. Se dovesse mai ribellarsi, potrebbe morderle il sedere.»

Io spalancai la bocca sorpresa. Mi sorprendeva come fossero entrambi in grado di parlare a doppi sensi. O forse no? Non riuscivo a star loro dietro. Chiaramente non ero altrettanto abile.

«Una donna che la pensa come me. L'ha provato in prima persona?»

Goldie picchiettò la mano di Dex con la propria dalle unghie smaltate. «Tesoro, son vecchia abbastanza da aver provato di tutto. Oh, guarda, Paul è pronto con i bambini per andare al derby. È stato un piacere conoscerla.»

«Salve,» dissi a Dex, più che pronta a fuggire.

Mi voltai per seguire Goldie, ma Dex mi afferrò per un polso, tenendomi ferma. La sua mano era calda contro la mia pelle e sentivo i suoi calli ruvidi. Mi venne la pelle d'oca sulle braccia. Sollevai lo sguardo sui suoi occhi scuri. Profondi e intensi. Sì, uno sguardo che risucchiava. «Sai dove trovarmi quando sarai pronta.» Mi lasciò andare il polso e si batté di nuovo il frustino sul palmo.

Thwack. Servì a distogliere lo sguardo. Borbottai qualcosa di incomprensibile e sgattaiolai via.

Una volta fuori, Goldie mi fermò, lasciando andare avanti i bambini. «È un gran bel pezzo d'uomo, quello. Mmm, mmm.»

«Uh, già.» Era bello, ma non di più.

«Ed è molto interessato a te. Dovrei mandare un pacchettino di emergenza anche a lui?»

«Solo se include dei frustini e delle catene,» borbottai io.

Goldie annuì. «Oh, tesoro, sono così felice che tu sia disposta a provare cose nuove, ma non è un po' troppo fuori dai tuoi ranghi?»

«Se ho piantato una scenata per delle palline anali, pensi che proverei il bondage e il sadismo?» le chiesi.

«Ottima osservazione. Quell'uomo urla Dominatore. Però, potresti essere in grado di comunicargli subito i tuoi limiti. Sai, nessuna punizione dolorosa, ma sei interessata a sottometterti. A seguire i suoi comandi. Può essere piuttosto liberatorio.»

Come diavolo faceva lei a saperlo? Ebbi una fugace visione di Paul con in mano un frustino per cavalli e Goldie che si sottometteva e rabbrividii, costringendo i miei pensieri a virare altrove. Non volevo soffermarmici. Mai. E poi, io non avevo intenzione di *sottomettermi* a nessuno. Come se non avessi già ceduto abbastanza il controllo della mia vita a Nate per vedermelo sottrarre quando mi aveva tradita. *Pensieri felici, pensa pensieri felici!*

«Non esiste.»

Goldie annuì. «Hai ragione. Hai bisogno di sesso, tesoro, disperatamente. Ma non tanto disperatamente. Ti procurerò il vibratore migliore che ci sia in commercio così che potrai usarlo fino a quando non troverai l'uomo giusto.»

«Fantastico. Grazie.» Era meglio assecondarla che discutere. Magari se ne sarebbe dimenticata. Lo dubitavo.

Lei mi rivolse un'occhiataccia. «Non stavi veramente prendendo in considerazione quell'uomo per sfogarti un po', vero?»

«Solo se prima alzo i massimali della mia assicurazione.»

Goldie mi diede un bacio sulla guancia. «D'accordo, allora. E Ty? Pensavo ci fosse qualcosa tra di voi.»

Io le raccontai brevemente come avesse reagito al

minimarket e che qualunque scintilla ci fosse stata tra di noi ormai era svanita.

«Ty Strickland ci tiene a te. È palese. Non si sarebbe allontanato altrimenti.»

Proprio come pensavo io.

«Ha solo bisogno di una spintarella.»

«Non un'altra scatola,» gemetti io.

Dei motori cominciarono a rombare. Gli applausi arrivarono fino all'esterno dell'arena.

«Competizione,» replicò Goldie. «Il suo livello di testosterone è alle stelle. Va bene allontanarsi da te, ma ti assicuro che non sarà felice di sapere che c'è un altro uomo a prendere il suo posto.»

«Intendi farlo ingelosire?»

Lei mi puntò un dito contro come fosse stata una pistola e sparò. «Lo sapevo che eri intelligente.»

Presentammo i nostri biglietti per il derby e cercammo i bambini. «E signorinella, devi spiegarmi come sei arrivata a chiamare Drake Dexter col suo soprannome, Dex, se non gli stai fornendo servizi sessuali.»

Merda. Non le sfuggiva nulla a quella donna. «Se avessi fornito servizi sessuali a Dex, l'avrei chiamato Padrone.»

«Non distrarmi dall'argomento principale dicendo cose sensate.»

9

«Wow! Guardate quella macchina sottosopra!» urlò Zach.

Ci trovavamo tutti nella sezione scontri del derby. Le auto erano spappolate sul circuito di fango, alcune col vapore che usciva dal radiatore, due incastrate a T che sforzavano i motori, le ruote che giravano a vuoto nel fango nella speranza di separarsi. L'ultima emozione era stata una macchina spinta su un terrapieno e fatta ribaltare sul tetto. Si fermò lentamente dopo aver girato in cerchio due volte.

«Figo!» aggiunse Bobby.

Io, Goldie e Paul eravamo seduti con dei piccoli tappi per le orecchie in schiuma gialla, mentre i bambini avevano le grosse cuffie che servivano ad attutire i forti rumori dei motori.

L'arena era all'aperto, rettangolare e scoperta. Niente

tetto. Assomigliava allo stadio di football di un liceo. Veniva usata per tutto, dai rodei ai demolition derby. Niente bagni, niente bar. Quelle cose si trovavano tutte fuori dall'arena, nel lunapark. Lungo il perimetro più lungo dell'area eventi c'erano le tribune, tutte gradinate in cemento e panche in legno. C'era abbastanza posto da ospitare circa trecento persone. Noi eravamo seduti quasi in cima così che i ragazzi avessero una buona visuale. Non potevano perdersi nulla. Riuscivo a vedere il sole tramontare sulle Gallatin Mountains dai nostri posti.

Zach e Bobby avevano in mano delle buste a strisce bianche e rosse di popcorn. Io avevo la soda formato gigante per mandarli giù, che ormai era piena solo per metà. L'odore di animali, fango e popcorn al burro si mischiava nell'aria della sera.

Io stavo mentalmente scommettendo su quanto ci sarebbe voluto ai bambini per aver bisogno del bagno. Giuro che avevano la vescica delle dimensioni di una noce ed era faticoso arrivarci. Bisognava abbandonare le tribune, uscire dall'arena e dirigersi ai piccoli edifici bassi che facevano da servizi igienici. Si sarebbero persi tutte le demolizioni. E io pure.

Goldie catturò la mia attenzione agitando leggermente un dito nella mia direzione, poi piegò la testa verso destra e un paio di file più in basso. Io seguii il suo sguardo e vidi Ty e il Colonnello. Entrambi indossavano delle maglie bianche—quella del Colonnello aveva il colletto—e lo stesso taglio di capelli corto. A giudicare dai sorrisi che avevano in faccia, anche loro si stavano godendo gli incidenti. Perfino nel vederlo così di sfuggita, percepii quell'emozione, quella scintilla scorrermi nel sangue e raggiungere tutti i punti sessuali importanti del mio corpo.

Maledetta vita da paesino. Se quell'uomo voleva evitarmi, perché doveva presentarsi proprio dove ero io? Lo stato era largo seicento miglia. Non poteva trovarsi da qualche altra parte, qualunque altra parte? Non era giusto che dovessi provare la scintilla se non la sentiva anche lui. La scintilla delle pari opportunità.

Goldie fece un paio di strani cenni con la testa e gli occhi che io tradussi come: *Ecco la tua occasione. Fa' ingelosire quell'uomo!*

Ma come? Dov'ero seduta io—in alto sugli spalti—nessun uomo si sarebbe voltato a guardarmi, figuriamoci a flirtare con me mentre delle auto si scontravano nel fango. Eravamo ad un demolition derby! Diamine, avrei potuto andarmene in giro completamente nuda e tutto ciò che avrebbe visto un uomo sarebbero state delle grosse ruote che tiravano su fango. Non si staccava un uomo dalle auto.

D'accordo, me ne sarei andata fino ai bagni mentre contemplavo la mia prima mossa nell'Operazione Renderlo-Geloso. Goldie avrebbe pensato che avessi un piano. Mi avrebbe concesso almeno dieci minuti per inventarmene uno. Se non ci fosse stata coda, altrimenti avrebbe potuto volerci di più.

I bambini erano incantati dal massacro che avevano davanti agli occhi. Zach si era dimenticato del popcorn che aveva in mano vicino alla bocca. Dopo aver fatto cenno in direzione dei bagni delle donne e che Goldie mi ebbe rivolto un cenno del capo per segnalarmi che aveva capito, le porsi la soda e mi spostai lungo le tribune e fuori dall'arena.

Presi l'uscita ad est, lontano dalla fiera. Il terreno era in terra battuta, l'aria fresca dal momento che le tribune bloccavano il sole. Non c'erano molte persone in giro. Tutte quante si trovavano o alla fiera, o al derby.

«Jane!»

Mi voltai.

Ty.

«Ciao,» dissi, nervosa. Era davvero bello da vicino. Come al solito. Riuscivo a vedere una piccola barba biondo scuro sul suo mento e mi chiesi che sensazione mi avrebbe dato sulla pelle. Sotto i miei seni, sul mio ventre, sul mio interno co...basta! Mi sentii arrossire.

«Sì, ciao.» Ty mi fissò. Mi guardò la bocca. Abbassò lo sguardo a terra. Lo alzò su di me. Si sporse.

Aveva intenzione di baciarmi!

Sollevò le mani per tenermi la testa. Per sciogliermi i capelli dalla coda e far scorrere le dita tra le ciocche setose. Sì!

Montana di fuoco 173

Invece, però, sollevò le mani per togliermi i piccoli tappi dalle orecchie. Merda. Gli porsi la mano e me li infilai imbarazzata nelle tasche dei jeans. «Grazie,» borbottai.

«Allora, quel tipo all'asta.»

Per la miseria. Goldie aveva ragione. Se si sostituiva Uomo Numero Uno con Uomo Numero Due, Uomo Numero Uno si ingelosiva. A prescindere dal fatto che l'Uomo Numero Due fosse decisamente troppo perverso/inquietante per i miei gusti. Quello non aveva importanza. Il fatto che avesse un pene bastava a far sì che Ty facesse il galletto.

«Cosa?» cercai di sembrare indifferente. Non ero molto brava, per cui sperai di sembrare molto più sicura di me e dei miei sotterfugi femminili di quanto non mi ci sentissi.

«Ti guardava come fossi stata un pezzo di carne.» A Ty non serviva un paio di occhiali, quello era certo. Per Dex, io non ero altro che un oggetto. «Giuro che l'ho visto asciugarsi la bava.»

«E allora?»

Ty si passò una mano tra i capelli. «E allora? Cristo, Jane.»

Non avevo intenzione di porre fine alle sue sofferenze. Era stato lui a venire da me. «Cosa ci fai qui?» Feci un gesto con la mano che incluse tutto l'ambiente circostante. «Ti sei allontanato da me l'altro giorno al minimarket. Hai detto che ero una... com'era? Oh, già, una "calamita per i disastri". Non hai voce in capitolo in chi vedo o cosa faccio.»

A Ty non piaceva sentirsi fare la ramanzina. Strinse forte la mascella e arrossì. Chiaramente, era arrabbiato, sebbene non fossi certa che lo fosse con me o con sé stesso per essere stato un tale idiota.

«Senti, Goldie è venuta a salutare me e il Colonnello sugli spalti e ci ha chiesto se ci stesse piacendo il derby. Ha detto che te ne stavi andando e mi ha detto di darti un passaggio.»

Ah, Goldie l'impicciona. Ovviamente non aveva detto perché me ne stessi *andando*. Il vecchio trucco dell'omettere le parti importanti.

«Perché non le hai semplicemente detto di no?»

Ty inarcò un sopracciglio. «Tu hai mai detto di no a quella donna?»

Era un argomento valido.

«E poi, ci ha dato lei i biglietti per il derby, per cui era il minimo che potessi fare.»

«Quindi hai intenzione di darmi un passaggio perché te lo sta imponendo Goldie, non perché vuoi farlo?»

Ty aprì la bocca per dire qualcosa, poi la chiuse, furbo abbastanza da riconoscere che non avrebbe potuto rispondere alla mia domanda senza addentrarsi in un campo minato.

Montana di fuoco 175

«È stato gentile da parte di Goldie darti i biglietti,» commentai.

Quella donna. Giuro che l'avrei strangolata un giorno o l'altro. O l'avrei baciata. Non ne ero sicura, al momento. Aveva pianificato tutto! Prima di tutto, probabilmente aveva comprato dei biglietti in più per il derby così che Ty potesse trovarsi nello stesso posto assieme a me. Quello era successo ancora prima che Ty si fosse allontanato e, a quel punto, aveva solamente voluto farci stare insieme il più possibile. Solamente un'ora prima, mi aveva messo la pulce nell'orecchio riguardo il far ingelosire Ty. Doveva averlo visto all'asta di cavalli che mi guardava con Dex. Con Ty al derby, sarebbe stato un giochetto da ragazzi, per lei, farmi seguire da lui. Goldie aveva una mente perversa e subdola quando si trattava di mettere insieme due persone, ancora di più quando voleva far soffrire un uomo. Il minimo che potessi fare era farlo continuare a soffrire. Tutto il duro lavoro di Goldie lo pretendeva.

«Allora chi era quel tipo?» chiese Ty, tornando ad avventurarsi sul terreno della gelosia.

Io feci spallucce. «Solamente uno che ho conosciuto l'altro giorno.»

«Non pensavo ti piacessero i cowboy.»

«Non sai mai chi potrebbe attrarti.»

«Già.» Ty abbassò lo sguardo sulla mia bocca con desiderio, come se non fosse stato in grado di impedirselo. Io quasi cedetti nel fare il primo passo. Mi ricordavo il suo sapore, come fosse un misto di delicatezza e pretesa assieme.

Mi feci passare la lingua sul labbro inferiore, bagnandolo. In quel preciso istante, volevo che mi baciasse così tanto che non riuscivo a sopportarlo. Sentivo il calore divampare sotto la mia pelle. Chi poteva biasimarmi? Qualunque donna single mi avrebbe uccisa se non mi fossi arresa al palese desiderio che vedevo nei suoi bellissimi occhi azzurri. Ero un pezzo di carne e lui voleva divorarmi. Era lo sguardo che aveva lui in volto, non Dex. E a me stava più che bene.

Non mi sarebbe dispiaciuto se *Ty* avesse voluto divorarmi. *Può mangiarmi quanto vuole. Oddio! L'ho appena pensato? Vorrebbe dire che sentirei la sua barba sulle mie cosce, il suo viso affondato... No! Smettila! Non pensare a lui che ti mordicchia lì!*

«Non sai mai chi potrebbe attrarti,» ripeté lui, i suoi occhi sui miei seni. I miei capezzoli si indurirono involontariamente.

Quell'uomo era ridicolmente attratto dai miei seni. Io ero attratta dalla sua attrazione per i miei seni. Quell'uomo voleva *me*. Me!

Sì!

Bacialo!

No! No. Sii forte. Fallo soffrire. Solo allora tornerebbe.

Goldie non aveva accennato a quanto avrei sofferto anch'io. Come mi si sarebbero rovinate le mutandine e come avrei voluto disperatamente che lui lo scoprisse. Forse avrei accettato la sua offerta di quel dildo di prima qualità per alleviare la mia voglia. E cavolo, se avevo voglia!

Gli diedi una pacca amichevole sulla spalla invece di attirarlo tra le mie braccia e baciarlo. Fu una delle cose più difficili che avessi mai dovuto fare. Quale razza di donna folle rinunciava ad un uomo che la voleva? Specialmente quando lo voleva a sua volta. Avrei potuto trovarmi a letto con lui, diamine, premuta contro qualche parete nascosta del lunapark con le gambe avvolte attorno alla sua vita nel giro di pochi minuti. Invece nooooo, dovevo fare la cosa giusta, la cosa stupida —allontanarlo. «Sono... sono felice che sei mio vicino. Busserò decisamente alla tua porta nel caso in cui dovesse rompermisi lo spazzaneve.»

Mi allontanai, diretta verso i bagni. Giuro che riuscii a sentire gli occhi di Ty penetrarmi la schiena. Guardai dritto davanti a me, concentrata sui bagni, un basso edificio grigio. Sussurrai tra me, «Non voltarti. Non voltarti.» Non notai l'auto demolita che mi sfrecciò contro dall'alto fino all'ultimo. Mi voltai e vidi un faro rotto e una calandra crepata. Per una frazione di secondo, mi sentii come un cervo sul punto di farsi investire, letteralmente, prima che delle forti braccia mi spingessero via. Caddi a terra con un tonfo, un grosso peso che atterrava sopra di me—non abbastanza grosso da essere una macchina—prima che il mondo si facesse nero.

———

Ripresi i sensi con il volto di Ty sospeso sopra di me. Non fu una brutta immagine con cui riprendere conoscenza. La preoccupazione che vi scorsi non me la sarei dimenticata tanto presto, però. Era così vicino che riuscivo a sentire il suo fiato caldo sulla mia pelle. Notai un aroma di menta piperita.

Sbattei le palpebre.

«Cristo,» sussurrò Ty prima di chiudere brevemente gli occhi.

Io cominciai ad elaborare altre cose oltre a lui. Vidi la piccola folla che si era formata attorno a noi, sentii il rumore dei motori del derby, sentii odore di salsiccia e peperoni dal centro della fiera. «Mi ricordo un'auto del derby che provava a investirmi.»

Ty annuì. «Me la ricordo anch'io.» La sua voce era cupa e arrabbiata, la mascella serrata.

Mi alzai a sedere.

«No. Resta lì sdraiata fino a quando non arrivano i paramedici.»

«Sto bene. Non mi girano gli uccellini attorno alla

Montana di fuoco 179

testa.» Mi alzai con cautela, ma Ty mantenne una presa ferrea sul mio braccio. Io mi ripulii i jeans dalla terra nella speranza di nascondere le mie ginocchia tremanti. «Non ho bisogno—né voglio—dei paramedici. E poi, tu non lo sei?» Al cenno di assenso di Ty, aggiunsi, «Lo sai che sto bene.»

Ty rifletté per un attimo sulle mie parole mentre mi scrutava. Non con lo stesso sguardo passionale di solamente un minuto prima, ma ormai in maniera clinica e scrupolosa. «Quante dita sono queste?»

«Due,» borbottai. «Quattro. Smettila di cambiarle!»

Ty roteò gli occhi. «Lo spettacolo è finito, gente,» disse ai pochi ancora preoccupati. Una volta che fummo nuovamente soli, Ty mi attirò in uno stretto abbraccio.

«Non riesco a respirare,» annaspai.

«Scusa.» Allentò la presa, ma mi tenne comunque a sé.

«Mmm, che bello.» Il calore del suo corpo si trasmise al mio dal suo cazzo duro e dal suo petto muscoloso. Sapeva di... Ty. Maschio virile, sapone e qualcos'altro che stavo imparando fosse solamente suo. Sentivo il battito del suo cuore sotto il mio orecchio e correva come un purosangue. Chiaramente, non era calmo come sembrava.

«Era un guidatore folle o stava cercando di investirmi?» domandai.

Ty mi strinse leggermente, poi allentò la presa,

sebbene continuò a tenermi per le braccia. O non voleva lasciarmi andare, il che era un pensiero estremamente romantico, o più probabilmente voleva assicurarsi che non cadessi faccia a terra. «A me sembra che quel bastardo stesse cercando di investirti.»

Io rimasi sconvolta. «Pe... perché?»

«Non ne ho idea, ma un guidatore folle si sarebbe se non altro fermato a chiedere scusa. Devi ammettere che stanno succedendo un sacco di cose strane. Perfino per te.»

Io sbuffai. Non fu molto femminile, ma non lo era nemmeno l'argomento. «Ti ho detto che queste... cose strane sono insolite. Sta succedendo qualcosa ed è cominciato tutto con quegli stupidi gnomi.»

Ty inarcò le sopracciglia. «Pensi che tutto questo sia legato allo sperma, gli gnomi e Morty?»

«Ha senso, no? Penso che sia successo qualcosa a Morty. Nessuno l'ha più sentito. Era disperato per quello gnomo. Se qualcuno gli ha fatto del male per quello, non è difficile dedurne che potrebbero dare la caccia anche a me.»

Ty ci pensò per un istante. «In realtà ha senso. Dovremmo controllare se quell'auto della gara fosse rubata.»

Noi?

«Fantastico. Quindi stai dicendo che qualcuno sta cercando di uccidermi? Con un'auto da demolizione?»

«Non più. Non ha funzionato.»

«Nemmeno l'esplosione.»

Ty strinse la mascella. «Cristo, nemmeno l'esplosione. Non è affatto una cosa di cui andare fieri!»

«Non sono fiera,» borbottai io. «Sollevata di non essere stata schiacciata.»

Ty mi baciò sulla testa, probabilmente senza ricordarsi di aver bandito i baci. Fu come se avesse dovuto farlo. «Lo gnomo è stato reincollato, la fiala è nella spazzatura. Morty è sparito. La domanda è: perché diavolo qualcuno ti vuole morta?» La sua voce era carica di frustrazione, rabbia e preoccupazione tutte insieme.

Io mi ritrassi e lo guardai negli occhi. Il suo volto mostrava le stesse emozioni contrastanti. Chiaramente, non era sicuro se avesse dovuto abbracciarmi o spingermi via.

Qualcuno mi voleva morta. *Qualcuno mi voleva morta.* Chi? Perché? Cosa c'era di così brutto che qualcuno mi odiava tanto? «Io... non ne ho idea.» La mia voce tremava. «Ho una vita noiosa.»

Ty rise divertito. «Noiosa? Sei la persona meno noiosa che abbia mai conosciuto. Ti conosco da meno di una settimana. Hai avuto una persona che vagava nel tuo cortile, un uomo scomparso alla porta, un'esplosione, una rapina al minimarket e adesso sei stata quasi investita da un'auto del derby in quel piccolo lasso di tempo.

Mi sono perso qualcos'altro?» Inarcò un sopracciglio, sfidandomi ad aggiungere qualcosa.

Non gli avrei di certo raccontato della mia visita a Dex al suo ranch. Le tracce erano morte lì, per quanto riguardava Morty, sperando non fosse un brutto gioco di parole. Non era stato lì a spalare cacca come avrei voluto. Non impugnava un forcone da tutta la settimana.

Dex non mi voleva morta, mi voleva nel suo letto. E non era una cosa che avessi intenzione di condividere con Ty.

Sperai che la mia espressione non mi tradisse. Cercai di sembrare il più innocente e sorpresa possibile come Zach e Bobby quando rompevano qualcosa di speciale.

«No.» Sentii la gente applaudire nell'arena e ne vidi diverse uscire.

«Il derby dev'essere finito.» Ty mi lasciò finalmente andare. Io mi sfregai via la terra dai jeans. «Non raccontiamo a Goldie o a nessun altro di questo piccolo incidente. Non voglio spaventarli. Specialmente i bambini. E poi, non sappiamo per certo se qualcuno mi voglia» -- deglutii-- «morta.»

Era difficile tirare fuori quelle parole. *Qualcuno mi voleva morta.*

«L'unico modo in cui lo sapremmo per certo è se fossi morta davvero,» borbottò Ty, arrabbiato. «Cosa che non voglio verificare. Ma sono d'accordo. Non lo diremo alla tua famiglia, ma ho intenzione di parlare con alcuni poli-

Montana di fuoco 183

ziotti che conosco per indagare. Morty, l'esplosione, quella dannata auto del derby. Non possiamo non fare nulla e aspettare che qualcuno ci riprovi.» Mi prese le mani nelle sue, sfregando i pollici sui miei palmi. Percepii quella carezza fin nella passera. «Però devi tenere un basso profilo. Promettimi che non correrai alcun rischio inutile.» Si portò le mie nocche alla bocca e mi baciò una mano, poi l'altra. «Non fare nulla di folle.»

Solamente le sue labbra sulle mie nocche mi diedero una scossa. Come un piccolo fulmine. Se solo Ty avesse saputo quanto mi sentissi zoccola con un semplice sfioramento delle sue labbra, probabilmente mi avrebbe gettata in spalla come un uomo delle caverne e mi avrebbe trascinata nella sua grotta per fare roba con me così che non fossi più riuscita a camminare bene per una settimana.

Oh, cavolo. Ti prego!

Concentrazione. Sollevai il mento con aria di sfida, ma fui felice di tenere le mani nelle sue. «Io non faccio mai *nulla* di folle. È quello il mio problema!»

In quel preciso istante, il mio controllo sessuale si ruppe. Quell'ultima scintilla aveva fatto saltare in aria tutto quanto. Lo baciai. Proprio lì, con la folla che si divideva attorno a noi. Un rapido bacio impetuoso. Non troppo rapido, dal momento che riuscii a far intrecciare le nostre lingue prima di ritrarmi. «Ecco. Quello era folle.»

Tanti cari saluti al farlo soffrire, al volere che fosse lui a venire da me. Ammettiamolo, facevo schifo in quelle cose. Però ero quasi stata investita da un'auto del demolition derby. Probabilmente non molte donne che cercavano di far soffrire un uomo venivano quasi investite nel mentre. Le regole erano cambiate quando la vita mi era passata in un lampo davanti agli occhi. Mi ero resa conto che non avevo ancora baciato abbastanza. La vita era breve ed io avevo bisogno di infilarci tutti i baci extra che potevo. E poi, Ty mi aveva spinta via e mi aveva salvato la vita. Si meritava un bacio per quello. Una possibilità di redenzione. Era di quello che si trattava. Un bacio redentore.

Ty aveva un'espressione sconvolta in viso. Per metà di desiderio e per metà di follia. «Promettimelo,» ripeté prima di attirarmi di nuovo tra le sue braccia per un altro bacio.

Non avevo dubbi che se non ci fossimo trovati in pubblico all'aperto ad una fiera della contea, mi sarei ritrovata con le mutandine attorno alle caviglie nel giro di cinque secondi. Per fortuna, avevamo entrambi un briciolo di autocontrollo—e di desiderio di evitare di venire arrestati.

«Vado in campeggio domani,» esalai senza fiato. «Cosa può succedere nei boschi?»

10

*D*opo due notti immersi nella dura vita all'aria aperta sopra Hyalite con due caravan —il mostro lungo più di cinque metri del Colonnello e il mio più modesto estendibile—ne avevo avuto abbastanza di divertimento in natura. Certo, c'erano dei veri letti con le lenzuola, l'aria condizionata e il riscaldamento, una cucina, pentole e padelle, un frigo e qualunque altra attrezzatura dei camper di lusso. Ma io agognavo una vera doccia. La cosa che ci era andata più vicina era stata camminare nella nebbiolina alle Palisade Falls il giorno prima.

I miei capelli ricci non avevano mai un bell'aspetto dopo una notte in cui ci avevo dormito sopra. Di solito, assomigliavano ad un nido di uccelli quando mi svegliavo. Non osavo guardarmi allo specchio, ormai.

Potevo solamente immaginare che aspetto avessero dopo due giorni all'aperto e al vento.

Avevo raggiunto il mio limite per il campeggio e volevo disperatamente una pausa dai miei figli. Volevo bene ai miei bambini, ma avevo bisogno di una tregua. Una tregua dai bambini che cadevano nei ruscelli ghiacciati. Una tregua dallo sventrare pesci. Dall'insetticida. La crema solare. La polvere. E se ciò non fosse stato abbastanza, puzzavo di prosciutto cotto per via di tutto il fumo del falò.

L'area di Hyalite era il parco giochi dietro a Bozeman. A soli quindici miglia a sud della città, bastava un breve viaggio in salita nel canyon fino al bacino idrico e ai vasti sentieri. Si poteva passeggiare, pescare, andare in kayak, in mountain bike e, in inverno, arrampicarsi sul ghiaccio. Secondo me, era uno dei luoghi più belli del Montana. Aspre montagne curvavano attorno al bacino idrico che rifletteva le loro cime innevate. Pioppi tremuli costellavano la riva e i prati. In autunno, le loro foglie erano di un giallo acceso. Di notte, era così buio che la Via Lattea abbracciava tutto il cielo.

Il nostro luogo di campeggio tradizionale si trovava sul lato est, proprio sulla riva del bacino idrico con vista sulla Hyalite Mountain a sud. Adoravo stare all'aperto e adoravo il silenzio, ma adoravo anche il mio letto.

Goldie e Paul ci avevano raggiunti il giorno prima, trainando anche loro la loro casa su ruote. Erano venuti

Montana di fuoco 187

tardi dal momento che Goldie aveva dovuto lavorare venerdì sera al negozio. Paul se n'era andato presto quella mattina perché era in reperibilità e doveva trovarsi vicino all'ospedale.

Goldie era rimasta, scroccando un passaggio in città con me e i bambini. Per una donna di tante pretese e sempre attenta al proprio aspetto, amava pescare. In effetti, metteva in imbarazzo tutti quelli che le stavano attorno. Certo, indossava dei jeans firmati e le scarpe meno degne di stare all'aria aperta che una donna potesse trovare per andare in campeggio, ma una volta che si infilava un paio di stivali di gomma e prendeva una canna da pesca, era una donna diversa. La pesca volante era la sua preferita. Diceva che la tranquillizzava, proprio come il golf per mia mamma. Prendeva senza sforzo la canna di plastica di Topolino di Bobby e gli metteva un verme all'amo.

Goldie e i suoi nipoti si alzarono all'alba e trascorsero la mattinata a pescare nel bacino idrico di fronte alla nostra area da campeggio nella speranza di tirare fuori uno o due bei pesci. Io non ero tanto a favore dei vermi, per cui lasciai loro tre a divertirsi mentre preparavo i bagagli.

Perfino dopo due giorni, avevo tutto il corpo indolenzito dal brutto colpo che mi ero presa alla fiera. Ty mi era sembrato pesare una tonnellata di mattoni quando mi era atterrato sopra e i miei muscoli se ne lamentavano ancora. Avevo voluto avere Ty sopra di me, ma non a quel modo.

Qualunque cosa era meglio che farsi investire da un'auto, per cui ero grata dei miei dolorini. La mia mente aveva trascorso il weekend ad elaborare il fatto che qualcuno stesse cercando di uccidermi. Mi ero girata e rigirata nel letto rivivendo quei momenti terrificanti. Mi ero svegliata in un bagno di sudore freddo sognando la calandra crepata della macchina. Qualcuno mi odiava abbastanza da volermi morta. Ma perché? La mia mente slittava nel fango nel tentativo di rispondere a quella domanda.

«L'unica cosa che ho preso stamattina è stata un pesciolino di un metro e venti,» disse Goldie ridendo. Erano tornati dalla loro missione di pesca. Accanto a lei c'era un sorridente bimbo di quattro anni tutto bagnato che era palesemente caduto nel bacino idrico. I suoi pantaloncini e la maglietta gli si erano appiccicati alla pelle e i suoi capelli scuri puntavano tutti verso l'alto.

Io avevo messo via tutta l'attrezzatura da cucina in contenitori di plastica e stavo arrotolando l'ultimo sacco a pelo.

«Ah, allora possiamo sventrarlo e mangiarlo?» chiesi mentre abbracciavo e facevo il solletico a Bobby, mentre lui strillava ridendo. Mi sentii bagnare e raffreddare per colpa dei suoi abiti. Oh be', se non altro non puzzava di pesce morto. Mancavano solo poche ore ad una doccia.

Montana di fuoco 189

«Sarà perfetto con il ciambellone di gelatina che ho intenzione di preparare come dessert questa sera,» aggiunse il Colonnello, raggiungendoci davanti al mio camper. «Limone e panna montata.» Indossava i suoi soliti pantaloni beige e la maglia bianca col colletto. In qualche modo, i suoi abiti erano stirati e inamidati. Come potesse avere un aspetto immacolato dopo due giorni non l'avrei mai saputo. Non aveva una sola macchia di terra. Io, tuttavia, probabilmente avevo l'aspetto di una che aveva fatto la lotta con un piccolo orso nero.

«Uffa, non abbiamo preso niente,» borbottò Zach. Aveva i capelli scompigliati, le guance rosse per lo sforzo e il movimento che aveva fatto.

«Meno male che abbiamo delle carote e del sedano per merenda, allora,» replicò il Colonnello, scherzando.

Zach e Bobby borbottarono entrambi ancora un po', discutendo di cosa fosse peggio, la mancanza di pesce o la mancanza di merendine da mangiare.

«È difficile prendere dei pesci quando urlate tutto il tempo e qualcuno cade in acqua,» commentò Goldie. «Dovremo fermarci e provare un punto lungo il ruscello mentre torniamo a casa. Magari quei pesci non ci riconosceranno.» Indossava una tenuta da pesca grigia in neoprene che le arrivava alla vita, tenuta su da un paio di bretelle nere. Ci si poteva immergere in acqua fino all'ombelico e restare asciutti. Con l'acqua nei dintorni di Bozeman alimentata tutta dai ghiacciai in scioglimento, non faceva mai caldo a pescare da quelle parti.

Una maglietta a maniche corte rosa acceso sembrava strana sotto quella tuta, specialmente con dei pezzi di sottili catenelle dorate appese come festoni attorno allo scollo. Goldie indossava una visiera dello stesso rosa acceso, i capelli biondi che spuntavano cotonati dalla cima e che le curvavano sulla schiena in una folta coda. Non sarei rimasta sorpresa se fossero stati il rosa accecante e l'oro luccicante a spaventare i pesci invece dei bambini. «Dopodiché ci fermeremo al Dairy Queen tornando a casa.»

Un sorriso si aprì sul volto di Zach mentre sollevava il pugno in aria. Alla faccia del mangiare carote e sedano. «Andate ad asciugarvi e a darvi una pulita mentre io finisco di fare i bagagli,» dissi loro. Altra pesca. Evvai.

DOPO AVER RITIRATO tutto e caricato la roulotte, trovammo un altro punto vicino ad una piazzola di sosta a circa un miglio dal bacino idrico. Goldie e i bambini trascorsero un'altra ora a cercare di prendere all'amo qualcosa a parte dei rami sporgenti e dei bastoncini in putrefazione senza successo. Il Colonnello si unì a loro, sebbene scelse una profonda ansa piena di mulinelli più a monte. Senza il baccano di Goldie e dei bambini nelle

Montana di fuoco 191

vicinanze, prese tre piccole trote iridee prima di lasciarle andare. Per non fare la guastafeste, io mi unii a loro a bordo acqua, ma trovai una bella roccia grande al sole, mi ci sdraiai e mi godetti il calore della pietra contro la schiena e il sole sul viso. Mi addormentai subito.

«Giuro che ho visto dei vecchietti risalire una collina più in fretta di te,» commentò Goldie una volta che fummo per strada. «Sei a malapena riuscita a risalire la sponda del fiume fino alla macchina. Che hai?» ·

Non fu difficile per quella vecchia Occhio di Lince notare quanto mi fossi mossa con cautela lungo la sponda ripida fino alla macchina. Mi ci sarebbe solamente voluto un bastone e avrei avuto novant'anni. Avevo muscoli indolenziti che nemmeno sapevo di possedere. «Penso di essermi stirata un nervo dormendo la scorsa notte.»

Goldie annuì compassionevole. «Sciatica. Alle volte capita durante i momenti più» --abbassò la voce-- «intimi, sebbene immagino che non sia quello il caso, stavolta.»

«GG,» usai il mio tono di avvertimento e il nome che le davano i bambini, ricordandole della loro presenza.

«Mmm, giusto,» rispose lei, chiaramente ricordandosi dove fossimo. «Quando giochi a *hockey su prato* con qualcuno, alle volte colpisci la *palla* troppo forte con la *mazza* e finisci col farti del male.»

Sbirciai nello specchietto retrovisore. I bambini non

stavano ascoltando. «Come hai detto tu stessa, non stavo giocando a *hockey su prato* ieri sera, ero in campeggio.»

«Il campeggio è un ottimo posto dove praticare hockey su prato. Specialmente quando hai un'ottima mazza. Faresti sicuramente centro. Alle volte viene voglia di farsi più di una partita.»

«Mamma, cos'è l'hockey su prato? È una specie di sport?» chiese Zach. A quanto pareva, lui aveva ascoltato, dopotutto. Rivolsi a Goldie un'occhiata eloquente.

«Sì, è uno sport che potrai praticare quando avrai trent'anni,» risposi. «E sarai sposato.»

«Huh. Pensavo che tu giocassi a calcio. Non ti serve una mazza per il calcio,» aggiunse Zach.

«Hai ragione, tesoro, ci giocavo.» Rivolsi un breve sorriso a Zach dallo specchietto retrovisore, poi azzardai un'occhiata a Goldie. «Non ho molta esperienza nei giochi che richiedono una mazza.»

«Allora forse dovresti trovare qualcuno che ne ha,» aggiunse Goldie. «Scommetto che Ty è bravissimo nei giochi, e sono *sicura* che ti lascerà usare la sua *mazza*.»

Ripensai alla sensazione della *mazza* di Ty quando mi aveva premuta contro il camion dei pompieri.

«Sì, mamma, Ty mi ha detto che faceva un sacco di giochi da piccolo. Scommetto che potrebbe insegnarti!» aggiunse Bobby, interrompendo i miei pensieri.

Io rotei gli occhi in direzione di Goldie.

«Usa una borsa dell'acqua calda quando torni a

casa.» Chiaramente, anche lei pensava che fosse arrivato il momento di lasciar perdere l'argomento.

Dopo quella conversazione divertente rimasi in silenzio. Non mi servivano altri discorsi in codice. O altri discorsi e basta. Dal momento che la strada era piena di curve e tornanti per dieci miglia seguendo le rive dello Hyalite Creek fino in città, volevo che Goldie pensasse che il mio silenzio fosse dovuto alla mia concentrazione alla guida. Il che era vero, in parte. Con una roulotte, la velocità massima non superava i sessanta chilometri all'ora in discesa dovendo affrontare la ripidità e la larghezza ridotta della strada. Aggiungiamoci la mancanza di guardrail e la possibilità di frane e tenevo il volante con entrambe le mani e tutti e due gli occhi sulla strada.

Il Colonnello ci seguiva sul suo camper, beatamente ignaro della mia ridicola conversazione con Goldie. Non potevo raccontare a nessuno dei due il vero motivo per cui fossi indolenzita. L'ultima cosa di cui avessi bisogno era che dessero di matto perché qualcuno stava cercando di farmi del male.

I bambini erano nel retro a guardare fuori dai finestrini aperti. Gli gnomi, che ci eravamo portati dietro per il weekend, si trovavano in mezzo a loro, con la cintura a tenerli saldi al sedile. La brezza calda soffiava tra i capelli di Zach e Bobby. Erano entrambi quasi in stato vegetativo dopo un fine settimana di divertimento in campeggio e ore di pesca. Non mi sarei sorpresa se si fossero addormentati prima di arrivare a casa.

Un paio di minuti più tardi, Goldie aprì bocca. «Cos'è che è successo l'altra sera con Ty? Al demolition derby.»

«Mmm?» Cercai di rimanere in silenzio, ma sapevo che era impossibile. Lei non avrebbe chiuso bocca fino a quando non mi avesse fatto sputare il rospo. E l'ultima cosa di cui volevo discutere era l'altra sera. Sarei finita col confessare dell'auto del derby e dell'essere quasi morta. Non sarebbe stato un bene.

Facemmo una curva a destra e poi percorremmo un piccolo rettilineo. Sentii un botto e lo presi per una buca.

Goldie si voltò a guardarmi, mettendosi comoda per una lunga conversazione. «Non rispondermi con un *mmm*, signorina. Sai benissimo che ti ho dato un'opportunità e voglio sapere se hai afferrato il toro per le corna.»

Io sorrisi tra me pensando di afferrare Ty per il...

«*Santa Maria, madre di Dio!*» Goldie indicò fuori dal mio finestrino, decisamente sconvolta. Aveva occhi e bocca spalancati. Che diavolo riusciva mai a lasciare Goldie senza parole?

«Mamma! Che ci fa la roulotte qui?» gridò Zach.

Io voltai di scatto la testa a sinistra. Lì, che si muoveva in parallelo alla macchina, c'era la roulotte estendibile. Tutta bianca e lucente. Si vedevano chiaramente perfino le strisce decorative nere lungo la fiancata... dal momento che era a poco più di un metro da noi.

Spostai gli occhi dalla roulotte e li riportai per un attimo sulla strada.

Stavo andando dritta.

La roulotte stava andando dritta.

La strada curvava a destra.

«Per la miseria!»

Il mio cervello si attivò ed io sterzai di colpo per rimanere in strada. Pestai con entrambi i piedi sul freno. Tutti e quattro, così come i due gnomi, venimmo sbalzati contro le cinture e guardammo, sconvolti, la roulotte superarci, uscire di strada, superare il ciglio sterrato e cadere nel ruscello.

11

«*Ma* che--» gridò Ty mentre irrompeva sulla mia veranda attraversando il giardino sul retro. C'era anche il Colonnello. Così come Goldie e Paul. Avevamo appena finito di cenare tardi, i piatti sporchi ancora sul tavolo di fronte a noi. Indossava la sua uniforme da pompiere con un cercapersone e un walkie-talkie ancora agganciati alla cintura. Chiaramente, era arrivato dritto dal lavoro.

Io mi schiarii la gola e feci un cenno col capo in direzione dei bambini che giocavano nella sabbiera coi loro gnomi.

«--*caspita* sta succedendo? Stavamo sistemando una perdita di gas sulla Durston e un agente di polizia mi racconta questa storia folle di una chiamata dalla quale è appena tornato. Si trattava di una roulotte sfuggita al conducente vicino a Hyalite. Ho cominciato a ridere perché sembrava così folle, perfino ridicolo, ma poi ho avuto questa stranissima sensazione.» Si passò una mano sulla faccia come a cercare di mantenere la calma. «Gli ho chiesto se per caso la roulotte apparteneva ad una donna di nome Jane West. L'agente ha cominciato a ridere. Lo sai che cosa mi ha detto?» La sua voce cominciò a farsi ancora più forte. Non avevo mai visto Ty così agitato. «Ha detto sai proprio come sceglierti le ragazze!»

Con la coda dell'occhio, vidi Goldie inarcare le sopracciglia. La ignorai.

«Ragazza?» strillai io. Non avevo mai saputo che pensasse a me come la sua *ragazza*.

Ty chiuse gli occhi. Immaginai che stesse contando fino a dieci. Quando li aprì, disse, «Tu. Solo tu potevi scegliere quella parola tra tutto ciò che ho detto.» Si voltò di scatto e puntò un dito contro Goldie. «Okay, forse anche tu.» Tornò a rivolgersi a me. «La tua roulotte si è staccata, è finita fuori strada e dentro il torrente!»

«Se non fossi stato lì e non vi avessi assistito di persona, non ci avrei creduto neanch'io,» disse il Colonnello. «Penso di saper mantenere la calma nella maggior parte delle situazioni, tipo la guerra, per esempio, ma ti dirò, quando ho visto quella roulotte affiancare la loro auto, ho quasi avuto un infarto. Ciambellone?»

Il Colonnello prese un po' della sua creazione al limone e panna montata e la mise su un piatto porgendolo a Ty. Per circa cinque secondi, Ty si limitò a fissare quell'ammasso gelatinoso giallo e bianco. Non ebbe scelta se non prenderlo. Si lasciò cadere su una sedia vuota e cominciò a divorarlo. Con la bocca piena, non poteva parlare più di tanto.

Dopo un paio di bocconi, mi puntò contro il cucchiaino. «Come fa una roulotte estensibile con solo due ruote a restare dritta abbastanza a lungo da fare--» fece ruotare il polso facendo girare anche il cucchiaino-- «qualunque cosa sia che fa per rotolare giù dalla strada fino al torrente?»

«È quella la parte che mi turba,» aggiunse Paul, tenendo Goldie per mano. Aveva sostituito il suo turno di reperibilità con un altro dottore dopo aver sentito del nostro incidente con la roulotte e si era appicciato come colla al fianco di sua moglie. «Jane ha detto di aver sollevato il piede di appoggio e di aver collegato la catena di sicurezza al gancio della sua auto prima di partire dal campeggio.»

Ty mi guardò ed io annuii.

«L'ho controllato anch'io,» disse il Colonnello. «Era agganciata proprio come avrebbe dovuto.»

Io lo guardai, sorpresa. Lui mi sorrise. «Mi piace assicurarmi che tutti siano al sicuro.»

Io gli sorrisi di rimando.

«Allora com'è successo? Se il gancio non ha retto, la catena avrebbe dovuto tenere la roulotte impedendole di

Montana di fuoco

sfuggire via. E poi, il gancio traino anteriore avrebbe colpito terra e avrebbe semplicemente strisciato. Nessuno avrebbe potuto non accorgersene. Quel rumore sarebbe stato terribile e probabilmente sarebbero saltate in aria scintille.»

«Il piede di appoggio era giù,» dissi io. Spiluccai quel che ne rimaneva del mio pezzo di ciambellone. «Quando il carroattrezzi l'ha tirata fuori dal torrente, era abbassato, non sollevato come dovrebbe essere per viaggiare.»

Ty si raddrizzò a sedere sulla sedia, appoggiò le braccia al tavolo e mi scrutò con nuova intensità. «Mi stai dicendo che qualcuno ha manomesso la roulotte?»

«Sembrerebbe,» aggiunse Goldie. Era rimasta insolitamente silenziosa dopo l'incidente. Era una manna il fatto che non mi stesse col fiato sul collo, ma avrei preferito non ne avesse avuto motivo. «Ci siamo fermati a pescare sull'ansa sopra la diga di castori. Siamo stati tutti giù in riva all'acqua per quasi un'ora. Potrebbe essere successo lì.»

«Io non ho visto nulla. Mi sono addormentata,» dissi a Ty.

«Fammi capire bene. Qualcuno ha scollegato la catena di sicurezza e slacciato il gancio così che si staccasse ad una delle curve o su una buca. Hanno abbassato il piede di appoggio così che, una volta staccata, non si piantasse a terra, bensì rimanesse su tre ruote, quantomeno per un pezzo di strada.»

Annuii.

«La domanda è: perché?» aggiunse il Colonnello. Spostò lo sguardo tra me e Ty. Era un uomo astuto. Era stato in guerra. Sapeva che avevamo tralasciato qualcosa. la gente non si metteva a sabotare le roulotte tanto per divertirsi.

Io lanciai un'occhiata a Ty. Lui fece una smorfia, annuì, ma rimase in silenzio.

«In questo caso in particolare, qualcuno voleva spaventarmi, ma credo che qualcuno stia cercando di uccidermi.»

———

RACCONTAI tutto ciò che era successo nell'ultima settimana, condividendo i dettagli degli gnomi, la fiala, Morty Moore, l'esplosione, la rapina a mano armata al minimarket e l'auto del derby. Nessuno disse una parola. Goldie strinse sempre di più le labbra fino a quando non divennero quasi invisibili. Paul rimase in silenzio. Molto probabilmente a riflettere su tutti i dettagli.

«L'unica cosa che stona è la rapina al minimarket. Quella è stata sfortuna, sebbene devo dire che sei un mito a scovare pericoli,» disse il Colonnello.

Ty mi guardò come a voler dire, *te l'avevo detto.*

«Tutto ciò che è successo fino ad oggi è stato tutto diretto a te,» osservò Paul. «I tuoi gnomi, la tua porta di casa, la tua roulotte. Perfino l'auto del derby. C'era anche Ty, ma era indirizzata a te.»

«Al lavoro, oggi, ho avuto tempo di parlare con l'organizzazione della fiera e con alcuni amici della polizia.» Ty raccolse le ultime tracce di giallo sul suo piatto col cucchiaino. «È stata rubata un'auto del derby dalla zona di partenza. Un autista è stato colpito col calcio di una pistola e nascosto dietro una balla di fieno.»

«Sta bene?» chiesi io, allarmata. Non faceva che confermare il fatto che non si fosse trattato di un incidente. Confermava anche che chiunque volesse farmi del male faceva sul serio, ferendo altre persone innocenti a quel modo. A parte me, intendo.

«L'hanno appena dimesso. Trauma cranico. Starà bene tra un paio di giorni.»

«A differenza dell'auto del derby, la roulotte di oggi sembra più un avvertimento. Come se qualcuno stesse cercando di dirti che ti sta tenendo d'occhio,» disse il Colonnello.

Non mi piaceva quel pensiero. Qualcuno era stato lì nel canyon, a seguirci. A osservarci. Non solo me, ma anche Goldie, i bambini, il Colonnello. La mia famiglia. Mi avevano vista dormire, dopodiché avevano manomesso la mia roulotte.

«Esattamente,» proseguì Paul. «Non volevano ucciderti, solo allarmarti. Farti conoscere le loro intenzioni.

Per fortuna, non c'era nessuno a guidare nell'altra corsia e farsi investire.»

«I bambini,» disse Goldie, con voce roca.

Proprio ciò che avevo pensato io. Non avevo ancora deciso cosa fare con loro, ma sapevo che dovevano andare da qualche parte dove fossero al sicuro, lontano da me. E ciò mi spezzava il cuore, sapere che dovessimo separarci. Non ero stata lontana da loro per più di uno o due giorni da quando erano nati. Il più in là che mi fossi avventurata era stata una convention di articoli per adulti a Las Vegas assieme a Goldie quando Bobby aveva un anno.

«I bambini erano in macchina. Quello è il mio limite. Dobbiamo allontanarli da qui fino a quando questa storia non sarà sistemata,» aggiunse Paul.

«Li porto da tua mamma. I bambini penseranno che si tratti di un'avventura e tu sai che lei sarà felicissima di tenerli. Verrà comunque il mese prossimo, per cui te li riporterà allora,» suggerì il Colonnello.

Fui travolta dal sollievo a quell'idea. In Georgia, non avrebbero potuto essere più lontani dal pericolo. «Grazie, Colonnello. È un'ottima idea. E rassicurante. Mi sento meglio a sapere che staranno con la Mamma. E con te.»

«Volevo una scusa per andare là. E restarci.» La sua bocca si tese in un piccolo sorriso. Magari un paio di settimane assieme a mia mamma avrebbero potuto far avanzare la loro storia d'amore. «Ora ne ho una.» Il

Colonnello mi diede di nuovo un colpetto sulla mano. «Fa' preparare le valigie ai bambini. Partiremo domani.»

———

Io e Ty eravamo seduti sul divano del mio salotto a guardare la TV, per quanto non pensassi che nessuno dei due stesse assimilando nulla della partita di baseball. Io non sapevo nemmeno quale squadra fosse in vantaggio. Non mi piaceva nemmeno il baseball. Ma mi piaceva stare seduta vicino a Ty. C'erano più di trenta centimetri di divano vuoto a dividerci, ma mi sembrava un chilometro. Sapevo che se avessi oltrepassato il limite, non sarei mai più potuta tornare indietro. Metaforicamente e letteralmente parlando. Ty probabilmente la pensava allo stesso modo, per cui mantenemmo quella Terra Di Nessuno tra di noi. Per il momento.

Io avevo due divani verde scuro posti a L di fronte alla TV. Due tavolini in legno alle estremità con delle lampade sopra e un altro al centro. Sotto il tavolino da caffè in legno c'era un tappeto. Sull'altro divano erano seduti gli gnomi, a guardare la partita. I bambini li avevano sistemati lì a guardare la TV e ce li avevano lasciati prima di andare a letto. Avevano detto che gli gnomi sarebbero finiti nelle loro valigie fino in Georgia, ma io volevo far cambiare loro idea. Quegli gnomi portavano sfiga e non pensavo che fosse furbo fargli attraversare il confine. E poi, si sarebbero decisamente rotti. Di nuovo.

Goldie e Paul se n'erano andati. Anche il Colonnello, a fare le valigie. I bambini erano a letto, addormentati. Avevano bruciato tutta l'emozione dell'incidente con la roulotte e poi per la notizia della loro gita dalla nonna, crollando di brutto.

Io avevo passato più di un'ora a parlare con mia mamma al telefono, aggiornandola sul completo fiasco che era diventata la mia vita. Concordando che i bambini sarebbero stati più al sicuro con lei, per il momento, aveva subito riagganciato e prenotato dei voli online. Al di sotto della sua preoccupazione, immaginai che fosse segretamente emozionata all'idea di vedere il Colonnello. Per tre settimane.

Se non altro avrebbero avuto due bambini a tenerli d'occhio. Io invece no. Sarei stata da sola, senza alcuna supervisione. Avrei potuto fare cose che non avrei mai fatto con i bambini nei paraggi. Come soddisfare le speranze di Goldie riguardo la mia vita sessuale inesistente. Non avrei avuto nemmeno il Colonnello in casa sua a separarmi da Ty.

«Immagino di essere in debito con te per avermi salvato la vita,» gli dissi, birra alla mano.

«Quale delle volte?»

Io mi fermai a rifletterci. Sembrava che avessi un po' di ringraziamenti arretrati da dispensare. «Stavo

Montana di fuoco 205

pensando al derby, ma immagino anche l'esplosione. Grazie.»

«Ottimo. Prego. Mi devi una cena. Domani sera.» Ty si spaparanzò, poggiando i piedi sul tavolino da caffè e incrociando le braccia al petto.

Io piegai la testa. «Per avermi salvato la vita? È tutto ciò che vuoi?» Arrossii rendendomi conto di ciò che avevo detto.

Era palese che avesse in mente altro che non solo una cena. «Per il momento.» Aveva quell'espressione negli occhi che stavo cominciando a riconoscere come quella da sto-per-baciarti.

Saltai su dal divano. «Be',» dissi, nervosa. Non volevo che mi baciasse in quel momento. Non con i bambini nell'altra stanza. Non quando non potevamo concludere ciò che veniva dopo un bacio. E poi, non sapevo se Ty avesse deciso di porre fine al suo aver posto fine alla nostra amicizia, relazione. Comunque la volesse chiamare.

Certo, ci eravamo baciati al derby. Ma ero stata io a baciarlo per prima. E c'era stata un sacco di adrenalina a pomparmi nelle vene assieme al desiderio. Forse avrei ottenuto quelle risposte a cena il giorno dopo.

Lui si alzò, entrambi vicini e bloccati dal tavolino da caffè. Lui sollevò una mano, accarezzandomi delicatamente la guancia. «Domani. Decisamente domani.»

E non stava parlando di pizza e birra.

«Quanto hai pianto?» mi chiese Ty la sera seguente a cena. Eravamo seduti ad un tavolo per quattro ad una birreria sulla Main. Io avevo il burrito al pollo, Ty la bistecca. L'edificio era un vecchio magazzino in mattoni con fotografie di inizio secolo appese alle pareti. Un vecchio vagone del treno era incastonato a una parete per aggiungere atmosfera e rifarsi alla storia che risaliva all'età d'oro delle ferrovie. Dal momento che era una bella serata, eravamo venuti in bici lungo il Galligator Trail, superando la nuova libreria fino al ristorante.

«Cosa ti fa pensare che l'abbia fatto?» domandai io.

Ty non rispose, si limitò a bere un sorso di birra.

Io roteai gli occhi. «Un'ora,» ammisi.

Avevo lasciato i bambini e il Colonnello all'aeroporto dopo pranzo. Tutta la mattina l'avevo passata a correre di qua e di là nel tentativo di trovare una ciabatta mancante, a preparare abbastanza spuntini per l'aereo e a cercare disperatamente i moduli di consenso sanitario. Avevo fatto del mio meglio per non piangere fino a quando non ero tornata a casa ed ero riuscita a raggiungere il garage prima di crollare. Non sapevo quanto fossi rimasta seduta a piangere sul volante. Dopo, me n'ero andata a letto e mi ero tirata le coperte sopra la testa. Mi ero svegliata dieci minuti prima della cena con Ty.

Ero corsa a darmi una sistemata, spruzzandomi

dell'acqua fredda in viso per ridurre il gonfiore attorno agli occhi. Mi ero passata una spazzola tra i capelli, raccogliendoli in una coda scomposta che mi lasciava cadere qualche ciocca attorno al viso. Mi ero messa un po' di burro cacao colorato. Mi ero infilata un paio di pantaloni capri neri con una maglietta di cotone bianca, mi ero messa dei semplici sandali neri ed ero rimasta soddisfatta così.

I miei bambini avevano lasciato lo stato per settimane e la cosa faceva male. A chi importava di truccarsi o darmi una sistemata per un appuntamento quando i miei figli sfrecciavano nel cielo in una scatoletta di alluminio a cinquecento miglia all'ora... senza di me a proteggerli?

Ty mi prese una mano e me la strinse. Quel semplice tocco fu piacevole. Rasserenante. Rassicurante.

«Ho sentito chi stava indagando sull'esplosione a casa Moore. Come pensavamo, c'è stata una perdita di gas propano.»

«Eh, grazie,» dissi io. Mi ravviai un ricciolo dietro l'orecchio.

«Inizialmente, si è parlato di una bomba rudimentale fatta a mano con un tubo di ferro nel garage.»

Io lo guardai senza alcuna espressione. «Intendi come gli estremisti nell'Idaho?» Non parlavamo mai degli estremisti del Montana come Unabomber. Erano tutti nell'Idaho, ormai.

Ty sorrise, ma non espresse alcun commento su quell'argomento delicato. «Hanno bocciato quell'idea molto presto. Di solito viene posizionata una bombola di propano lontano dalla casa e al fondo di una collina o di una specie di terrapieno per evitare che una perdita riempia la casa. La bombola dei Moore era accanto alla casa, il che è raro. Avrebbero dovuto spostarla anni fa.» Ty bevve un sorso di birra.

«Okay, va' avanti.»

«Il propano nella bombola è liquido e si converte poi a gas quando si mescola con l'aria. Il gas propano è più pesante dell'aria per cui rimane basso vicino a terra. Avrebbe dovuto propagarsi nel seminterrato raggiungendo lo scaldabagno o la caldaia dove avrebbe preso fuoco.»

«Giusto,» dissi. Tutta quella storia del gas era un po' troppo, per me. Sapevo che stava parlando la mia lingua, ma non tutto aveva senso, per me. Qualcosa sì. Ma non avevo mai riflettuto sul far saltare in aria una casa prima di allora. «Prosegui.»

«Lo scaldabagno e la caldaia dei Moore non si trovavano nel seminterrato, bensì in un armadio accanto al garage. Non è insolito, sebbene la maggior parte si trovino nei seminterrati. Immagino che dal momento che quella casa non aveva davvero un seminterrato, era stato concesso loro un po' di spazio nel garage.»

Quello lo capivo. «La casa della mia amica Kelly è

Montana di fuoco 209

fatta così.» All'improvviso fui colta da un pessimo pensiero. «Dovrei preoccuparmi che possa saltare in aria anche casa sua?»

Lui mi puntò la forchetta contro. «No. Lei non usa il propano, né qualcuno ha manomesso le sue tubature.»

Per fortuna era vero. «Come hanno manomesso le tubature?»

«Con una chiave stringitubo.» Ty mangiò un boccone di carne.

Io annuii immaginandomi qualcuno con un enorme attrezzo accucciato dietro casa dei Moore. Era plausibile dal momento che il giardino era circondato da cespugli di lillà molto maturi. Decisamente era nascosto ai vicini.

«Per farla breve, abbiamo sentito puzza di gas perché ci trovavamo sottovento. Chiunque sia stato deve aver pensato che lo scaldabagno si trovasse nel seminterrato o in una zona più bassa della casa sperando che l'intero edificio sarebbe saltato in aria. Però si sbagliavano e non hanno causato una grande esplosione.»

«Quella non è stata una grande esplosione?» domandai io, sconvolta.

Ty scosse la testa. «Quella ha solamente fatto schizzare roba per aria creando un gran casino.»

«Grandissimo,» aggiunsi io, ripensando al garage collassato e all'auto distrutta di Ty.

«Grandissimo,» ripeté Ty. «Ma quell'idiota non sapeva dello scaldabagno accanto al garage e, quando il gas ci è filtrato dentro, ha riempito solamente quella zona e la fiamma pilota l'ha incendiato subito. Non c'è stato tempo per il gas di riempire la zona inferiore della casa. E poi, la bombola del propano stessa era quasi vuota. I Moore non l'hanno mai fatta riempire prima di trasferirsi in Arizona. Ecco perché la maggior parte dei danni ha colpito il garage e la parte sinistra, non eccessivamente. Non ha creato una vera esplosione, grazie a Dio. Ha solo distrutto la casa.»

«Come ho già detto, quella non era una grossa esplosione? Non ho un gran metro di paragone, sai,» aggiunsi sarcastica.

«Mettiamola così. Se ci fosse stata una seria esplosione di una bombola di propano, il frigo, invece di finire sulla mia auto, sarebbe atterrato su quella di qualcun altro ad un miglio di distanza.»

Okay, quella era una grossa esplosione. «Quindi mi stai dicendo che è stato un dilettante a causarla.»

«Direi uno smanettone, un asociale che voleva fare del male a qualcuno.»

«Sono un'idiota quando si tratta di gas, sebbene sia capace di accendere il barbecue.» Bevvi un sorso del mio tè ghiacciato.

Ty annuì. «Già, direi se non altro che sei in grado di fare almeno quello.»

Io gli diedi un colpo sulla spalla. «Divertente. Ma ancora non sappiamo dove si trovi Morty. Tutto ciò che sappiamo riguardo a chiunque stia cercando di farmi del male è che è una persona impulsiva che passa troppo tempo su internet. Una descrizione che probabilmente corrisponde a metà della popolazione americana.»

«Vero. Ma stava palesemente cercando di far saltare in aria la casa dei Moore. E solo quella casa. Come ho detto, il signore e la signora Moore erano fuori città da un po'. Non erano loro il bersaglio. Qualcuno vuole fare fuori Morty, qualcuno che sapeva che si sarebbe trovato lì.» Ty mangiò un paio di bocconi. «Ci sarà da preoccuparsi veramente quando chiunque stia facendo queste cose deciderà di farsi furbo.»

«Perché adesso stanno cercando di far fuori anche me,» aggiunsi io. Non commentammo ulteriormente, bensì mangiammo. Il mio burrito non sembrava più buono come un minuto prima. O forse era tutta quella storia di morte e distruzione che mi aveva fatto perdere l'appetito.

Mi squillò il cellulare. Feci un balzo sulla sedia e afferrai la borsa, cercandolo freneticamente.

«Rilassati, i bambini stanno bene.»

Gli rivolsi un'occhiataccia. Guardai l'ID chiamante. Fiù, non era la CNN che chiamava per annunciare un volo di linea precipitato.

«Ciao, Goldie,» dissi. Trassi un respiro profondo, il mio cuore che rallentava piano i battiti fino a tornare ad un ritmo normale.

«Abbiamo un piccolo problema.»

«Okaaaaay.» Avrebbe potuto significare un migliaio di cose diverse.

«No, no, non preoccuparti, sto bene. Sei tu quella con tutti gli ammiratori segreti,» disse sarcastica. «Ti ricordi della festa di addio al nubilato che abbiamo organizzato?»

«Certo, è per il mese prossimo.» Infilzai distrattamente un boccone di burrito. Ty mi guardò mentre mangiava delle patatine.

«In realtà, è stasera. È una festa a sorpresa. La sposa era al negozio con le sue amiche e non potevano rovinare tutto dandoci la data giusta. Per cui ci hanno detto il mese prossimo. Sfortunatamente, ritardate come sono, si sono dimenticate di chiamarci e di comunicarci la vera data. Fino ad ora.»

Io guardai il mio orologio. Le sei e mezza.

«A che ora è la festa?»

«Alle otto.»

«Per la miseria.»

Ty drizzò le orecchie.

«Ho organizzato tutto e messo tutto in alcune scatole qui al negozio. Ho solo bisogno che passi a prenderle e le porti alla festa.»

Io trassi un respiro profondo. «D'accordo. Richiama la Ritardata e dille che non arriveremo prima delle otto e trenta. Si arrangerà fino ad allora. Arriveremo al negozio tra un'ora per prendere tutto. E Goldie, assicurati di ottenere un indirizzo preciso. L'ultima volta ho guidato in cerchio come una scema per cercare il posto giusto.»

Goldie riattaccò. Nessun saluto.

«Ritardata?» chiese Ty.

«Non preoccuparti, la conoscerai.»

«Eh?» Aveva una patatina a metà strada verso la bocca.

«Cosa ne pensi degli addii al nubilato?» Mandai giù un morso della mia cena.

«Non vi ho mai partecipato.»

«La cosa sta per cambiare.»

«Ah davvero? Lo spogliarellista si è dato malato o qualcosa del genere?»

Io ci riflettei per un istante, con l'immagine di Ty che si spogliava come un ballerino Chippendale. Non fu realmente un bel pensiero. Non mi erano mai piaciuti più di tanto gli spogliarellisti. Non mi attiravano. Vedere Ty nudo, però, era tutta un'altra cosa. E magari anche guardarlo togliersi i vestiti avrebbe potuto non essere poi così male. Quell'idea mi eccitò. Bevvi un sorso di tè ghiacciato per freddare i bollenti spiriti. Fintanto che, una volta finito, fosse rimasto nudo invece che con indosso delle mutande col buco o un tanga. Che schifo.

«Hai esperienza al riguardo? Se così fosse, non vorresti farlo sapere a Goldie, altrimenti potresti ritrovarti con un secondo lavoro.» Feci una pausa per lasciare riflettere Ty su quella carriera di ripiego. «In realtà, avevamo organizzato una dimostrazione per un paio di ragazze la scorsa settimana. C'è stata un po' di confusione sulla data. È stasera. Abbiamo due ore per arrivare là.»

«Noi?» chiese lui. Era evidente che fosse un po' nervoso. Quale uomo avrebbe voluto infrangere la barriera invisibile tra uomo e donna e finire ad una festa di addio al nubilato? Aveva ogni diritto di essere ansioso. I pochi maschi che ci finivano indossavano solamente un reggipalle giallo fosforescente e un paio di stivali da cowboy.

«Non preoccuparti. Ti terrai i vestiti addosso. Pensavo non volessi che andassi da nessuna parte da sola. E poi, sono la tua *ragazza*.» Era il momento perfetto per buttargli lì quella parola. Vedere cosa avrei potuto ricavarne.

Ty bevve un sorso di birra. «Hai ragione. Non voglio che tu te ne vada in giro da sola visto tutto quello che è successo, ma pongo dei paletti sullo spogliarmi di fronte ad un gruppo di donne, specialmente una che viene chiamata Ritardata. Se vuoi che mi tolga i vestiti, possiamo tornare a casa tua—o mia. Puoi perfino aiutarmi.» Inarcò maliziosamente le sopracciglia e bevve un altro sorso di birra. «Ma ecco cosa devi sapere se hai intenzione di essere la mia ragazza.»

Montana di fuoco

Mi guardò negli occhi. Praticamente rimasi ipnotizzata dal loro colore azzurro.

Mi leccai le labbra con trepidazione. Non ero stata la ragazza di nessuno sin dal secondo anno di liceo. E lì si era trattato di tenersi per mano mentre si girava in un centro commerciale. Ero uscita con qualcuno. Mi ero sposata. Non c'era mai stato lo status di ragazza con Nate. «Cioè?»

Ty incurvò un angolo della bocca verso l'alto. «So tagliarmi la carne da solo.»

Io abbassai lo sguardo sui miei coltello e forchetta. Ero così sconvolta dalla partenza dei bambini, dal cambio di programmi di quella sera, dall'immaginarmi Ty nudo, che non mi ero nemmeno resa conto di cosa stessi facendo.

Avevo tagliato la bistecca di Ty in piccoli pezzettini, proprio come facevo per Zach e Bobby.

12

«Oh merda,» borbottò Ty mentre accostavamo davanti alla casa della festa di addio al nubilato. Non la si poteva non trovare. A meno che quella casa non avesse avuto palloncini a forma di pene appesi alla cassetta delle lettere *tanto per*. «Non può che finire male.»

Ci trovavamo a Belgrade, vicino all'aeroporto. Quel sobborgo era nuovo di zecca con lampioni tutti uguali lungo tutta la via. La casa era a due piani, dipinta di un giallo acceso con le persiane rosse. Il cortile era stato sistemato da giardinieri professionisti, ma terminava bruscamente al confine della proprietà ad entrambi i lati dal momento che la casa dava su due lotti disabitati.

«Dov'è il tuo senso di avventura?» lo presi in giro. Segretamente, mi stavo godendo ogni istante di quella situazione. Il suo disagio era comico e cercai duramente

Montana di fuoco 217

di non ridere. Diamine, cercai anche solo di non sorridere.

«Sarò il primo uomo nella storia ad aver mai partecipato ad una festa di addio al nubilato senza essere pagato.»

«Penso che tu abbia abbastanza testosterone da uscirne vivo.» Mi si incurvò un angolo della bocca verso l'alto.

Ty aprì il baule della sua auto a noleggio. Aveva insistito nel guidare lui dal momento che la sua auto non sarebbe stata famigliare a nessuno che avesse potuto volermi seguire per farmi del male. Era azzurra, a due porte e piccola abbastanza che sarebbe potuta stare nel cassone del suo vecchio pickup. Era una macchina ridicola e doveva praticamente piegarsi a metà per infilarsi dietro il volante. L'unica qualità che si salvava era il fatto che avesse un baule notevolmente spazioso. Ty era un uomo grosso e aveva bisogno di spazio. Un sacco di spazio che quell'auto a noleggio non poteva fornirgli. Riuscivo ad immaginarmelo in piedi sul marciapiede in attesa che arrivasse il postino con l'assegno della sua assicurazione solo per sbarazzarsi di quella roba minuscola. Mi vennero alla mente i bambini che aspettavano il furgoncino dei gelati.

Cominciai a frugare tra le scatole che mi aveva preparato Goldie.

«Ma che diavolo?» domandò Ty mentre prendeva un

dildo in gomma dalla scatola. La punta ondeggiava come il ciambellone di gelatina del Colonnello. «Che diamine fate voi alle feste di addio al nubilato?» sbottò.

«Cosa fate voi uomini alle feste di addio al celibato?» ribattei.

Gli occhi di Ty si annebbiarono mentre, molto probabilmente, si immaginava spogliarelliste, porno e un sacco di liquori. «Lascia perdere. Spiegami, per favore.» Non riusciva a capire da che parte tenere il dildo, le sue mani che passavano dal centro, ai testicoli, alla punta.

Io glielo presi. Aveva l'espressione di uno che avesse inghiottito una pillola amara. «Credo che quello sia il super cazzo tutto americano e i suoi amici.»

Ty frugò nella scatola. All'interno c'erano almeno dieci dildi, tutti identici. Borbottò qualcosa che non riuscii a comprendere, ma sentii le parole "donne" e "pazze". Decisi di lasciar perdere. Non eravamo ancora nemmeno entrati in casa.

«Siete arrivati!» esclamò una donna—a giudicare dall'aspetto, la sposa. Ci raggiunse barcollando lungo il vialetto pedonale, molto probabilmente decisamente brilla. Sebbene, se avessi indossato i tacchi a spillo in pelle nera verniciata che ava lei, anch'io avrei barcollato, da più che sobria. Indossava una canottierina bianca che metteva in mostra i suoi seni giovanili. Ci avrei scommesso il mio stipendio che se li era fatti ritoccare. In qualche modo, indossava una gonna di jeans inguinale

Montana di fuoco 219

che teneva tutto legalmente coperto. Non ero sicura di cosa sarebbe successo se si fosse seduta.

Aveva i capelli lunghi, lisci e scuri. Erano ben volumizzati in una maniera che poteva essere dovuta solamente a mezza boccetta di lacca. In testa aveva una coroncina di diamanti di plastica che formava la parola SPOSA. Ad accompagnarla, indossava una fascia da Miss America che recitava *Futura Sposa*.

«Non riesco a credere alla sorpresa! Pensavo fosse il mese prossimo! Sono coooosìììì emozionata!» Venne perfino ad abbracciarmi. Già, ubriaca. Sapeva di rum e di qualcosa di fruttato. «Oddio, giocheremo coi dildo! È fantastico perché si abbina al tema della festa!» Avevo una vaga idea di quale fosse. «Abbiamo una torta a forma di pene e del ghiaccio a forma di pene nei bicchieri. Sarà fantastico!» Mi strappò di mano il dildo e corse nuovamente verso la casa. Mentre entrava sentii più urla che ad un pigiama party per bambini.

Noi prendemmo le scatole e ci dirigemmo in casa.

La porta d'ingresso dava su un salotto con due divani marroni, una grossa TV e una pianta finta. Pareti bianche e pavimenti privi di tappeti. Probabilmente ci si erano appena trasferiti. Contai rapidamente quante persone ci fossero. Nove donne di età diverse bevevano vino dal cartone sul tavolino da caffè e mangiavano patatine e salsa, chiacchierando come compagne di una sorellanza. Fissavano il dildo come se fosse stato il

Buddha perduto dell'Antico Impero. Erano sedute sui divani, schiacciate come sardine, con una o due signore su delle sedie che probabilmente avevano preso dalla cucina.

Tutte quante si voltarono verso di noi e calò il silenzio come in chiesa la domenica.

Nessuna guardava me. Avrei potuto essere nuda a far ruotare dei bastoni infuocati. Nessuno se ne sarebbe accorto. Stavano guardando tutte Ty. Come un pezzo di carne. Okay, ora capivo cosa aveva detto Ty quando mi aveva detto che Dex mi aveva guardata a quel modo. Quelle donne se lo sarebbero mangiato vivo se non ci fossi stata io.

Pensai effettivamente di aver sentito Ty deglutire. Con un sorriso nervoso, disse, «Signore.»

«Lui è Ty,» replicai io per presentarlo.

«Uno spogliarellista! Non sapevo che il Riccioli D'Oro organizzasse anche questo!» Una damigella che riconobbi dal negozio squittì compiaciuta. Immaginai che quella fosse la Ritardata.

Ty fece un passo indietro.

«No, non è uno spogliarellista,» chiarii io.

Loro scrutarono i suoi jeans slavati e decisamente attillati e come gli cingessero quel fantastico culo. Ammirarono la sua camicia grigia coi bottoni al colletto e come mettesse in mostra le sue spalle larghe. Le maniche erano arrotolate a rivelare dei muscoli abbronzati e sodi.

I suoi capelli erano ancora cortissimi e si era fatto la barba da poco. Riuscivo perfino a sentire l'odore del sapone che aveva usato. Non le biasimavo per il fatto che gli stessero sbavando addosso, o che l'avessero preso per uno spogliarellista. Era un uomo ad una festa di addio al nubilato ed era venuto con me, la donna che gestiva il negozio di articoli per adulti. E, ovviamente, era figo.

Risuonò un coro di, «Ciaaaaaaaoooooo, Ty.»

Lui mi indicò con un pollice come Fonzie. «Lei è la mia ragazza.»

Quindi *ora* ero la sua ragazza. Le signore mi guardarono, scrutandomi. Ero degna di un bel fusto come Ty? Alcune delle occhiatacce che mi rivolsero quelle donne mi dissero di no.

«Buonasera, signore!» esclamai io allegramente. «Cominciamo.» Feci scivolare la scatola di dildo di fronte a me. «Se ognuna di voi volesse prenderne uno e far passare la scatola, grazie. No, ce ne sono abbastanza per tutte. Questa sera, impareremo come fare al vostro uomo il pompino perfetto.»

Ty diede un colpo di tosse. Io lo guardai e giuro che si strozzò nella sua stessa saliva.

Infilai di nuovo una mano nella scatola. «Oh, ecco, i piattini di plastica servono per attaccare con la ventosa i vostri--»

«Falli!» urlò una donna.

«Cazzi!» Un'altra.

«Membri maschili.» Un'altra.

Io risi. «--comunque vogliate chiamarli. Vorrete avere le mani libere. Dipende tutto dalla bocca.»

Avrei dovuto sentirmi mortificata a parlare a quel modo di fronte a Ty. Non lo ero perché sapevo che più avessi parlato dell'argomento dildo, pompini e bocche, più lui si sarebbe sentito in imbarazzo. Ed io pensavo che fosse esilarante. Goldie sarebbe stata immensamente fiera di me.

Le signore urlarono mentre ridevano, brandendo i loro falli di gomma come delle spade. Era la tipica reazione a quell'attività. Non avrei mai ottenuto la loro piena attenzione. Non la prendevo sul personale. Lasciavo semplicemente che si divertissero. Mi ricordava delle lezioni di Zach all'asilo e dell'aver cercato di far loro incollare delle palline di cotone alla barba di Babbo Natale durante l'ora di creatività. Metà del Babbo Natale era tornato a casa con le mutande di palline di cotone.

Dimostrai come attaccare le ventose.

«Ecco, puoi tenermi questo?» Passai il cazzo sulla basetta a Ty. Lui lo guardò, la punta che tremolava avanti e indietro. Goldie non aveva preparato i pistolini, aveva tirato fuori i cannoni da venti centimetri.

«Uh, certo.» Ty cominciava a sembrare impanicato. La sua espressione era un mix tra estremo imbarazzo e crampi intestinali.

«Ty, vieni a sederti vicino a me,» miagolò una donna

che assomigliava un sacco alla sposa, ma trent'anni più vecchia e con indosso una gonna più lunga.

Tra le donne che gli sbavavano addosso, il membro maschile di proporzioni esagerate su un piatto di portata e i fischi, non ero sicura di cosa fosse peggio per lui. «Signore, lasciate in pace Ty,» le rimproverai gentilmente.

«Ora, non preoccupatevi, tutti i dildo sono stati lavati ed igienizzati.» Allungai una mano verso i preservativi al fondo della scatola. «Allora, se ognuna di voi potesse prendere uno di questi, vi dimostrerò come infilare un preservativo usando solamente la bocca.»

Le signore si passarono in fretta i pacchettini di alluminio, dopodiché sentii diversi risucchi di ventose che colpivano le basette.

«Se siete al tavolino da caffè, potete semplicemente attaccarli lì.» Alcune accettarono quella proposta. Io aprii un pacchetto e ne tirai fuori il preservativo, poi porsi la mano a Ty affinché mi ridesse la mia basetta per la dimostrazione. Lo guardai e sorrisi. Lui mi fece una smorfia in risposta.

Mi sedetti sul bracciolo del divano. «Infilate il preservativo, ancora arrotolato, sulla punta in questo modo. Bene. Proprio così.» Mi fermai un attimo e attesi che tutte avessero finito di fare battute, ridere e parlare fino a quando non ebbero finito tutte quante. «Ora, userete la bocca e la lingua per srotolare lentamente il preservativo mentre vi spostate lungo il pene del vostro uomo. Così.»

Mi sporsi in avanti per fare la mia dimostrazione.

«Io me ne vado,» disse Ty mentre avevo la bocca quasi sul dildo. Era già praticamente fuori dalla porta prima ancora che io posassi il dildo sul tavolino.

«Signore, voi provateci. Io torno subito.»

Uscii sulla veranda e sentii le signore ridere e chiacchierare alle mie spalle.

«Pensavo che non volessi lasciarmi da sola nel caso in cui qualcuno... sai.» Mi ravviai un ricciolo ribelle dietro l'orecchio.

Ty era in piedi sul vialetto, le mani infilate nelle tasche dei jeans. «Dolcezza, nessun uomo verrà ad una festa di addio al nubilato per farti del male. Dopo ciò che ho visto lì dentro, si ucciderebbe prima da solo.»

«Quindi dove hai intenzione di andare?»

«C'è una qualche partita in corso da qualche parte.» Si guardò l'orologio. «Quanto tempo ti serve?»

«Mmm, non saprei dire per certo.»

Sentimmo entrambi una donna urlare, «Il mio uomo sarà contento stanotte!»

«Giusto. Chiamami quando hai finito, eh.»

———

Era tardi quando parcheggiammo nel vialetto di casa di Ty. Io non ero minimamente stanca nonostante fossero passate le undici. Ero più che consapevole del fatto che lui fosse seduto accanto a me, il suo corpo a soli pochi centimetri dal mio. Una macchina piccola di sicuro faceva comodo in momenti come quello. Era facile sfiorarsi. Cosa che accadde un paio di volte durante il tragitto di ritorno. La prima volta era capitato per sbaglio, ma la seconda, dovetti ammettere di aver fatto finta e di essermi sporta verso di lui. Non ero riuscita a farne a meno. Avevo bisogno di un contatto corpo a corpo. Una ragazza doveva pur fingere ogni tanto. Sebbene sperassi di non dover fingere più di tanto—o mai più—con Ty.

«Lascia che ti aiuti a portare queste scatole nel tuo garage.»

«È un eufemismo per qualcos'altro?» gli chiesi maliziosa.

«Hai passato decisamente troppo tempo con Goldie. Significa che devo lavorare domani e non posso avere dei giocattolini sexy in macchina alla stazione.»

«Giusto,» replicai io, rabbonita. Huh. Freddata. Doveva essere ancora irascibile per via delle occhiate lascive che gli avevano lanciato all'addio al nubilato. Volevo che mi baciasse, che mi *toccasse*!

Prendemmo entrambi una scatola per portarla nel mio garage, attraversando il cortile del Colonnello. L'aria era fresca, una leggera brezza faceva frusciare le foglie del frassino sopra le nostre teste. Ty attese pazientemente mentre io inserivo tristemente il codice per aprire la porta. La singola lampadina si accese, fornendoci abbastanza luce per mollarle senza troppe pretese in un punto libero. «Immagino di non dover fare tanta attenzione come fai tu, o come faccio di solito io. Visto che i bambini sono via--»

Un attimo prima stavo parlando, quello dopo le mani di Ty erano sulle mie spalle a spingermi bruscamente contro la fiancata della mia auto. La sua bocca fu sulla mia prima ancora che potessi emettere un verso. Huh, la prepotenza mi eccitava da morire. Chi l'avrebbe mai detto?

Riuscivo a sentire ogni singolo centimetro del corpo di Ty premuto contro il mio. Un ginocchio mi fece allargare le gambe e lui si fece ancora più vicino. Riuscivo a sentire il suo petto muscoloso contro i miei seni, i suoi fianchi contro il mio ventre. Ma ciao! Riuscivo a sentire anche qualcos'altro contro il mio ventre e non era fatto di gomma, né aveva una ventosa, ma sembrava decisamente lungo venti centimetri.

La sua lingua si tuffò nella mia bocca, le sue mani che si spostavano tra i miei capelli.

Ero bloccata. Non potevo andare da nessuna parte. Non che mi stessi lamentando. Perché avrei dovuto voler andare da nessuna parte se non nel mio letto? *Con* Ty.

Montana di fuoco 227

«Questo,» spostò i fianchi, premendo il suo membro maschile, il suo fallo, il suo cazzo contro tutti i punti giusti, «è solo l'inizio di ciò che voglio farti.»

Ty cominciò a baciarmi il collo, mordicchiandomi l'orecchio.

«L'inizio?» sussurrai io, piegando la testa.

«Mm mhmm.» Cominciò a raccontarmi tutte le cose sporche che aveva intenzione di fare a me, con me. Grazie a Dio mi stava tenendo su altrimenti mi sarei sciolta in una pozza sul pavimento di cemento. Percepivo quella pulsazione, la voglia di lui... *ovunque*. Chi l'avrebbe mai detto che sapesse essere tanto creativo?

«Si può fare una cosa del genere con una sedia?» domandai. Wow.

«Uh huh.» Mi sussurrò dell'altro.

«In ginocchio?» Trasalii.

E dell'altro.

«Con la lingua?»

«Cazzo, sì.» Riuscii a sentirlo sorridere contro il mio collo. «E dolcezza, i giocattoli sicuramente sono divertenti, ma non ne ho bisogno per farti venire.»

«Okay,» risposi senza fiato prima di attirare nuovamente la sua bocca sulla mia. Sì! Ero pronta. Il mio corpo era più che pronto. Niente giocattoli. A me stava bene. Riuscivo a sentire un orgasmo chiamarmi per nome. Magari più di uno! Un coro di orgasmi che mi cantavano nelle orecchie.

La luce temporizzata della porta del garage si spense. Buio.

Proseguimmo da lì, proprio contro la mia Jeep. Le mani di Ty erano sui bottoni della mia camicia, le sue dita che armeggiavano lentamente un bottone alla volta. Le mie mani gli scivolarono attorno alla vita per scendere sul suo culo mentre ci baciavamo.

Briiingg.

No! Non il cellulare di Ty! Lo ignorammo, la sua bocca troppo impegnata a ingaggiare con la mia per rispondere.

Briiingg.

«Merda,» disse Ty, le nostre fronti premute l'una contro l'altra, i fiati che si mischiavano, le sue mani sul secondo bottone della mia camicetta, o era il terzo?

Tirò fuori il cellulare dalla tasca e si tirò indietro. «Ciao, Papà.»

Io lo spinsi delicatamente via e gli concessi un po' di spazio. Non avevo bisogno delle sue mani addosso mentre parlava con suo padre. Venire interrotti da un genitore era praticamente il modo migliore di uccidere il desiderio. Perfino quando si avevano trent'anni e due figli.

«Cosa?» gridò lui. Non riuscivo a vederlo in viso, ma a giudicare dal suo tono, non sembravano buone notizie. «Dove?» Ascoltò. «Quando?» Ascoltò ancora. «Merda.»

Terminò la chiamata. «Non ci crederai. Morty è ricomparso.»

Avevo una pessima sensazione al riguardo. «Fammi indovinare, è morto?»

«Già. Qualcuno ha lasciato il suo cadavere sul ranch dei miei genitori.»

«Cosa vuoi dire che ha lasciato il suo cadavere?»

«Vuoi davvero saperlo?»

Annuii, poi mi resi conto che probabilmente non riusciva a vedermi. «Sì.»

«Qualcuno gli ha piantato un proiettile in testa, l'ha fatto a pezzi e l'ha dato in pasto ai maiali dei miei genitori.»

«Per la miseria.»

«Devo andare dai miei, ma non posso lasciarti qui da sola sapendo che c'è un pazzo a piede libero che fa a pezzi cadaveri. Dormirai da Goldie e Paul.»

Nemmeno io avevo tanta voglia di restare sola con un pazzo a piede libero. Il pensiero di stare da sola mi dava i brividi. «Nessun problema.»

«Fa' i bagagli e ti seguirò fin da loro.»

Telefonai a Goldie e le dissi che stavo arrivando. Mentre frugavo tra i miei abiti, sentii Ty chiamare a lavoro e prendersi una giornata libera. Era un lungo viaggio fino a Pony, quasi due ore, e avrebbe dovuto avere a che fare con la polizia la mattina seguente.

Qualunque interesse potessimo aver avuto a far sesso

era stato fatto a pezzi, proprio come Morty. Non era decisamente il momento giusto per noi due. Ci avevamo provato entrambi, ma qualcosa sembrava sempre frapporsi tra noi. Cadaveri, maniaci omicidi, gnomi con dello sperma dentro.

Ty mi seguì con la sua auto a noleggio fino a casa di Goldie a pochi isolati da lì. Era tutto buio e silenzioso. Goldie era sulla porta d'ingresso ad aspettarmi, la luce della veranda accesa. Indossava una spessa vestaglia. I suoi capelli erano scompigliati.

Io scesi dalla mia auto, andai da Ty che era a bordo della sua. Aveva il finestrino abbassato.

«A dopo,» disse lui. Io la presi in due modi diversi, ovvero *ci vediamo dopo* e *faremo sesso dopo*.

13

«Giuro che la tua vita era noiosa da morire prima che cominciasse tutto questo casino,» commentò Goldie la sera seguente mentre faceva l'inventario della lozione per corpo commestibile in negozio.

Squillò il telefono.

«Non mi dire,» replicai io, sostituendola. A Goldie piaceva essere lei a rispondere al telefono.

«Riccioli D'Oro. Siamo aperti fino a mezzanotte. Sì, abbiamo articoli per bondage. Che cosa cerca nello specifico?» Goldie tirò fuori una penna e un pezzo di carta. «Uh huh, okay, certo,» borbottò mentre prendeva appunti. «Se le interessa tutta questa roba, forse dovrebbe semplicemente cominciare ad uscire con un poliziotto.» Goldie rise. «Abbiamo tutto ciò che ha elencato. Passi da noi e le daremo tutto.»

Tornò in corsia e cominciò a sistemare le confezioni di talco. Le scelte del momento erano fragola e piña colada. «I bambini mi hanno chiamata questa mattina.»

«Lo so,» dissi mesta. «Hanno chiamato anche me. Erano molto emozionati all'idea di andare in spiaggia, oggi.»

Goldie mi diede una pacca sulla spalla. «Staranno bene.»

Ma certo, si stavano divertendo troppo per sentire la mancanza di casa, ma io?

«Allora, com'è andata ieri sera?» Chiaramente, Goldie aveva deciso di cambiare argomento. Senza dubbio anche a lei mancavano i bambini.

Io smisi di mettere a posto e le sorrisi. «Ty è venuto con me.»

Quell'affermazione fece fermare Goldie a metà di un'azione. «Mi prendi in giro.» Rise di nuovo. «Quell'uomo *stravede* per te. Se non riesci a capirlo, sei un'idiota. È andato ad una festa di addio al nubilato. Quello è amore.»

Io posai la lozione. «Non esiste,» dissi nervosa. Cominciai a sudare.

«Hai mai, in tutta la tua vita, sentito dire di un uomo che partecipasse ad una festa di addio al nubilato?»

«Be'...»

«Uno che non fosse uno spogliarellista.»

«No.» Ripensai a Ty alla festa, a quanto fosse stato a

disagio. A disagio significava innamorato? Come diavolo avrei dovuto saperlo?

«Mi sorprende che tu non sia andata con lui dai suoi genitori ieri sera invece di stare con noi.» Goldie si alzò, spolverandosi i jeans. Indossava una giacchetta dello stesso materiale, una camicetta bianca e degli orecchini a cerchio dorati. Aveva i capelli lunghi e sciolti, che le si arricciavano elegantemente sulle spalle.

Io, d'altro canto, indossavo dei jeans e una semplice maglietta, questa volta verde. Avevo delle semplici ballerine nere ai piedi. Anche i miei capelli erano sciolti, ma io me li ravviavo per abitudine dietro le orecchie.

«Volevo andare con lui. Non vedevo l'ora di saperne di più su Morty e la sua morte cruenta. Ma non ero pronta a conoscere i suoi genitori.»

La campanella sulla porta segnalò l'arrivo di un cliente.

«Buongiorno!» esclamò Goldie. «Ci faccia sapere se le serve aiuto.»

Tornò a voltarsi verso di me e mi scrutò da capo a piedi. «Direi proprio che non eri pronta. Quando sei venuta a prendere quelle scatole per la festa ieri sera indossavi dei pantaloni neri e una camicetta bianca. Lo chiami abbigliamento da appuntamento, quello? Qualcuno avrebbe potuto scambiarti per una cameriera.» Praticamente mi fulminò con lo sguardo. «Come pensi di farti un uomo vestita così, figuriamoci conquistare i suoi genitori?»

«Non penso che avrebbero notato che cosa avessi indossato con un cadavere a pezzi nel recinto dei loro maiali.»

Goldie spostò la testa da una parte all'altra, riflettendo. «È un valido argomento, quello. Ma» --mi puntò un dito contro-- «tu non devi fare sesso con i suoi genitori.»

«Non faccio sesso nemmeno con Ty,» borbottai.

«Io saprei come rimediare.»

«Non un'altra scatola!»

«No, ma nemmeno quella farebbe male. Indossa qualcosa di più sexy e ti garantisco che la cosa cambierà.»

Un uomo con indosso una maglietta militare e dei jeans ci interruppe. Era sulla ventina. Mi dava l'impressione di uno che cercasse un film a noleggio. «Sto cercando *Tappin' that white ass 2*. L'avete disponibile?» Già, video.

«Karl, come va stasera?» gli chiese Goldie, facendo conversazione mentre andava dietro il bancone. «Hai già visto il primo?»

«Sissignora.»

«D'accordo, allora.» Si voltò verso la parete dei DVD, cercò sotto la lettera T e trovò il film. «Sai, penso ci sia qualcos'altro che potrebbe piacerti.» Non si era voltata perché stava ancora cercando. «Eccolo qui.» Lo posò sul bancone di vetro e sorrise. «*Bubble Butt Buffet*. In omaggio.»

«Grazie, signorina Goldie.» Karl le porse i suoi soldi e se ne andò, con due video in una busta marrone di carta.

A Goldie piaceva trattare bene i suoi clienti. Sapeva che Karl sarebbe tornato. Faceva lo stesso quasi con tutti. E quasi tutti trattavano bene Goldie. Se la vedevano al supermercato, la salutavano. Se aveva bisogno di aiuto, la gente faceva la fila per darle una mano. Ad essere gentili si veniva ripagati. E si riceveva un porno gratis quando ne acquistavi un altro.

Passarono un altro paio di clienti, che comprarono e guardarono qualcosa. Dopo un'ora, stavamo di nuovo riempiendo gli scaffali, questa volta con diversi tubetti e boccettini di lubrificante.

«Cos'ha scoperto Ty sull'uomo morto?»

Io risi.

«Cosa c'è di così divertente?» mi chiese.

«Tu. Solamente tu mi chiederesti del mio guardaroba per appuntamenti prima che di un cadavere.»

«E allora?»

Non si fece scoraggiare.

«D'accordo. Era Morty Moore. Ty ha detto che lo si era riuscito ad identificare piuttosto facilmente, una volta ripuliti i pezzi dagli escrementi di maiale. Chiunque abbia svolto il lavoro non è stato tanto bravo.»

Feci una smorfia. «E poi, immagino che qualcuno abbia lasciato il suo portafoglio su uno dei paletti del recinto.»

«Poveri i suoi genitori.» Goldie si prese un istante per sentirsi triste, consapevole di ciò che stavano passando i genitori di Ty, ma si rallegrò subito. «Che assassino idiota. Perché fare tutto lo sforzo di farlo a pezzi e lasciare la carta d'identità? Perfino io non lo farei. Lascerei perfino la testa, le mani e i piedi in posti diversi così che non potesse essere identificato.»

Io arricciai il naso e la guardai in modo strano. «Fai schifo.»

«Non ho ragione?»

Ce l'aveva, ma non contava. «Sì, ma Ty e la polizia pensano che volessero che venisse identificato. Morty non aveva nulla a che vedere con il ranch degli Strickland. Non si trova affatto vicino a dove vivesse o dove lavorasse. Ty pensa che l'abbiano mollato lì per mandarmi un altro messaggio.» Sfregai distrattamente le dita sulle lettere di una bottiglietta di lubrificante. «Chiunque stia facendo tutto questo sa che io e Ty siamo... qualcosa. Sanno che il modo più rapido per spaventare Ty sarebbe infastidire la sua famiglia. Lui pensa che l'assassino gli stia dicendo di conoscere l'interesse di Ty nei miei confronti e ciò che può capitare. A tutti noi.»

«Be', diamine.»

«FAMMI INDOVINARE, TI HA CHIAMATO GOLDIE,» borbottai quando aprii la porta di casa e vi trovai Kelly la mattina seguente. Avrei dovuto essere sorpresa di vederla, ma non lo ero. Avevo trascorso la notte in casa mia, con le porte chiuse a chiave. Mi piacevano Goldie e Paul, ma non avevo intenzione di trasferirmi a casa loro mentre cercavamo di risolvere quel disastro. Ty era stato a casa, probabilmente a russare una volta che io ero tornata dal lavoro. Averlo a due case di distanza era stato rassicurante, sebbene nel mio letto sarebbe stato meglio.

«Fammi vedere dov'è il caffè.» Kelly mi superò in cucina e si immobilizzò subito, indicando gli gnomi poggiati sul bancone. «Che ci fanno loro qui?» Sembrava che fossero stati due brutti ceffi che mi stavano rovinando la vita. Forse lo erano.

«I bambini volevano portarli con sé quando sono andati all'aeroporto. Li ho portati in casa dall'auto e li ho lasciati lì.»

Kelly prese George lo Gnomo e se lo rigirò tra le mani. Lo scrutò con occhio esperto. «Bel lavoro con la colla.» Lo rimise giù e si voltò verso la caffettiera.

«Grazie.» Avevo avuto un sacco di esperienza nell'aggiustare cose, preparare oggetti creativi e confezionare costumi di Halloween con la pistola della colla a caldo. Kelly mi superava di cinque figli e aveva una laurea specialistica in arte della colla. Quando faceva i complimenti sulla colla, erano seri.

Una volta che si fu riempita una tazza, aprì il frigo. «Dov'è il latte?»

«Finito tutto,» dissi io. Lei mi guardò come se fossi stata pazza. Immaginai che non finisse mai il latte a casa sua.

Sospirò, rassegnata a berlo puro, poi si appoggiò al bancone della mia cucina e mi lanciò un'occhiataccia. «Hai indossato dei pantaloni capri e una camicetta bianca ad un appuntamento? Con Ty? Giuro che non so come fai ad essere mia amica.»

Mi sentii contrita e sulla difensiva allo stesso momento.

«Vuoi o non vuoi rifare sesso in questa vita?» Bevve un sorso di caffè.

«Adesso sembri Goldie.» Per evitare che mi rispondesse, mi riempii la tazza. Erano le dieci del mattino, abbastanza presto da continuare ad assumere caffeina. «Sì, certo che voglio fare sesso.»

«Con Ty?»

«Sì, con Ty. *Specialmente* con Ty.»

Kelly annuì, i suoi bei capelli dal taglio vivace che ondeggiavano qua e là. Indossava dei pantaloncini scozzesi di diversi colori con una camicetta bianca con un leggero fronzolo lungo la fila di bottoni. Io passai al vaglio i miei capelli. Coda. I miei abiti. Pantaloncini

Montana di fuoco 239

marrone chiaro, maglietta bianca con un piccolo fiorellino stampato davanti. Infradito.

«Sei così carina.» Indicai i suoi vestiti. Abbassai lo sguardo su me stessa e gemetti. Mi resi conto della triste verità. «Io mi vesto come il Colonnello.»

«Almeno lui i suoi abiti li stira.»

Mi sentivo un po' sul punto di piangere. «Ehi, così mi ferisci.»

Lei poggiò la tazza sul bancone e mi abbracciò. «Ti servono degli abiti più carini—e sexy—altrimenti, la prossima volta che Ty passerà da te, rispondi alla porta nuda. Questa è terapia psicologica.» Posò anche la mia tazza, sebbene non avessi avuto nemmeno l'opportunità di annusare il caffè, figuriamoci di berlo. «Ho il resto della giornata libera. Senza bambini. Lascia che lo ripeta. Senza bambini. Andiamo a fare shopping. Ti troveremo un guardaroba che ti faccia sembrare eccitante, sexy e decisamente scopabile.»

Quella giornata serviva tanto a Kelly quanto a me. L'opportunità per noi due di andare a fare shopping senza bambini, suoi o miei, era rara. Lei voleva uscire da casa sua ed io ero un'ottima scusa. E poi, se mi vestivo come un uomo ultra sessantenne, avevo seriamente bisogno di aiuto e rispondere alla porta nuda non era un'opzione. O almeno non volevo che fosse la mia unica opzione.

«D'accordo.»

UN'ORA PIÙ TARDI, ci trovavamo sulla Main Street a guardare negozi. La zona commerciale si estendeva per circa dieci isolati, dalla nuova libreria ad est fino alla vecchia scuola superiore ad ovest. Edifici in mattoni rossi di fine Ottocento fino ad epoche più moderne delineavano entrambi i lati della strada a quattro corsie. A dei graziosi lampioni erano appesi cesti di fiori. Dava un pittoresco senza di western. Di città molto piccola. I negozi includevano ristoranti, librerie dell'usato e negozi per bambini. Non una singola catena. Il Corteo di luci, l'Assaggio di Bozeman, lo spettacolo di auto, la parata e la gara del Festival del pisello odoroso facevano chiudere tutti sulla Main Street per del divertimento per famiglie. Non avevo mai visto un'altra città a cui piacesse tenere chiusa la strada principale che la attraversava per il bene della comunità invece che degli automobilisti.

Ci trovavamo in un negozio di abbigliamento femminile dove avevo già provato tre begli abiti diversi, tutti con varie parti di pelle esposta. Bella per me non voleva dire ballo di fine anno: era quando dovevo indossare degli orecchini, del trucco e dei tacchi nello stesso momento. Trovai un piccolo abitino nero con dei bottoncini davanti. Aveva una profonda scollatura a V e le maniche a sbuffo. Mi sentivo coperta, ma femminile allo stesso tempo. Non aveva un singolo brillantino. Goldie non l'avrebbe guardato nemmeno da lontano, ma a me piaceva. Kelly l'approvò, per cui lo scelsi.

Kelly si trovava in un camerino a provare una pila di articoli presi dalla sezione in saldo e probabilmente le ci sarebbe voluto un po'.

«Io vado a prendermi del caffè. Ho bisogno di energie,» le dissi attraverso la tenda in velluto viola.

«Ne hai bevuto a casa,» mi rispose lei. Chiaramente, aveva paura che sarei scappata mentre era in mutande e non sarebbe stata in grado di inseguirmi.

«No, tu ne ha bevuto,» borbottai. «Ti sei presa il mio e mi hai spinta fuori dalla porta. Torno tra dieci minuti. Ne vuoi un po'?»

«Il solito.»

Io le passai la borsa con i miei nuovi abiti da sotto la tenda così che Kelly potesse tenerla con sé. Sentii una zip e immaginai che avrei avuto un po' di tempo prima che si fosse rivestita.

Mi diressi in fondo al quartiere fino alla caffetteria più vicina, ordinai il nostro solito e attesi. Io prendevo un caffellatte con cacao e schiuma, senza panna. Kelly prendeva il più ricercato latte macchiato con caramello e mela, con una spruzzata extra di vaniglia, panna montata e latte di soia. Lo ordinava perché sapeva che io non l'avrei bevuto nemmeno se mi fossi trovata ad arrancare nel deserto e quella fosse stata l'unica bevanda in vista.

Con i bicchieri in mano, uscii dalla caffetteria solo per andare a sbattere dritto contro Dex sulla porta.

«È per me quello?» Indicò il caffè.

Io ero del tutto sconcertata. La sua acqua di colonia pungente mi raggiunse e si mischiò all'aroma del caffè. Il suo petto ampio si trovava a un millimetro dal mio sulla porta. Non ci sarebbe riuscita a passare una mosca. Cavolo se era grosso. Non ebbi scelta se non piegare indietro la testa per guardarlo negli occhi, a meno che non avessi voluto fissare il colletto della sua camicia tutto il giorno.

Wow. I suoi occhi castani erano davvero ipnotizzanti. Non ero sicura di cosa avesse, ma era in grado di risucchiarti. Gli uomini davvero sexy avevano un modo di raggelarti sul posto, di mandarti in tilt il cervello.

«Um, certo.» Gli porsi la bevanda frivola di Kelly. Avrebbe cambiato idea sul restare una volta che ne avesse bevuto un sorso.

Qualcuno voleva entrare nella caffetteria, per cui Dex mi posò una mano al fondo della schiena e ci fece spostare entrambi sul marciapiede. Le auto ci passavano accanto. Una donna con un bambino che urlava nel passeggino ci superò di corsa, probabilmente desiderando trovarsi a casa per l'ora del sonnellino.

«Jane, come stai?» Dex se ne stava di fronte a me, ancora troppo vicino. La sua mano si spostò sulla mia spalla, come a impedirmi di fuggire via. Ne sentii il

Montana di fuoco 243

calore penetrare attraverso la mia maglietta. Indossava dei jeans e degli stivali come le altre volte che l'avevo visto, ma quel giorno aveva una camicia blu scuro. Le maniche erano arrotolate e il colletto aperto. Non come uno scambista degli anni settanta con un po' di catene dorate e il petto villoso, ma solo il giusto. In quanto rancher, scommetto che non possedeva dei pantaloncini o delle scarpe da ginnastica.

Notai una donna scrutarlo mentre ci passava accanto.

Lui non sembrò turbato, né fu scortese prestandole attenzione mentre stava parlando con me. C'era una traccia di gentiluomo in quel gesto? Non sembrava avere alcuna fretta di spostare la mano. Io indietreggiai, a disagio nei confronti del suo tocco insistente.

Bevvi un grosso sorso di cappuccino e mi bruciai la lingua. Feci una smorfia. «Bene, bene.»

«Ti ho vista al telegiornale riguardo la rapina dalla stazione di servizio. Devo ammettere che non mi piace sapere che sei finita immischiata in una situazione pericolosa come quella. Non vorrei che ti facessi del male.» Le sue parole sembravano sincere, ma viste le nostre precedenti conversazioni a sfondo sessuale, non riuscivo a capire dove volesse arrivare. O se avesse anche solo un obiettivo in mente. «Sei troppo speciale per finire immischiata con gentaglia come quel perdente.»

Io ripensai al minimarket. Quel tizio era stato decisamente un perdente. «Non ero davvero immischiata con lui, mi sono solamente trovata al posto sbagliato nel momento sbagliato.» Ignorai intenzionalmente il suo complimento, se davvero lo era stato.

«Sì, ma eri appena stata al mio ranch con me. Se fossi rimasta più a lungo, non vi avresti preso parte affatto. Mi sento come se fosse colpa mia.»

Mi morsi un labbro. «È carino da parte tua preoccuparti, ma non vedo come nulla di tutto ciò possa essere colpa tua. Come abbiamo detto entrambi, quel tipo era fatto di metanfetamina. Era colpa sua. E poi, non è successo nulla. Non sono rimasta ferita né altro.»

Dex mi fece scorrere un dito lungo una guancia. «Mi fa piacere.» Sorrise. Era un sorriso in grado di stenderti.

Io non potei fare a meno di rispondervi, sebbene feci comunque un piccolo passo indietro. Nei pochi minuti in cui avevamo parlato, non avevo sentito un solo accenno a roba perversa.

«Senti, devo tornare dalla mia amica. Mi sta aspettando.» Indicai alle mie spalle.

«Verresti a cena con me questa sera?»

Wow. «Um. Sul serio?»

«Sul serio,» ripeté lui.

«Lo sai che non sono interessata a.... a fare le cose che ti piace fare.» Arricciai il naso, preoccupata di aver forse detto qualcosa che l'avrebbe offeso. Non potei farne a meno. Le buone maniere ce le avevo radicate.

Dex rise. «Oh, non saprei. Ti piace stare all'aperto, giocare a football, sciare?»

«Io um... non stavo esattamente parlando di quello.»

Lui mi fece l'occhiolino. «Forse sarebbe meglio che ricominciassimo daccapo.»

Fui colta del tutto di sorpresa. Dex aveva per caso un gemello identico? Era schizofrenico? Quello era Dex il gentiluomo invece di Dex il dominatore inquietante? Non che *tutti* i dominatori fossero inquietanti. Ne avevo conosciuti un paio che venivano al Riccioli d'Oro e sapevo che adoravano le loro sottomesse. Le custodivano. Le mettevano al primo posto. Non avevo quella sensazione, con Dex. Invece, mi sembrava sia dominante che inquietante, e la cosa mi dava i brividi.

Tuttavia, avrebbe potuto avere nuove risposte al mistero di Morty. Dex magari sapeva qualcosa in più riguardo alla sua morte essendo stato un suo dipendente. Io non sapevo quasi nulla, per cui qualunque informazione mi sarebbe stata d'aiuto. Non avrebbe fatto del male a nessuno cercare di scoprire qualcosa da lui. Di nuovo. Cosa avrebbe potuto succedere ad una cena? Oh, già, Ty. Non ne sarebbe stato felice. Probabilmente era il più grosso eufemismo dell'anno. Ma lui sarebbe stato a lavoro. A meno che non avesse preso fuoco il ristorante, lui non lo sarebbe mai venuto a sapere.

E poi c'era la parte sul sesso. Dex era il tipo d'uomo

che se lo aspettava al primo appuntamento? E se così fosse stato, che cosa aveva in mente?

«Solamente una cena?» domandai cauta. Volevo che sapesse subito come la pensassi sullo spogliarmi. Se si fosse trattato solamente di una cena, non sarebbe stato davvero un appuntamento, no?

«Solamente una cena,» rispose lui. Mi mise nuovamente una mano sulla spalla, si sporse un po' così che ci trovassimo faccia a faccia. «Scegli tu il posto. Possiamo anche trovarci qui, se vuoi.» Mi rivolse un sorriso rassicurante.

Io mi arresi, impaziente di saperne di più su Morty. «Okay.» Annuii. «Gilly's Grill.»

«Ottimo. Ci vediamo là alle sette.» Mi diede un rapido bacio casto sulla guancia prima di voltarsi e andarsene.

Dovetti ammettere che provai qualcosa di strano nel sentire le sue labbra sfiorarmi la pelle. Forse era stata la sua barba che mi aveva solleticata. Non ero sicura se avrei dovuto sentirmi turbata o speciale.

———

IL FATTO che i bambini fossero fuori città mi permetteva di mangiare ciò che volessi. Ero tornata di corsa da Kelly al negozio e avevo finito di fare compere acquistando un paio di beni necessari. Niente biscotti integrali, macche-

Montana di fuoco 247

roni al formaggio o carotine. Nossignore. Le mie papille gustative erano in ferie dal cibo per bambini. Corsi da Town and Country e presi il latte che Kelly mi aveva fatto notare fosse finito, delle patatine al formaggio, del gelato al caffè, il formaggio buffo e puzzolente che dava i conati ai bambini, delle grosse patate al forno e una confezione di code di gambero con salsa. Certo, era una combinazione strana. Non dovevo mangiare tutto subito, ma di sicuro ci avrei provato. Mentre mettevo via la roba surgelata, Kelly mi chiamò.

«Indossa uno di quegli abiti stasera con Dex, altrimenti lo verrò a sapere.»

Era vero.

«Sissignora.»

«Dico sul serio!» strillò lei. Un bambino urlò in sottofondo. «Cavolo, devo andare. Caroline ha fatto un palloncino con la gomma da masticare e le è esploso su tutti i capelli.»

Click.

———

Mi addormentai sul mio letto, a faccia in giù, con le borse dello shopping di quel giorno ai miei piedi. Al centro commerciale avevo comprato due vestiti, un paio di scarpe col tacco e il cinturino nere, dell'intimo di Victoria's Secret. Kelly mi aveva ordinato di prendere dei set abbinati, per cui ero finita con del pizzo nero, del raso rosso e un paio d'avorio fatto di un materiale trasparente che non lasciava nulla all'immaginazione.

Inizialmente, Kelly era rimasta delusa del fatto che avessi dato via il suo caffè, ma mi aveva perdonata quando aveva saputo che era stato per Dex. Inizialmente scettica, aveva poi accettato l'idea che andassi a cena con lui. Per quanto fosse diffidente nel farmi uscire con un tizio che mi desse i brividi, aveva attribuito quell'appuntamento al fare un po' di pratica. Più fossi uscita con degli uomini che sapevo non erano quelli giusti, meglio sarei andata una volta che fossi arrivata a quello che lo era. E poi, tutto ciò che dovevo fare con lui era mangiare. Nient'altro. Il sesso gourmet era un optional.

Magari quello giusto era Ty. A quel punto, non lo sapevo. Provavo qualcosa per lui. Ogni genere di cosa. Incluso amore? Era possibile, ma, per il momento, era tutto annebbiato da tutta quella storia del qualcuno-mi-voleva-morta.

Alle sei, rotolai giù dal letto, mi feci una doccia, mi depilai, mi feci bella e uscii di casa alle sette. Solo un po' in ritardo. Di solito ci tenevo ad essere puntuale, ma ci avevo messo troppo a decidere che cosa indossare. Dovevo scegliere l'abito nuovo nero o quello nuovo rosso? Quello rosso urlava scopami subito e non pensavo che fosse quella l'immagine che volevo trasmettere a Dex. L'altra mia opzione erano i miei soliti pantaloni

Montana di fuoco 249

capri e la camicia bianca, ma Kelly mi aveva avvisata che mi avrebbe sparato un colpo se mi fossi presentata così. Per cui, abitino nero era stato.

Dex mi stava aspettando al bar, ma mi raggiunse all'accoglienza quando entrai nel ristorante. Indossava dei Wrangler puliti, degli stivali e un'altra elegante camicia bianca. I suoi capelli castani erano ordinati, il volto rasato a parte i baffoni. Dovevo ammettere che stava bene. Mentre si avvicinava, il suo sguardo mi scorse addosso dalla testa ai piedi. A giudicare dall'espressione che aveva in volto, forse anche l'abito nero urlava scopami subito. Si chinò e mi diede un bacio sulla guancia. «Sei adorabile. Ti andrebbe di bere qualcosa?»

Mi condusse sottobraccio fino al bar dove aveva lasciato la sua birra e il suo cappello bianco da cowboy. Il bancone era affollato, per cui Dex rimase in piedi e mi fece sedere sul suo sgabello alto. Io mi sedetti e incrociai le gambe. Cavolo, l'abitino mi si sollevò sulla coscia fin quasi ad una lunghezza da zoccola. Dex decisamente se ne accorse.

Io trassi un respiro profondo per cercare di placare il mio nervosismo. «Um, della birra va benissimo.»

Lui fece un cenno al barista, poi si voltò verso di me. La sua gamba sfiorò la mia. «Sono felice di averti incontrata oggi. Ho pensato molto a te,» disse, senza alcuna traccia del nervosismo che provava la maggior parte degli uomini nell'ammettere i propri sentimenti. Dex era un uomo sicuro di sé.

Il mio drink mi venne servito in una fredda pinta di vetro. Ne bevvi un sorso. «Davvero?»

«Come ho detto prima alla caffetteria, penso che dovremmo ricominciare daccapo.»

La caposala venne da noi e ci condusse al nostro tavolo. Dex, da gentiluomo, mi tenne la sedia. Il Gilly era un ristorante esclusivo sulla Main, situato nel seminterrato di uno degli edifici più antichi. L'ambiente era caldo, le luci soffuse e il cibo eccellente. Eravamo seduti ad un tavolo sul retro dove era più tranquillo, con una piccola candela al centro.

Kelly mi aveva detto di sfruttare quello come un appuntamento per fare pratica. Indossavo un abito e dei tacchi, mi ero truccata e avevo messo gli orecchini. Già solo quello era insolito. Avevo decisamente bisogno di fare pratica con dei tacchi altissimi.

Di solito tenevo per me le mie opinioni e i miei sentimenti, specialmente con qualcuno che non conoscevo da molto. Con Dex, però, sapendo che quello sarebbe stato il nostro primo e ultimo appuntamento, avrei potuto esprimermi in tutta franchezza, vuotare il sacco completamente. Come faceva quell'abito con la parte superiore dei miei seni.

Non aveva importanza ciò che avrei detto. Non stavo cercando di fare una buona impressione. Volevo far sì di non piacergli così che non ci sarebbe stato un altro appuntamento. E quello non era veramente un appuntamento. Era una cena dove avrei potuto scoprire di più su Morty Moore. Lui era la chiave per scoprire chi mi volesse morta. Se vestirmi bene e mettere i tacchi—e avere a che fare con Dex—era il prezzo da pagare per ottenere quelle informazioni, avrei potuto sopportarlo. Per circa due ore. Poi mi sarei trasformata in una zucca e sarei tornata alla mia solita vita e ai miei abiti comodi.

«Ricominciare? Pensavo fossi stato molto chiaro riguardo a ciò che volevi da me le altre volte che ci siamo incontrati.» Tenevo il menù con dita tremanti.

Dex annuì. «Sì, è vero. Penso ancora di avere ragione.»

Sul serio? Inarcai le sopracciglia.

«Ascoltami, okay? Ti ho presa per una disposta a sottomettersi o probabilmente interessata a provarci.»

Lo presi per un insulto perché quella *deeeecisamente* non ero io. «Come potevi dirlo solo guardandomi? Non sapevi nulla di me. Non lo sai ancora.»

La cameriera venne a prendere le nostre ordinazioni.

«Cosa ti piacerebbe?» mi chiese Dex.

«Il pesce,» dissi mentre guardavo la cameriera.

«Lei prende il pesce ed io la bistecca, al sangue.» Dex mi prese il menu e li porse entrambi alla cameriera.

«So ordinare da sola,» commentai, irritata. Nessuno

aveva mai ordinato per me, tranne mia madre quando avevo avuto sei anni.

«Non ne ho dubbi. Ma perché dovresti volerlo fare? Non trovi conforto nel fatto che mi prenda cura io delle tue necessità, che ti protegga?»

«Dalla cameriera?» chiesi sarcastica.

«Non da lei nello specifico, ma dalle difficoltà e dai pericoli della vita. Lasciare che sia qualcun altro a gestire le sfide quotidiane ti rende libera di occuparti di cose diverse, più appropriate.»

Non pensavo che ordinare del cibo fosse una cosa ardua, ma chi ero io per dirlo? «Quali cose più appropriate?»

«Tuo marito, la tua famiglia, la tua casa.»

Sorrisi. «Dunque questa cena,» mossi una mano per indicare il tavolo, «non è veramente un appuntamento. Stai cercando molto, molto di più.»

Oddio. Ero in guai grossi.

«Ammetto di essere stato con delle donne e di aver saputo che non fossero degne di diventare mia moglie.» Mi prese le mani nelle sue. «Ma nell'istante in cui ti ho conosciuta, l'ho capito. Voglio che tu sia mia moglie.»

14

Per la miseria.

«Mi stai chiedendo di sposarti?» strillai.

Lui scosse la testa, stringendomi le dita. «Scusami, ammetto che non sto facendo le cose tanto bene. No, questa non è una proposta di matrimonio. Sto dichiarando le mie intenzioni. Ti sto facendo sapere che faccio sul serio con te, con noi.»

Io tirai via le mani. «Ho una vita, un lavoro, *dei bambini*.» Mentre bevevo un grosso sorso di birra, desiderai di aver detto qualcosa di molto più valido.

«Sì, è vero. Ma il tuo lavoro, il tuo capo è tua suocera. Comprenderebbe la tua necessità di occuparti prima di tutto della tua famiglia. E sono sicuro che i tuoi figli siano fantastici, proprio come lo saranno i nostri.»

Quella storia stava diventando sempre più strana. A dire il vero pensavo fosse divertente e cercai di non ridere. Quello era il sogno di qualunque donna! Un uomo che dichiarava le proprie intenzioni alla prima uscita. Che voleva prendersi un impegno. Avere dei figli. Provvedere a loro in ogni modo. Un uomo con un lavoro, attraente, con tutti i capelli in testa, che probabilmente non gli sarebbero caduti per diversi anni.

E, ciliegina sulla torta, di tutte le donne là fuori, lui voleva me! Non era un bene.

Non volevo vivere in aperta campagna. Non volevo altri figli. Non volevo diventare Barbie casalinga. Non volevo essere *sua* moglie.

«Prima hai detto che ti saresti occupato delle cose al posto mio. Che ti saresti preso cura di me. Che cosa significa?» Volevo fare chiarezza e mi sarei presa degli appunti mentali per Goldie. Avrebbe adorato imparare come lavorasse la mente di uno pseudo dominatore—nel caso non l'avesse già saputo!

Dex sorrise, sporgendosi in avanti. «Se tu fossi mia moglie, mi aspetterei che tu ti occupassi di casa mia, che crescessi i nostri figli, che fossi sempre la brava mogliettina rispettosa, specialmente di fronte agli altri.»

Potevo immaginarmi cosa intendesse. E deeecisa-mente non era un dominatore. Era un falso dominatore.

«A porte chiuse,» proseguì, «obbedienza, capacità di riconoscere le mie necessità e occupartene subito.»

Um. Hunh.

«E tu, in quanto marito e capofamiglia, cosa otterrei io da te?»

La cameriera ci portò le nostre insalate.

Dex non toccò la sua, ma mi guardò, intensamente e con serietà. «Mi occuperei di te economicamente, emotivamente, fisicamente. Prenderei le decisioni al posto tuo--»

«Tipo cosa mangiare?» lo interruppi io.

«Ti offrirei i miei suggerimenti su cosa servire, cosa indossare, dove andare.»

Finalmente. La roba buona.

«Sarebbero tutte cose che piacciono a te. Una bistecca al sangue, un abito scollato, cose del genere?»

Lui annuì. «Esatto. Tu non vorresti compiacermi servendomi cibo che mi piace, indossando abiti che ti rendono attraente per me, andando in luoghi dove ti riterrei al sicuro?»

Io mangiai un boccone di insalata, masticai lentamente e deglutii. Feci una pausa. «Quale moglie non vorrebbe farlo per suo marito?» Dovevo ammettere che era un argomento piuttosto valido. Quando ero stata sposata con Nate, avevo voluto cucinare cose che piacevano a lui. Spesso avevo scelto abiti che avevo saputo l'avrebbero eccitato. L'avevo chiamato quando avevo fatto tardi la sera così che non si fosse preoccupato. «Io l'ho fatto per il mio.»

Dex mi puntò contro la forchetta. «Esattamente.

Quando sei venuta al ranch la settimana scorsa, eri nervosa, recalcitrante.»

Vero. Ma quello era stato perché Dex era decisamente più uomo di quanto fossi in grado di gestire.

«Tuo marito—mi ricordo che mi avevi detto di essere stata sposata—dominava il tuo spirito, la vera essenza di ciò che sei. Se l'è presa senza darti nulla in cambio.»

Io deglutii con forza. «Come fai a saperlo?» Wow, stavo cenando con Dr. Phil.

«Riesco a vederlo nei tuoi occhi quando parli di lui.» Dex posò la forchetta, concentrato su di me. «Che cosa ti ha fatto?»

Ma che diavolo, pensai. *Appuntamento di prova. Appuntamento di prova.* Era l'appuntamento di prova più strano al quale fossi mai stata. Sebbene fosse il primo. Sospirai. «Mi ha tradita. Ha detto cose che mi hanno fatta dubitare di me stessa. Mi ha lasciata per un'altra donna.»

Dex strinse la mascella per la rabbia. «Se non fosse già morto, lo ucciderei io. Non dovresti essere trattata a quel modo.» La sua voce lo confermava.

Io sorrisi debolmente. «È... per certi versi... carino da parte tua.»

La cameriera scambiò i piatti di insalata con gli antipasti.

«Non avrebbe dovuto aver bisogno di cercare altre donne. Quando sarai mia, mi assicurerò che tu sia soddisfatta sessualmente, tanto quanto tu soddisferai me. Ti garantisco che non ci sarà motivo di tradirmi.»

«E cosa succederebbe se dovessi invece tradirti?» mi azzardai a chiedergli.

Dex sorrise di nuovo, questa volta senza alcun sentimento. Tagliò la propria bistecca. Era talmente al sangue che mi aspettavo che muggisse. «Non lo farai.» Posò le posate e si sporse in avanti, la sua voce un roco sussurro che potei sentire solo io. «Ti darò i migliori orgasmi della tua vita. Mi implorerai di averne ancora.»

Io arrossii. Riuscii a sentirlo fino alle radici dei capelli. Quella conversazione stava prendendo una piega decisamente sbagliata. Come ci eravamo addentrati così tanto in come sarebbe stato se fossi stata sposata con Dex?

Come se fosse stato anche solo possibile!

Io volevo scoprire di Morty, non del matrimonio delle fantasie di Dex. Magari stare al gioco avrebbe fatto sì che condividesse qualcosa in più sul proprio conto. Aveva funzionato fino a quel momento. Magari si sarebbe sentito in dovere di parlarmi di Morty. Forse.

Okay, stai al gioco. Stai al gioco. «Orgasmi multipli sembra... invitante.» Piegai la testa e provai il mio miglior sorriso flirtante. «Dimmi di più,» cercai di sembrare seducente, sebbene alle mie orecchie sembrava mi fosse solamente venuta un po' di raucedine.

Gli occhi di Dex brillarono di fronte al mio improvviso interesse. Era ancora vicino, la nostra conversazione abbastanza intima da non poter essere origliata. «Tu ti sottometterai a me in ogni modo, ogni modo sessuale, ed io ti farò venire. Forte. Ogni volta. Una volta che avrai il mio anello al dito, allenerò il tuo corpo ad essere costantemente eccitato. Non avrai tempo, né vorrai fare altro se non compiacermi. Dubito che ti permetterò anche solo di vestirti nelle prime settimane.»

In qualche modo il discorso volgare di Dex sembrava inquietante, non eccitante. Ed io ero decisamente inquietata. A me *piaceva* essere vestita. E si era dimenticato che si sarebbero stati due bambini tra i piedi. I momenti intimi non erano gli stessi quando c'erano dei bambini.

«Mi hai dato um... molto a cui pensare.» La frase più veritiera che avessi mi pronunciato. «Ma voglio sapere di più sul tuo conto. Sul tuo lavoro, sul tuo ranch.»

Dex doveva aver pensato di aver saputo vendere bene la propria proposta di matrimonio dal momento che tornò alla propria cena. Dopo aver mangiato un paio di bocconi di carne, mi chiese, «Che cosa vuoi sapere?»

«Ho sentito del pover'uomo che lavorava al tuo ranch. Sai, quello di cui ti ho chiesto la prima volta che ci siamo conosciuti?»

«Giusto,» disse acidamente lui. «Anch'io l'ho sentito.» Riuscii praticamente a vederlo fare un passo indietro emotivamente.

Cambia tattica! Pensa! Allungai una mano e la posai

Montana di fuoco

sulla sua, penetrandolo col mio sguardo. «Mi preoccupa solo che potrebbe succedermi una cosa del genere se vivessi con te. È stato ucciso qualcuno!» Cercai di sembrare completamente indifesa.

Dex si portò la mia mano alla bocca, baciandone le nocche. «Grazie a te ho scoperto che il signor Moore aveva rubato nel mio ranch e che era palesemente coinvolto in attività criminali. Se qualcuno non l'avesse già ucciso, ti assicuro che me ne sarei occupato io stesso. Nessuno scherza col mio ranch, con ciò che mi appartiene.»

Mi era chiaro che avrei ottenuto solamente quello su Morty da lui. E cioè nulla. Cavolo. Si era fatto tutto possessivo ed era abbastanza furbo che avrebbe capito che ero alla ricerca di informazioni se gli avessi posto altre domande.

Concludemmo la nostra cena e Dex mi accompagnò alla mia auto. Era quasi buio, il cielo di un viola intenso. L'aria era sorprendentemente fresca. Aprii la portiera e mi voltai verso di lui. Lui si era avvicinato, bloccandomi tra l'auto e il suo corpo. Riuscivo a sentire l'odore della sua acqua di colonia, il calore del suo corpo. «Rifletterai su tutto ciò di cui abbiamo parlato?»

Io annuii. Mi sudavano i palmi delle mani. Il cuore mi batteva nelle orecchie. Era troppo vicino, invadeva il mio spazio.

«Ti chiamerò più avanti questa settimana. Un'altra cena? Questa volta a casa mia.»

Non mi diede la possibilità di rispondere. Le sue labbra trovarono le mie prima che avessi l'opportunità di dire di no. Non avevo mai baciato un uomo con i baffi. Fu strano, solleticante. Come baciare un uomo e un bruco nello stesso momento. Decisamente strano. La sua bocca era calda sulla mia, delicata. Non fu un bacio possessivo, fu sorprendentemente delicato considerata la sua stazza e la sua personalità dominante. Pensai a come dovesse essere difficile tenere puliti dei baffi quando si mangiava una zuppa. Faceva caldo coi baffi? La mia mente vagava, chiaramente non interessata al bacio.

Non mi ritrassi, ma non lo spinsi nemmeno via. *Appuntamento di prova.* Quello era un bacio di prova. Avrei mai baciato un altro uomo con i baffi? Quello era il mio ultimo bacio coi baffi? Fu breve, senza lingua. piacevole. E piacevole non era la parola che si voleva usare nel descrivere un bacio con un uomo. A meno che non si trattasse del proprio nonno.

Io volevo la scintilla che avevo scoperto con Ty. Quando baciavo Ty, mi dimenticavo di tutto, mi dimenticavo perfino di respirare. Ty! La sua immagine mi balzò alla mente e mi fece allontanare da Dex. Sentii il mio stomaco contorcersi per il senso di colpa nell'aver permesso a Dex di baciarmi. Io volevo la bocca di Ty sulla mia. Solo quella di Ty.

Montana di fuoco

«Io... devo andare,» mormorai, persa nei miei pensieri di quel pompiere sexy.

Dex indietreggiò, mi lasciò entrare in macchina e mi chiuse la portiera. Io lasciai andare un respiro profondo e mi allontanai in auto. Ero decisamente troppo coinvolta con Dex. Lui voleva sposarmi e baciarmi coi baffi per il resto della mia vita. Era una brutta situazione. Bruttissima. Dovevo capire come uscirne. Ma non quella sera. Volevo Ty e lo volevo... subito.

———

TRENTA MINUTI DOPO, Ty bussò alla mia porta e scrutò il mio abbigliamento. Strinse la mascella. Mi superò entrando in casa e andando in cucina. «Russell Hosanski era al Gilly e dice di averti vista. Con un uomo. A giudicare da cosa indossi, dev'essersi trattato di un qualche appuntamento.»

Oh cavolo. «Chi è Russell Hosanski?» domandai. Maledetti paesini. Ma certo che l'avrebbe scoperto. Cosa avevo pensato? A meno che io e Dex non ci fossimo fatti un picnic nei boschi, qualcuno che mi conosceva ci sarebbe stato per forza in giro.

«Fa il turno centrale alla Stazione Due.»

Io lo seguii in cucina. «Ciò non spiega come faccia a conoscermi.» Le mie mani andarono su George lo

Gnomo e giocherellarono con lui, un mio dito che scorreva sul suo cappello a punta.

Ty roteò gli occhi. «Gli ho detto la stessa cosa. Alla fine ha ammesso di essere un cliente occasionale del Riccioli d'Oro.»

«Ah.» Quello chiariva tutto.

Lui fece roteare la mano. «Allora, il Gilly?»

«Sì. Il Gilly.»

Lui andò al frigo, ne tirò fuori una birra, ne aprì il tappo e ne bevve metà tutta in un sorso. Indossava la sua uniforme da pompiere, sebbene dovesse aver lasciato a casa tutti gli aggeggi elettronici perché la sua cintura ne era priva.

«Allora, chi era questo *appuntamento*?»

«Drake Dexter. Possiede un ranch di cavalli vicino ad Ennis.»

Non avevo intenzione di condividere il fatto che si trattasse dello stesso uomo dell'asta di cavalli alla fiera. Sarebbe stata decisamente una pessima idea in quel momento.

Ci fissammo, il suo sguardo così intenso, così cupo che deglutii. Era più che palese che Ty fosse geloso. Il suo corpo era teso. Si era praticamente frantumato i denti a furia di stringerli quando avevo pronunciato il nome di Dex, rendendolo reale per lui.

Che figata!

Non ero mai stata il genere di donna che faceva inge-

Montana di fuoco   263

losire gli uomini. Ora, ne avevo due interessati a me. Dex voleva sposarmi e fare dei figli. Voleva anche privarmi del mio libero arbitrio e tenermi nuda dal mattino alla sera. L'unica cosa che sapevo per certo di Ty era che ci teneva a me, che mi voleva e che non aveva intenzione di assumere il controllo della mia vita. Non avevamo mai parlato di bambini. L'idea di stare nuda dal mattino alla sera con lui non mi spaventava affatto. Anzi, mi eccitava da morire. Scintilla!

«Dev'essere stato un bell'appuntamento se hai indossato quello,» borbottò Ty in risposta. «È ancora qui?» Sbirciò in salotto oltre la mia spalla.

Ora toccava a me reagire in maniera eccessiva. Avevo avuto in mente di dirgli che avrei voluto fare sesso con lui in quel preciso istante. Ora, volevo solamente incazzarmi. «Non, non è lì. È in camera da letto, in realtà. Ci hai interrotti un attimo prima che mi strappasse i vestiti di dosso.»

«Divertente,» rispose Ty sarcastico. Si passò una mano in viso.

«Sei geloso perché sono uscita a cena con un altro uomo!» Okay, al diavolo fare l'incazzata. Lo volevo e basta. Strinsi le mani a pugno lungo i fianchi, pronta o a tirargli un cazzotto in faccia per fargli tornare un po' di sale in zucca, o ad attirarlo a me per un bacio. Feci un passo avanti. Più mi avvicinavo, più mi eccitavo. Qualcosa nel litigare mi faceva scorrere in corpo adrenalina e altri fluidi. Mi faceva venire voglia di strappargli l'uniforme da quel corpo sexy. La settimana passata era stata tutta un preliminare.

Provava abbastanza sentimenti per me da essere geloso! Mi sembrava un po' stupido, ma era meraviglioso. Ty si stava dimostrando possessivo e non in una maniera inquietante, da uomo che volesse incatenarmi al letto. Probabilmente mi sarebbe esploso il cuore di gioia ed emozione. Di voglia. Non mi era mai capitato prima. Mi sentivo come un'adolescente, ma più saggia.

I sentimenti di Ty probabilmente derivavano dal corredo genetico dei suoi antenati, gli uomini delle caverne. Aveva bisogno di battersi il petto, di affermare la propria rivendicazione. I miei mi erano nuovi. Avevo appena scoperto di avere potere su un uomo, su Ty. Chi aveva bisogno di una scatola di giocattoli da parte di Goldie quando mi serviva solamente un po' di fiducia in me stessa per farcela?

«Diavolo, sì, sono geloso.» Ty scosse la testa. «Voglio che tu esca con me, che i miei amici mi dicano di averti vista tenere per mano *me*. Mi sento minacciato dal fatto che tu sia uscita con un altro uomo?» Scosse la testa. «C'è un motivo per cui l'hai fatto, solo che non so ancora quale sia. Conosco abbastanza il tuo passato da sapere che non sei il tipo che tradisce.» Il suo sguardo mi scorse addosso nel mio nuovo abito.

Mi si accese una lampadina. «Oh.» Gli sorrisi. Un

Montana di fuoco

sorriso smagliante. «Sei geloso perché ho indossato questo»--agitai una mano per indicare il mio nuovo abito--«per un altro uomo. Ti dà fastidio il fatto che mi sia impegnata per uscire con qualcun altro.»

«Sei eccitante da morire con quell'abito. Ma se l'uomo con cui sei stata ha bisogno di quel vestito per interessarsi a te, allora non è quello giusto.» Mi puntò addosso la sua bottiglia di birra. «Non hai bisogno di indossare quella roba per eccitare me.»

Io piegai la testa di lato. Lo guardai. Ascoltai effettivamente le sue parole. Goldie e Kelly avevano ragione. Avevo bisogno di aggiornare il mio guardaroba. Ma si erano sbagliate su una parte della questione. Avevo bisogno di cambiare stile per *me stessa*, non per Ty. Ty mi voleva proprio così com'ero, con gli abiti sciatti e quant'altro. Mi aveva vista nei miei momenti peggiori e mi desiderava comunque.

«Lo so.» Tutti i miei dubbi e le mie insicurezze sull'avvicinarmi ad un uomo svanirono. Puff! Proprio così. Sapere di piacere a Ty per ciò che ero, non per un abito sexy, fu tutto l'aiuto che mi servì per lasciar andare quell'ultima briciola di insicurezza.

La debole fiamma che provavo per lui si era tramutata in un incendio di proporzioni amazzoniche. Ripensai a ciò che aveva detto Kelly riguardo il rispondere alla porta nuda.

Trassi un respiro profondo. Erano passati anni e, adesso, era il momento. Con un uomo in uniforme.

«Lo sai?» Sembrava confuso. «Sai che cosa?»

Io mi slacciai lentamente il primo bottone del mio abito. Ty abbassò lo sguardo sulle mie mani.

«Sei il genere di uomo a cui piace un po'... meno roba.»

Lui si schiarì la gola. Vidi le sue mani stringersi a pugno. «Meno roba?»

Io slacciai il bottone seguente. «Meno vestiti.»

Lui deglutì. «Meno è meglio.»

E quello successivo fino a quando non furono aperti abbastanza bottoni da potermi far scivolare l'abito giù dalle spalle. Gli occhi di Ty si fermarono sul mio seno ricoperto di pizzo quando l'abito cadde a terra. Io rimasi lì in piedi di fronte a lui con indosso solamente il mio nuovo reggiseno, le mutandine in pizzo rosso e le scarpe col tacco e il cinturino.

«Porca puttana,» mormorò lui.

I suoi occhi mi scorsero addosso ed io sentii i miei capezzoli indurirsi. Ero incredibilmente nervosa sotto il suo sguardo, ma l'espressione che aveva in viso mi risollevò. In fretta. Stavo cominciando a riconoscere le sue varie espressioni, ma quella era nuova. La riconobbi come puro e totale desiderio. Pienamente espresso. Non lo stava nascondendo per impedirmi di ripensarci.

E gli stava dannatamente bene.

Le sue pupille si dilatarono rendendo i suoi occhi ancora più blu. Un muscolo nella sua mascella ebbe uno spasmo. Le dita della sua mano libera erano strette al suo fianco. Osservai la parte frontale dei suoi pantaloni. Ma ciao! Ty aveva un super cazzo tutto suo.

«Hai ragione. Meno mi sta bene,» rispose mentre posava bruscamente la bottiglia di birra sul bancone per poi compiere i due passi che ci separavano. Un dito mi accarezzò delicatamente il seno sopra il pizzo rosso.

Io inalai bruscamente. Al fuoco. *Al fuoco!*

Le sue mani si spostarono verso l'alto per intrecciarsi tra i miei capelli mentre mi attirava in un bacio che fu tutta lingua. A me stava bene.

Mi mandò una scarica di desiderio dritta verso sud. Ecco di nuovo quella scintilla che mi era mancata quando Dex mi aveva baciata. Quella era la differenza tra Dex e Ty. Dex chi? Una volta provata la scintilla, non si tornava indietro. Ed io avevo intenzione di andare fino... in... fondo.

Sentii il sapore di birra, ne sentii l'odore così come quello di sapone e di qualcosa che riconoscevo come puramente Ty. Lui mi fece indietreggiare lentamente verso il frigo e si appoggiò contro di me. Il suo corpo caldo mi premette sul petto, l'acciaio freddo contro la mia schiena. Io sussultai. Ero così eccitata, così vogliosa. Dio, sì, lo volevo. Volevo lui.

Ty ci fece girare fino a quando il mio sedere non si

scontrò col tavolo della cucina. «Meglio,» mormorò tra un bacio e l'altro. Mi afferrò per i fianchi e mi sollevò così che fui seduta sul tavolo senza interrompere il bacio. Le sue mani mi fecero allargare le ginocchia così che le sue gambe si insinuarono tra le mie. Mi sentivo aperta ed esposta e oh era fantastico. «Sì, meglio.»

Le mie mani si spostarono freneticamente per aprirgli i bottoni della camicia dell'uniforme mentre lui si allungava dietro la mia schiena per slacciarmi il reggiseno. Le spalline mi rimasero impigliate ai gomiti e i miei seni si liberarono.

Lui interruppe il bacio per scrutarli per la prima volta, per guardare le proprie mani stringerli, i suoi pollici scorrere sui miei capezzoli duri. Poi scambiò le mani con la bocca, succhiandone uno. Poi l'altro.

Le mie dita si intrecciarono tra i suoi capelli, tenendolo lì.

«Um.» Avevo pensato una cosa, ma mi era sfuggita. Lui sollevò lo sguardo su di me attraverso le ciglia. Il pensiero tornò. «Ricordi quando mi hai detto che quel tipo mi aveva guardata come se fossi stata un pezzo di carne?» Lui non disse nulla, si limitò a far girare la lingua attorno al mio capezzolo duro, per cui io proseguii. «Tu hai quella stessa espressione adesso.»

Lui mi rivolse un rapido ghigno mentre si ritirava su. Con uno strattone, attirò i miei fianchi al bordo del tavolo. Io urlai sorpresa, aggrappandomi ai suoi bicipiti sodi. Un altro strattone e le mie nuovissime mutandine in pizzo finirono a terra, stracciate.

«Quindi mi stai dicendo che dovrei avere un assaggio?» Inarcò un sopracciglio mentre mi guardava. *Lì.*

«Um,» dissi di nuovo io mentre mi appoggiavo sui gomiti. La sua bocca si spostò più in basso, percorrendo un tragitto con la lingua fino al mio ombelico mentre le sue mani mi allargavano ulteriormente le ginocchia.

«Così?»

La sua bocca si spostò ancora più in basso e la sua lingua mi passò da una parte all'altra. PER LA MISERIA! Non sentivo una Super Scintilla come quella da...! Non riuscivo nemmeno a ricordare di aver mai sentito una scintilla simile. Lasciai cadere la testa all'indietro e vidi la macchia di sugo sul soffitto che aveva fatto Zach all'età di due anni. Non avrei mai più guardato quella macchia allo stesso modo.

«Ommioddio!» Mi formicolava la punta delle orecchie. Trassi un paio di respiri profondi per cercare di far arrivare abbastanza ossigeno al cervello così da non svenire mentre Ty posava la bocca sulla mia figa, leccandomi l'apertura per poi stuzzicarmi il clitoride.

Io gli tirai le orecchie e lui si tirò su per prendere fiato. Aveva quel ghigno malizioso in volto. La sua bocca luccicava e non avevo mai visto un desiderio simile nei suoi occhi prima di allora.

Quel desiderio era reciproco. «Dentro di me. Subito!»

Lentamente, lui scosse la testa. «Non fino a quando non mi sarai prima venuta in faccia.»

Io chiusi gli occhi e mi lasciai cadere sul tavolo mentre lui mi metteva nuovamente la bocca addosso. E ci aggiungeva un dito. Trasalii quando mi si insinuò dentro, arricciandosi su un punto che mi fece inarcare la schiena e affondare i talloni nel suo culo. «Sì!» urlai.

Era così abile ed io ero stata eccitata per lui così a lungo che mi spinse al mio primo orgasmo indotto da un uomo da... oh, ma chi diavolo se ne fregava? Urlai il suo nome, dimenandomi sul tavolo della mia cucina, nuda, mentre lui mi faceva venire con la testa tra le mie gambe.

Una volta che il piacere si fu placato ed io l'ebbi lasciato andare, Ty si raddrizzò.

Aveva un'espressione compiaciuta e soddisfatta in viso mentre si ripuliva la bocca col dorso della mano.

Io ero troppo soddisfatta per curarmene. Si era meritato quell'espressione. Io volevo solamente di più. Ero nuda mentre lui era vestito. Dovevo mettergli le mani addosso, sulla pelle nuda. Allargai bruscamente la sua camicia per esporgli il petto, leggermente segnato da dei peli che si stringevano in una linea sottile che finiva nei suoi pantaloni... e oltre. Gli feci scorrere le mani sul corpo sexy, facendo il giro fino alle sue natiche e attirandolo in un bacio. Riuscivo a sentire i peli sul suo petto solleticarmi i seni, facendomi pulsare i capezzoli. Molto più in basso pulsavo di desi-

Montana di fuoco

derio mentre le mie dita armeggiavano con la fibbia della sua cintura. Praticamente gridai frustrata quando non riuscii ad aprirla. Ty assunse il comando, slacciando il bottone e tirando giù la zip dei suoi pantaloni a tempo di record.

Dovevo prenderlo tra le mani. Le infilai dentro i suoi boxer e tirai fuori la sua erezione tenendola nel palmo. Ce l'aveva grosso. Grosso abbastanza da rovinarmi la piazza per qualunque dildo in futuro. Almeno venti centimetri. Feci scivolare delicatamente la mano su e giù lungo l'erezione. Una, due volte sentii dei piccoli schizzi di liquido preseminale ricoprirmi il palmo. Adesso toccava a lui sussultare.

«Merda.» Si ritrasse dalla mia presa. A quel punto lo vidi, lungo e spesso, di un colore rossastro, la punta larga. Curvava verso il suo ventre. Era un cazzo stupendo e ne avevo visti tanti. Non di persona, ma professionalmente.

«Faremo in fretta. E lo faremo qui,» mi disse mentre mi spingeva sulle spalle così che tornassi a sdraiarmi nuovamente sul tavolo.

Io ero nuda, sdraiata sul tavolo della mia cucina con lo sguardo passionale di Ty che mi scorreva addosso. Era stato decisamente troppo a sud per vedermi tutta, prima. Mi fece scorrere un palmo dal collo in mezzo ai seni, le sue lunghe dita che mi sfioravano un capezzolo stuzzicandomi, per poi superare il mio ombelico e scendere ancora. Un dito, poi due mi si insinuarono nuovamente dentro. Sì! Emisi un qualche verso dal fondo della gola e roteai gli occhi all'indietro.

Ty fece un movimento seducente con le dita. Io inarcai la schiena contro il suo tocco. Già, il punto G esisteva eccome.

«Ti prego,» lo implorai.

Lui armeggiò coi suoi pantaloni e tirò fuori un preservativo dalla tasca posteriore, il suo cellulare che cadeva a terra con un tonfo. In pochi secondi, fu pronto. In un'unica spinta, mi entrò dentro. Io mi allargai attorno a lui, i miei muscoli interni che si contraevano e si stringevano per adattarsi. Avvolsi le gambe attorno alla sua vita, le mie caviglie che si intrecciavano dietro la sua schiena. Ty era dentro fino in fondo, i suoi fianchi che premevano allargandomi le cosce. Rimase immobile e gemette. Era così bello e non aveva ancora cominciato a muoversi.

Ma poi lo fece e fu... sconcertante. Ero venuta una volta e ciò mi aveva resa sensibile e facile, pronta da portare nuovamente all'orgasmo.

Non mi consideravo una persona eccessivamente religiosa e non avevo mai avuto una forte relazione con Dio. Urlai comunque il suo nome un paio di volte e sperai che non avrebbe cominciato a prestarmi tanta attenzione proprio in quel momento.

La sensazione di Ty dentro di me, a riempirmi, era... stupenda.

Montana di fuoco

Lui cominciò a muoversi. Forte. In fretta. Dentro. Fuori. I nostri fiati si mischiavano. L'espressione nel suo sguardo, sul suo viso, il piacere, quell'intensità mi fecero portare le mani al suo volto. Lui voltò la bocca verso il mio palmo, mi baciò, mentre i suoi fianchi pompavano.

Spostammo il tavolo dall'altra parte della stanza man mano che aumentava ancora il ritmo e la forza. Tenendomi una mano su un fianco, lui usò l'altra per toccarmi mentre si spingeva a fondo.

Tre, due, uno. Via!

Vidi esplodere i fuochi d'artificio e sentii i cori di festa.

Non avevo mai avuto un orgasmo del genere, nemmeno con la sua bocca pochi minuti prima. Diamine, non avevo mai avuto un orgasmo con un uomo fino a quando non era arrivato lui.

Nel giro di pochi istanti, Ty gridò, «Cazzo!» e diede un'ultima spinta, più a fondo che mai. Sbatté i palmi sul tavolo, il suo fiato corto che si mischiava al mio, tenendosi sollevato su di me.

Io avevo perso qualunque pensiero a parte le sensazioni che provava il mio corpo, gustandomi le ultime ondate di piacere rimaste. Non potei fare a meno di sorridere. Dopo un po', aprii gli occhi. Anche Ty aveva un'espressione decisamente soddisfatta in viso.

«Penso che abbiamo appena dato un bello spettacolo ai vicini,» commentai, guardando nel buio.

Il tavolo della mia cucina era praticamente dritto di fronte alle finestre alte da terra fino al soffitto che davano sul giardino sul retro. Adesso si trovava circa mezzo metro più a sinistra. «Meno male che il Colonnello è fuori città.»

Ty ridacchiò mentre si tirava fuori ed io sibilai. «Quegli gnomi, mi stanno guardando il culo.»

Io sollevai lo sguardo sul bancone. Già, gli gnomi avevano il loro sguardo penetrante fisso sul culo di Ty. Meglio pensare che fossero sul suo culo che non sulla mia...

«Gnomi intelligenti,» commentai.

Mi alzai a sedere. Avrei potuto venire assalita dalla mortificazione più in fretta di quanto non si stesse consumando la passione. Avevo appena fatto sesso sul tavolo della mia cucina, con le luci accese. Chiunque si fosse trovato nel giardino sul retro avrebbe assistito ad un porno dal vivo. Ma a me non importava. Affatto. Avevo appena avuto l'orgasmo degli orgasmi. Al diavolo chiunque altro.

Goldie sarebbe stata così fiera!

«È stato--» Non riuscii a concludere. Non ero sicura di quale aggettivo avrebbe funzionato.

«Veloce,» rispose Ty. Si abbottonò i pantaloni, ma lasciò la camicia aperta. Quel look gli stava decisamente bene. «Ma dolcezza, abbiamo appena cominciato.»

«Non penso che il mio tavolo riuscirebbe a reggere altro.»

Ty sogghignò. «Bene, perché adesso voglio provare un letto. Voglio che mi cavalchi la faccia. Voglio che ti tieni alla testiera mentre ti scopo da dietro. Voglio prenderti nella mia doccia. La lista è lunga.»

Oh. Una lista lunga. A me—e alla mia figa—stava bene.

In un'unica agile mossa, Ty si chinò, mi prese in braccio e mi gettò in spalla come un pompiere. Colsi un'ottima visuale del pavimento della cucina e del suo culo mentre mi portava fuori dalla porta sul retro. «Dove stiamo andando?» strillai.

«Nel mio letto. Ho la scatola di preservativi che mi ha regalato Goldie e li useremo tutti.»

«Non ho indosso alcun vestito, solo i tacchi!»

«Non avrai bisogno di vestiti. E non pensare nemmeno di toglierti quelle scarpe.»

15

«Ci è voluta gran parte della notte, ma abbiamo dato un bel colpo a quella scatola di preservativi,» disse Ty mentre rotolava su un fianco per girarsi verso di me, con un braccio attorno alla mia vita. Sogghignò, palesemente soddisfatto della sua ampia e consolidata abilità maschile. Anche ogni centimetro di me ne era soddisfatto.

«Questo perché mi hai fatto fare una dimostrazione del trucchetto della festa di addio al nubilato.» Gli diedi una spintarella stanca su una spalla. «Diverse volte.»

Una mano mi si insinuò tra i capelli, una delle dita di Ty che si avvolgeva attorno ad un ricciolo. Lo strattonò delicatamente. «Adoro i tuoi capelli.» Sembrava rapito.

«I miei capelli?» Non avrei potuto essere più sorpresa. «Pensavo fossi fissato coi seni. O le gambe.»

«Decisamente i seni.» Per dimostrarlo, spostò una

Montana di fuoco

mano fino all'orlo del lenzuolo, abbassandolo quel tanto che bastava a scoprirne uno. La punta del suo dito mi scorse con estrema delicatezza attorno ad un capezzolo. «Sin da quella mattina quando mi hai fatto vedere--»

Mi portai una mano agli occhi e ridacchiai. «Non ricordarmelo.»

Lui mi tirò via la mano, baciandomi le nocche.

«--ho sognato di vederti nuda, di toccarti i seni.» Guardava il mio capezzolo che si stava indurendo come un bambino che scarta un regalo di Babbo Natale. Ipnotizzato, ossessionato. «Rosa. La stessa sfumatura adorabile della tua figa.»

Chi l'aveva mai saputo che le parole di un uomo potessero effettivamente farti sentire... magnifica. Sexy. Un sacco perversa. Erano come un cerotto per la mia libidine ferita. Mi sentivo attraente, seducente. E la cosa era estremamente incoraggiante.

«Ma i tuoi capelli, mi fanno impazzire.»

Io sbuffai. «Anche a me fanno impazzire. Sono felice che ti piaccia l'unica cosa che tormenta la mia esistenza. Sono ricci,» borbottai mentre tiravo una ciocca, facendola rimbalzare al suo posto.

«Sexy.»

«Sono disordinati e non hanno uno stile.»

«Selvaggi.»

Selvaggi. Non avrei mai usato quell'aggettivo per descriverli, ma se piaceva a Ty, a me stava bene.

«Tienimi il posto.» Ty scese dal letto e andò in bagno.

Stava appena cominciando a schiarire, il sole delle prime ore del mattino che filtrava dalla finestra della camera di Ty. Adesso riuscivo a scorgere cosa mi fossi persa la sera prima. Non avevo notato le sue abilità nell'arredare casa, all'epoca. Ero stata troppo distratta da... altre cose. C'era il suo letto, uno grosso, un comò in quercia con una pianta di ficus sopra, un cesto per la biancheria in vimini in un angolo. Le pareti erano di un marrone molto chiaro, col bordino bianco. Alle finestre delle persiane in rattan. Non avevo ancora visto né toccato il pavimento dal momento che Ty mi aveva gettata dritta nel letto la sera prima e non mi ci aveva permesso di scendere da allora. Mi rigirai in quel momento e vidi delle assi di pino rifinite.

«Perché pensi che ti ci abbia lasciata?» mi chiese Ty mentre era appoggiato alla porta della camera, nudo. Molto, molto nudo.

Io lo guardai, confusa. Non mi ricordavo di cosa avessimo parlato. «Dove?»

«Quella maledetta festa di addio al nubilato. Se hai intenzione di metterti un cazzo in bocca davanti a me, dev'essere il mio.»

Mi ricordai della sensazione che mi aveva dato ad allargarmi le labbra, contro la mia lingua. Il suo sapore, il modo in cui si era gonfiato ancora di più un attimo prima che lui venisse. Abbassai lo sguardo sul suo...

cazzo che si stava ergendo. «Allora è una bella abilità da insegnare?»

Lui strattonò le coperte, scoprendomi fino in vita, e tornò a letto. Si spostò sopra di me. Sentii ogni singolo centimetro duro e caldo di lui. «Potresti dover fare un po' più di pratica.» Gli si formarono delle piccole rughe agli angoli degli occhi azzurri mentre sorrideva.

«Non pensavi che fossi abbastanza brava ieri sera?»

I suoi occhi si offuscarono mentre ricordava le molte volte in cui l'avevo aiutato con un preservativo.

«Qui è dove divento geloso e possessivo nel sapere che l'hai fatto con qualche altro uomo.»

Io gli sorrisi. Gli era cresciuta sorprendentemente in fretta la barba e stava per diventare Grizzly Adams. «Allora probabilmente sarai felice di sapere che l'ho imparato non stando con un altro uomo, ma da Goldie.»

«Non so se dovrei essere inquietato o grato del fatto che tu l'abbia imparato da tua suocera.»

Io gli feci scorrere le mani lungo la schiena snella fino alle sue natiche e lo attirai a me. «Io sono grata della scatola di preservativi in omaggio.»

Aprii le gambe così che ci si insinuò in mezzo, sentendo la sua erezione dura premere contro la mia apertura.

Ty si mosse leggermente e gemette. «E i giocattolini?» mi chiese.

Io abbassai una mano e glielo strinsi. Ty inalò

bruscamente. «Come hai detto tu, a chi servono dei giocattoli?»

———

«PENSO che dovremmo parlare di tuo marito,» disse Ty un po' di tempo dopo.

Eravamo ancora a letto, le lenzuola un ammasso disordinato, sebbene avessimo mangiato, ci fossimo fatti una doccia e fossimo tornati a dare un ulteriore colpo alla scatola di preservativi. Ero insaziabile. Non riuscivo ad averne abbastanza di Ty, delle sue mani sul mio corpo. Ma con quelle parole—

«Di solito non mi porto due uomini a letto, nemmeno se uno è morto.»

Indossavo una delle magliette dei vigili del fuoco di Ty e nient'altro. Mi alzai a sedere, appoggiata ai cuscini contro la testiera.

Lui sorrise, facendomi scorrere un dito lungo il braccio nudo. Io lo cacciai via.

«Quella prima volta in cui ti ho conosciuta alla colazione coi pancake, mi hai detto che era stato con un'altra donna.»

Sospirai, mi sistemai lenzuolo e coperta attorno alla vita e ne torturai l'orlo tra le dita. «Ho scoperto Nate a tradirmi il giorno in cui ho scoperto di essere incinta di Bobby. Scopavano—non c'è altro termine per descriverlo

—da più di un anno. Io non ne avevo idea, fino a quando non li ho beccati nel magazzino del Riccioli d'Oro.»

Ty era sdraiato su un fianco, appoggiato ad un gomito.

«Viaggiava molto, specialmente in Germania. *Diceva* che ci fosse un rivenditore di giocattolini in vetro molto particolari e di lusso che voleva per il negozio. All'epoca, lui aiutava a gestirlo assieme a Goldie. Immagino si fossero conosciuti online. Si è scoperto che stava testando i dildi con il rivenditore. Si chiamava Annika. Era venuta in città fingendo un viaggio di lavoro, un tour degli Stati Uniti con la sua merce. Avrebbe dovuto visitare i negozi di tutto il West, ma non era andata oltre Bozeman.»

Rivolsi a Ty un sorriso mesto. Non mi piaceva parlare di quella parte della mia vita. Era un periodo doloroso, ma Ty si meritava di sapere. Non volevo che la cosa si mettesse tra noi.

«Dopo averlo cacciato di casa, lui si è trasferito in Germania per stare con lei. La storia vuole che fosse sposata. Suo marito non ha dato di matto riguardo le sue attività extraconiugali come ho fatto io. Invece, si è unito a loro.»

Ty per metà sbuffò, per metà rise. «Prosegui.»

«Nate è morto per via di un embolo che gli è arrivato ai polmoni, si pensa per via del volo. Era appena arrivato ad Amburgo il giorno prima.»

«Ah, sì, hamburger.»

Io risi, ricordandomi delle parole di Bobby. «Esatto. Era a letto con Annika e suo marito ed è semplicemente morto. Puff.»

«Per la miseria.»

Ty mi mise una mano sulla coscia ed io sentii il suo calore attraverso le coperte. «Quindi eri sposata con uno stronzo. Ti manca ancora quel bastardo. Lo--»

«Amo ancora?» Feci scorrere le dita sulla testa di Ty, adorando la sensazione dei suoi capelli soffici. «Dopo averlo cacciato di casa, ero triste. Depressa. In crisi ormonale e in preda alle nausee per mesi. Più arrabbiata che qualunque altra cosa. Ho chiesto il divorzio. Quando Bobby è venuto al mondo, Nate si era trasferito. Era fuori dalla mia vita. Quando è morto, però, eravamo tecnicamente, legalmente ancora sposati. È difficile divorziare da un uomo morto. Per cui sono la sua vedova, non la sua ex.»

Ty scivolò in alto sul letto per darmi un bacio in bocca. Un bacio delicato, morbido.

Io lo guardai negli occhi. «Ripensandoci, non sono sicura di averlo mai davvero amato come si dovrebbe amare uno sposo. Ero giovane. Ingenua.»

Lui incurvò un angolo della bocca verso l'alto. «E adesso?» Una delle sue mani strattonò delicatamente le coperte, abbassandole così da potermi baciare un po' più in basso. Il mio capezzolo sinistro, per essere precisi. Proprio attraverso la maglietta. Mi morse leggermente.

«Adesso?» chiesi, con voce rotta. Mi dimenticai il motivo di quella domanda.

Lui tirò giù del tutto le coperte fino al fondo del letto. E mi baciò un po' più in basso, sotto l'orlo della maglietta. La sollevò e si spostò tra le mie gambe. Io mi spostai per permetterglielo.

«Adesso?» mi chiese di nuovo. Le sue mani seguirono la sua bocca fino a quando non fecero delle cose molto speciali ed emozionanti in punti molto speciali ed emozionanti del mio corpo.

«Adesso!» urlai io.

———

QUELLA SERA, dopo aver corso per il giardino sul retro del Colonnello con indosso solamente la maglietta di Ty, trovai quattro messaggi sul mio cellulare. Con Ty che aveva eseguito la sua routine da uomo delle caverne, avevo lasciato il mio telefonino a casa la sera prima. In piedi nella mia cucina, li ascoltai. Kelly aveva chiamato per prima per sapere come fosse andato il mio appuntamento con Dex, del quale mi ero completamente dimenticata. Mentre mia mamma mi raccontava della sua giornata con i bambini e mi chiedeva di richiamarli, notai che gli gnomi erano spariti. Non erano sul bancone della cucina a guardarci fare sesso? Dov'erano adesso?

L'ultimo messaggio era di Goldie che diceva di chiamarla quando mi fossi presa una pausa dallo scoparmi Ty. Gli gnomi erano l'ultima delle mie preoccupazioni. Dovevo gestire una suocera curiosa di sesso prima di occuparmi di due gnomi vaganti.

Chiamai Goldie. «Ciao!» dissi allegramente. Cosa si diceva quando l'altra persona sapeva che avevi fatto sesso? Tanto, tantissimo sesso.

«Lo sapevo. Riesco a sentirlo nella tua voce.»

Mi pizzicai il cellulare tra l'orecchio e la spalla mentre rimettevo a posto il tavolo della cucina. Ebbi un flash in cui mi ricordai di come il tavolo si fosse spostato. Sarei mai più riuscita a mangiarci senza dare di matto in preda agli ormoni?

«Tutto ciò che ho detto è stato ciao.»

«Io le so queste cose,» disse lei severamente.

«Magari stavo facendo sesso con Dex invece che con Ty! È con lui che sono uscita ieri sera.»

«Sento il tono impertinente della tua voce, ma ti perdonerò per questa volta visto che te la sei cavata bene. Scommetto che anche Ty se l'è cavata.» Goldie ridacchiò della sua battutina. Io roteai gli occhi. «Ovvio che non avresti fatto sesso con Dex. Tu ami Ty.»

Io lasciai cadere il cellulare. Quello rimbalzò sul tavolo della cucina prima che potessi riprenderlo.

Montana di fuoco 285

«Um, amarlo?» balbettai lasciandomi cadere su una sedia, il legno freddo contro le mie natiche. Non mi ero preparata per quello. Certo, c'era decisamente qualcosa di speciale tra me e Ty, ma amore? Io attribuivo le farfalle che avevo nello stomaco a puro desiderio.

«Io *desidero* Ty.»

«Certo, come no. Se avessi trent'anni di meno, anch'io desidererei Ty. Diamine, lo desidero all'età di settant'anni.»

Sorrisi. Vidi Ty attraversare il cortile sul retro. Lo salutai brevemente con la mano e percepii di nuovo quelle farfalle. Era amore?

Ommioddio. Perché Goldie doveva sempre avere ragione?

Ero innamorata di Ty. Ero innamorata dell'uomo che stava entrando dalla mia porta sul retro con indosso dei pantaloncini stropicciati e una maglietta grigia dell'università. Niente scarpe e con l'espressione di un uomo che aveva fatto un sacco di sesso. *Per la miseria*.

Grazie al cielo Goldie non poteva vederlo in quel momento. Mi portai un dito alle labbra per fargli cenno di tacere. Lui si avvicinò e mi diede un bacio sulla testa.

Io gli sorrisi. Il sorriso sdolcinato di una donna innamorata. «Um. Devo andare.»

«Non voglio impedirti di strappare i vestiti a Ty,» commentò Goldie.

Mica male come idea, pensai io mentre scrutavo il corpo di Ty.

«Volevo solo dirti che faccio venire Veronica ad aiutarmi, domani. È tornata dal suo viaggio ad Alamo e ha bisogno di fare qualche turno in più.»

Mi ero dimenticata del lavoro. Diamine, mi ero dimenticata di tutto se non infilare il pezzo A nella fessura B con Ty.

«Grazie,» dissi, sincera. Feci scorrere una mano sotto la maglietta di Ty per sentire i suoi peli morbidi e la sua pelle calda. Perché non riuscivo ad averne abbastanza?

«Ad ogni modo, hai scoperto altro riguardo il tizio morto nel recinto di maiali?» mi chiese Goldie.

Oh già, quello. «Non ho sentito nulla. Quando avrò notizie, ti chiamerò.»

«Ah! Certo, come no. Dì a Ty che lo saluto. Chiedigli se vuole che passo da lui con un'altra scatola omaggio. Ditemi solamente che cosa vi serve e ve la lascio sulla porta.»

La mia mano scese più in basso per premere contro la sua erezione. «Ty ha tutto ciò che mi serve.»

———

UNA SVELTINA PIÙ TARDI, fummo finalmente in grado di controllarci. Io mi feci una doccia, indossai un paio di pantaloni della tuta e una felpa col cappuccio e tirai fuori le code di gambero dal frigo.

Sedemmo spalla contro spalla sul mio divano a guardarci una maratona di James Bond, col braccio di Ty appoggiato allo schienale e la sua mano sulla mia spalla. I gamberi, le patatine al formaggio e la birra erano sparsi sul tavolino da caffè di fronte a noi. Ty rifiutò il formaggio puzzolente con un'espressione simile a quella che facevano i bambini. Doveva essere una cosa da maschi.

«Goldie voleva vedere se avessi scoperto qualcos'altro sull'omicidio di Morty.»

Ty lanciò una pallina al formaggio per aria e la prese in bocca. Masticò un paio di volte, poi disse, «Ho chiamato i miei genitori mentre eri sotto la doccia. Hanno detto che la polizia non ha una vera pista da seguire dal momento che non c'era modo di rilevare delle impronte digitali. Non ce ne sono di scarpe né di pneumatici che possano risalire a qualcuno. Doveva aver piovuto quando hanno lasciato lì Morty.»

«I tuoi genitori stanno bene?» Se mia madre avesse trovato un corpo fatto a pezzi nel recinto dei maiali, probabilmente avrebbe avuto un crollo emotivo. Tuttavia, probabilmente avrebbe avuto un crollo emotivo solo a trovarsi vicino ad un recinto di maiali.

«Stanno bene. La gestiscono senza problemi. Sono più preoccupati per te.»

«Per me?» Inarcai le sopracciglia. «Davvero? Che dolce.»

Lui mangiò un'altra pallina al formaggio, poi un sorso di birra. «Ho chiamato lo sceriffo che ho conosciuto la sera scorsa. Nemmeno lui aveva molto da dirmi. L'unica cosa che sono riusciti a dire per certo è che Morty era fatto di metanfetamina.»

Mi chiesi quale parte del corpo avessero analizzato per scoprirlo e feci una smorfia al pensiero. Afferrai un gambero, lo mangiai e ne gettai la coda sul vassoio di plastica. Non molto da signora, ma avevo già conquistato il mio uomo. Con tutta la roba non da signore che avevo già fato, buttare una coda di gambero non avrebbe fatto chissà che impressione.

«Metanfetamina, metanfetamina, metanfetamina. È tutto metanfetamina da queste parti. Quel rapinatore pazzo, il figlio della vicina di Kelly--»

«La casa a Churchill, circa cinque o sei chiamate nelle ultime due settimane.»

Io gli puntai contro la mia birra. «Appunto.»

Il cellulare di Ty squillò.

«Strickland.» Ascoltò. «Dove?» Ascoltò ancora un po'. «Non posso venire adesso. Ho bevuto un paio di birre. D'accordo. Alle sette. Ci sarò.» Terminò la chiamata e si girò verso di me. «Un incendio su campi non coltivati. Nella Foresta Nazionale a nord di Big Sky.»

«Devi andare? Adesso?» Faceva buio fuori. Era tardi.

Montana di fuoco 289

«Scusa, mi dimentico che gli incendi non si fermano solo perché è notte.»

Lui sorrise. «Non posso andare adesso. Ho bevuto troppe birre per uscire, ma vogliono che mi presenti domani mattina. Mi unirò ad una squadra in arrivo da Helena e ci dirigeremo là.»

«Quanto è grande?»

Gli incendi nelle foreste capitavano spesso nel West. Colpi di fulmine, campeggiatori negligenti, sigarette gettate a terra potevano creare incendi catastrofici che bruciavano acri ed acri di terreno selvatico. Se fosse stato abbastanza grande, sarebbero giunti vigili del fuoco da tutto il paese a dare una mano a spegnerlo.

«Finora, solo un paio di centinaia di acri, ma tirerà il vento lassù. Crescerà ancora prima che venga contenuto.»

«Sanno come sia stato appiccato?»

«Non c'è stato brutto tempo in zona, per cui non si è trattato di un fulmine. Probabilmente un campeggiatore, ma non lo sapranno per un po'.»

Io mi alzai e cominciai a ripulire gli avanzi di cibo. «Dovresti dormire un po'. Pare che ne avrai bisogno.»

Anche Ty si alzò. Spense la TV. «Il tuo letto o il mio?»

16

Il sole era appena sorto quando la sveglia suonò. Gemetti e affondai di più sotto le coperte. Ty si avvicinò e mi fece scorrere le mani lungo il corpo. «Non he ho mai abbastanza di te,» sussurrò.

Io per metà gemetti, per metà sospirai. Le sue mani erano belle, ma io ero indolenzita in punti che non avevo nemmeno saputo esistessero. «Quando tornerò, amore, ti...» Mi baciò dietro la spalla. «Ricordi che abbiamo parlato di sesso contro relazioni?» La sua voce era roca di sonno.

Il mio cervello era più che altro addormentato. «Mmm?»

«Questo non è solo sesso, Jane.» Ty sospirò. «Io mi... io mi sono innamorato di te.»

Sorrisi, godendomi il calore avvolgente del letto e le parole di Ty.

Lui scese dal letto e lo sentii vestirsi.

Percepii vagamente un ginocchio premere sul materasso. «Ti prego, fa' attenzione mentre non ci sono. Ho dei progetti per te, per questa *relazione*, quando tornerò.» Mi diede un bacio sulla testa e se ne andò. Mi lasciò per la natura selvaggia in fiamme del Montana. Sentii la mancanza del calore del suo corpo per circa trenta secondi prima di ripiombare nella fase REM fino alle nove, quando mi svegliai di soprassalto.

Mi amava? Mi ero sognata tutta quella conversazione? Quali erano state le parole esatte di Ty? Mi sono innamorato di te. *Perché diavolo non mi ero svegliata?* Giusto, fare sesso per due giorni di fila ti sfiniva. Una delle conversazioni più importanti della mia vita ed io me l'ero persa dormendo. Quando Ty fosse tornato, avrei semplicemente dato la colpa a lui. Era colpa sua se me l'ero persa. *Giusto.*

Mi feci una doccia e mi asciugai i capelli, con un sorriso ebete per tutto il tempo. Mi trattai super bene e mi sistemai i capelli, ovvero li legai in una coda. Mi infilai dei pantaloncini puliti, ma indossai la maglietta di Ty che avevo messo la sera prima. Mi comportavo da scema, ma sapeva di lui. E dal momento che avevo le labbra distrutte per via di tutti quei baci, le curai con un po' di burro cacao. E sorrisi ancora un po'.

Grazie a Veronica, la dipendente fidata di Goldie, avevo la giornata libera. Mangiai del formaggio puzzolente e guardai dei talk show mattutini tra un sonnellino e l'altro. Non avevo idea che una maratona di sesso potesse essere tanto sfiancante.

Il mio cellulare squillò dalla camera da letto indicando un messaggio. Sospirando pigramente, andai a leggerlo.

Ty: nuove info su Morty @ ranch DD. Ci ved h 13

Ritrovai energia. Avevo praticamente rinunciato a scoprire qualunque cosa di nuovo su Morty, sapendo di aver provato tutto il possibile, a parte andare a letto con Dex. Che cosa aveva scoperto Ty?

Guardai l'ora. Le 11:30. Avevo giusto il tempo di cambiarmi con un paio di jeans e degli stivali per proteggermi dalla cacca di animale—o dai cadaveri.

———

Trascorsi l'ora che ci voleva a raggiungere il ranch di Dex in auto ripensando a tutto ciò che sapevo su Morty Moore. Non era molto e conclusi quella riflessione una volta superato il centro commerciale. Morty aveva lavorato al ranch Rocking DD e guadagnava soldi extra vendendo sperma di cavallo rubato. Qualcuno aveva fatto saltare in aria la casa dei suoi genitori. Era stato ucciso per qualche motivo, da qualcuno. Tutto lì. Quelle erano tutte le informazioni sicure che avessi.

Dopodiché pensai al sesso con Ty. Avevo un film

Montana di fuoco

porno in mente con noi due come protagonisti. Durò fino a quando non mi trovai a sud di Norris. Stavo sorridendo tra me e mi sentivo sorprendentemente arrapata mentre oltrepassavo l'arcata del Rocking DD. Non vedevo l'ora di vedere Ty nonostante fossero passate solamente poche ore da quando se n'era andato per via dell'incendio. Dovevano averlo estinto molto più in fretta di quanto avesse pensato.

Seguii il vialetto come avevo fatto l'ultima volta fino alla grossa arena per cavalli. Evitai di proposito la mega villa di Dex, non essendo più di tanto interessata a vedere la casa che quell'uomo voleva che io, in quanto sua futura moglie, pulissi ogni giorno. Come no. Quella casa doveva essere all'incirca cinquecento metri quadri. Col cavolo che sarei riuscita a tenere pulita quella bestia.

Il cielo era ampio e azzurro, il sole forte. Era esattamente la stessa atmosfera della mia visita precedente, sebbene sembrasse esserci meno movimento. Parcheggiai e scesi dall'auto. Non vidi nessun altro nei paraggi, sebbene la porta secondaria della stalla fosse aperta. Sentivo odore di fieno e di cavalli. Niente Ty. In effetti, non vedevo la sua auto a noleggio.

Mi portai una mano agli occhi per coprirmeli dal sole e mi guardai attorno. Dov'era Ty? Mi avventurai prima nell'arena, concedendomi del tempo affinché i miei occhi si abituassero. Solamente metà delle luci erano accese, l'edificio era freddo e silenzioso.

«C'è nessuno?» chiamai. Nulla.

Tornai fuori e mi guardai nuovamente attorno. Sentii dei nitriti e degli sbuffi di cavalli provenire dalle stalle e mi diressi da quella parte. Un paio di cavalli avevano il muso fuori dalle porte dei loro stalli. Non c'era altro lungo il corridoio centrale. Nessuno a spalare cacca e portarla via con una carriola. Nessuno che caricasse del fieno. Nulla. Mi tirai fuori il cellulare dalla tasca per vedere se mi fossi persa un messaggio da parte di Ty.

«Cavolo,» borbottai tra me. Niente campo.

Tornai alla macchina e riflettei sulle mie opzioni. Il mio orologio segnava le 13:15 e Ty non c'era. Non avevo molta scelta se non andare a casa di Dex e bussare alla porta.

Accostai e parcheggiai nel vialetto circolare. La casa era molto più grossa da vicino che non vista dal vialetto principale. Era a due piani: una grossa veranda correva lungo la sezione principale con un'ala a sinistra. A destra c'era un garage a quattro posti. Tetto in tegole di legno. Rivestimenti con nodi a vista e profondi aggetti. Alte colonne in pino grezzo adornavano l'ingresso che conduceva ad una doppia porta di legno alta tre metri. Era la casa che avrebbe costruito Donald Trump se avesse voluto vivere nel Montana e sporcarsi le scarpe di cacca di cavallo.

Suonai il campanello.

Montana di fuoco

«Ciao, Jane,» disse Dex mentre apriva la porta. Si fece da parte. «Entra.»

Io osservai il grosso ingresso, alto due piani. Pavimenti in ardesia, diverse porte chiuse che immaginai fossero guardaroba per cappotti e stivali invernali. Oltre c'era un salotto rivolto ad ovest con una parete intera di finestre che davano sulle Tobacco Roots. L'arredamento era in pelle scura e un sacco di legno. C'era il tocco di un architetto d'interni perché c'erano gingilli insoliti e coperte per divani degne di una casa da rivista patinata. Una grossa testa di alce era appesa sopra un caminetto in pietra fluviale grosso abbastanza da poterci stare dentro in piedi. Dovevo ammettere che era bellissima.

«Ciao. Avrei appuntamento qui con un mio amico. Ty?»

«Ti andrebbe di bere qualcosa?» Si voltò e si diresse verso quella che immaginai fosse la cucina. Dal momento che non aveva risposto alla mia domanda, non ebbi scelta se non seguirlo.

La cucina era tutto ciò che ci si sarebbe aspettati. Elettrodomestici in acciaio inossidabile degni di Wolfgang Puck, un'isola con ripiano in marmo delle dimensioni di tutta la mia cucina, pavimenti in legno lucido. Quando arrivai ad assimilare la vista fornita dalle grosse finestre—che erano ovunque—Dex mi porse un bicchiere di vino rosso.

«Grazie,» risposi, senza sapere che cosa dire. Non ero

una grande fan del vino ed era un po' presto per bere. Ne bevvi un sorso per educazione. Buono. Ovviamente Dex non era il tipo da vino in cartone. «Allora, il mio amico?»

Anche Dex bevve un sorso del suo vino. «Cosa ne pensi di casa mia?»

«Um, be', è molto bella.» Dex mi rendeva nervosa, ma non riuscivo a dire esattamente perché. Non stava rispondendo alla mia domanda su Ty, sebbene non sembrasse mai uno a cui piacesse parlare di altri uomini. Bevvi un altro sorso di vino per placare il mio nervosismo.

«Sapevo che ti sarebbe piaciuta.» Posò il proprio bicchiere sul bancone. «Ti andrebbe un giro?»

Un giro? «Certo. Un giro.» Feci per mettere giù il mio bicchiere.

«No, sei la benvenuta a portarti il vino con te. Ti prego, gustatelo. Ne ho dell'altro.» Mi prese la mano libera e mi condusse in giro per il piano inferiore. La sua mano era calda, la sua pelle leggermente ruvida per via dei calli. Dex parlò della costruzione della casa, dei dettagli e dei suoi piani per il futuro.

Era tutto fantastico, ma stavo cominciando a preoccuparmi per Ty. «Dex, avrei dovuto incontrare il mio amico qui. È davvero in ritardo. Ti ha detto qualcosa?»

Dex abbassò lo sguardo su di me e mi sorrise. «Sì, scusami. Ha chiamato e ha detto di essere in ritardo. Qualcosa riguardo ad un incendio?»

Montana di fuoco 297

«Giusto. L'incendio.» A quel punto mi rilassai e bevvi un altro sorso di vino.

«Lascia che ti mostri il piano di sopra mentre lo aspettiamo.» Mi condusse a fare il giro di sei camere da letto, uno studio, una sala cinema e una lavanderia prima di finire con la camera da letto principale. Era più grossa di tutta la mia casa. Un sacco di moquette chiara. Di nuovo, il panorama, i mobili in legno scuro. Il letto. Un letto davvero enorme.

Provai questa strana sensazione nello stomaco. Non era lì che volevo trovarmi con Dex. Da sola. Deglutii. All'improvviso, non mi sentivo tanto bene. Il letto cominciò a sfuocarsi. Sbattei le palpebre per schiarirmi la vista.

«Jane, stai bene?» Sembrava preoccupato.

«Penso di aver paura del tuo letto.» Ridacchiai. «Tutto all'improvviso mi sembra... fico.»

Dex mi prese il bicchiere di vino dalle mani e lo posò su un comò. «C'è da aspettarselo.» Non sembrava più preoccupato.

Il mio cervello annebbiato ci mise un po' ad elaborare. Accanto al bicchiere di vino sul comò c'erano gli gnomi dei bambini. «Eh?» Guardai Dex ed era tutto sfuocato. Ero così confusa. Cosa ci facevano gli gnomi nella camera da letto di Dex? «Gli gnomi... come?» Persi il filo del discorso. «Non penso di sentirmi più le dita. Cosa... cosa mi sta succedendo?»

Penso che Dex sorrise. «Non pensavi che ti avrei permesso di macchiare la mia camera da letto, vero? È qui che ho intenzione di portare mia moglie, un giorno.»

Mi sentivo barcollante, la stanza girava. «Pensavo...» Non riuscivo a formulare ciò che avrei voluto dire. Qualcosa riguardo a Dex, una moglie ed io. Gli gnomi.

«Pensavi che volessi te come mia moglie?» Mi strattonò per la mano che mi teneva ancora, attirandomi a sé. «Lo volevo. Ora non più. Non mi porto a letto delle puttane.»

Mi sentivo così strana, così stordita, così annebbiata, così... felice. Qualunque cosa non andasse in me non mi sembrava male. Era come essere ubriaca, ma ebbra di un succo della felicità. I miei arti erano molli, la pelle mi formicolava. Giuro che riuscivo a sentire ogni singolo capello che avevo in testa. Perfino nonostante quelle strane sensazioni, riuscii a sentire la rabbia, la malvagità nelle parole di Dex.

«Mi hai tradita e verrai punita.» Mi lasciò andare ed io barcollai, cadendo verso il comò. Ne afferrai il bordo con entrambe le mani per tenermi in piedi e quel movimento fece oscillare George lo Gnomo e lo fece cadere a terra sulla moquette con un tonfo sordo.

Quella sensazione letargica mi si spostò nel petto. I miei polmoni erano pesanti. Facevo fatica a respirare. «Non... non riesco... a prendere fiato.»

Montana di fuoco 299

«O potresti semplicemente morire. Chissà quanta droga avrei dovuto darti.»

Con quelle parole il mio corpo si lasciò andare ed io caddi senza timore nell'oscurità.

————

QUANDO RIPRESI LENTAMENTE I SENSI, il mio primo pensiero fu quanto fosse secca e strana la mia bocca. Sembrava che avessi mangiato della stoffa arrotolata. Sbattei lentamente le palpebre, ma i miei occhi si spalancarono terrorizzati quando riconobbi l'ambiente circostante. Mi trovavo nel box di un cavallo, sdraiata su del fieno pungente.

Avevo il corpo pesante come se mi fossi bevuta mezza bottiglia di whiskey e mi fossi fatta passare la sbornia dormendo. Sollevai lo sguardo e sbattei ancora le palpebre, diradando la nebbia. Osservai l'ambiente. Pareti in blocchi di cemento su tre lati dipinti di bianco. Un mezzo cancello chiuso sul quarto. Una mangiatoia in un angolo. Mi alzai su gambe tremanti, barcollante come un vitello appena nato, e riconobbi lo spazio fuori dal cancello. Mi trovavo nel capanno di riproduzione di Dex.

Non era un bene.

Sentii una porta aprirsi, il ticchettio degli zoccoli di un cavallo. Dex si avvicinò conducendo un grosso cavallo nero. La grande testa dell'animale si infilò nello stallo e lui sbuffò. Io indietreggiai, tremando impaurita. Riuscivo a sentire il suo fiato caldo sulla pelle.

«Dex! Che sta succedendo?»

«Non sei morta, alla fine.» Sembrava che l'avessi deluso. Conducendo il cavallo lontano, ne legò le redini ad un anello sulla... come l'aveva chiamata? La cavalla fantasma. Dex fece ritorno e appoggiò gli avambracci al cancello basso, guardandomi. io indietreggiai ulteriormente, scivolai sul fieno e finii a terra sbattendo il sedere. Che male!

Mi ricordai che la prima volta avevo pensato che fosse l'uomo delle Marlboro. Aveva ancora la stessa aria, ma adesso aveva un disturbo mentale ad accompagnare il suo bell'aspetto. Mi venne in mente Ted Bundy. Bellissimo, ma completamente fuori di testa. Qualcosa di oscuro e sinistro brillava nel suo sguardo, un qualcosa che non avevo visto prima.

«Non ero sicuro se la quantità che ti avevo dato ti avrebbe fatta svenire o ti avrebbe uccisa.»

Io chiusi gli occhi per un istante cercando di schiarirmi le idee. Scossi lentamente la testa. «Mi hai drogata.»

«Ketamina. Conosciuta anche come vitamina K.» Sorrise. Un sorriso inquietante, da serial killer. «Da queste parti, è nota anche come tranquillante per cavalli.»

Oddio. «Dex, devi farmi uscire di qui!» urlai.

Montana di fuoco

«Grida quanto ti pare. Non c'è nessuno al ranch che possa sentirti dal momento che hanno tutti il giorno libero. Verrai punita.»

Quelle parole mi balenarono nella mente. Le aveva pronunciate un attimo prima che svenissi. Proprio quando avevo visto sul suo comò... gli gnomi.

«Ommioddio. Gli gnomi. Hai rubato gli gnomi da casa mia.» Mi passai una mano in viso, sentii un pezzo di fieno tra i capelli e me lo tirai via.

«Una questione in sospeso che andava eliminata.»

Gli gnomi erano una questione in sospeso? Allora ciò faceva di me...

«Ty! Dov'è Ty?» chiesi, nel panico. Cominciai a sudare freddo. Era anche lui una questione in sospeso?

Dex scosse la testa e fece schioccare la lingua. «Ty è morto. O lo sarà presto.»

Cosa? Mi si strinse il petto, comprimendomi i polmoni al punto che non riuscii a respirare. Morto? Inspirai il più possibile per cercare di restare calma. «Ma mi ha mandato un messaggio dicendomi di trovarci qui. Non può essere morto! Dov'è?»

Dex abbassò lo sguardo sulle proprie unghie. «Ti ho mandato io il messaggio dal cellulare di Ty.»

Il cellulare che Ty non era riuscito a trovare perché... l'aveva lasciato cadere sotto il tavolo della mia cucina quando avevamo fatto sesso la prima volta. Con gli

gnomi a guardarci. I pezzi stavano lentamente cominciando ad andare al loro posto.

«Eri lì.» Ero mortificata, terrorizzata al punto da non
sentirmi più gli arti. Terrorizzata da Dex e dalla portata
di ciò che aveva fatto. E il motivo.

«Ti ho vista fare sesso nella tua cucina? Appena
dopo aver baciato me? Sì, ero nel tuo giardino sul retro a
guardarti. Dovevi essere mia moglie!» La sua voce
cambiò. Si fece più arrabbiata. «Avrei condiviso tutto con
te. ma tu ti sei data ad un altro uomo, all'aperto, dove
tutto il mondo poteva vedervi.» La rabbia di Dex era
controllata, mirata. Non come una pentola a pressione
pronta ad esplodere. Più come un serpente stuzzicato
troppe volte. Pronto a colpire. Quell'uomo era mentalmente instabile.

Io ero disgustata. Dex aveva visto una cosa privata,
qualcosa di speciale tra me e Ty. Tuttavia, quel pensiero
venne subito sostituito da una paura viscerale. Ty era
morto e, se non era stato lui a mandarmi quel messaggio,
allora nessuno sapeva che mi trovavo lì. Che ero tenuta
in ostaggio da un pazzo in un capanno per la riproduzione dei cavalli.

«Mi dispiace, Dex.» Placarlo forse poteva funzionare.
«Ma non capisco. Perché rubare il cellulare di Ty? E gli
gnomi. Perché gli gnomi?»

«Non volevi lasciar perdere,» ringhiò Dex.

Io afferrai del fieno, le punte rigide che mi punge-

Montana di fuoco 303

vano la pelle. «Cosa?» Avevo voglia di piangere per la paura e la frustrazione. «Lasciar perdere cosa?»

«Morty Moore. Non potevi lasciar perdere.» Le sue mani strinsero la ringhiera del cancelletto fino a far sbiancare le nocche. «Sapevo che Morty stava facendo soldi alle mie spalle ancora prima che ti presentassi tu qui. Si era messo a rubare prezioso sperma di cavallo e l'aveva venduto senza che io ne sapessi assolutamente nulla fino ad una settimana prima che tu cominciassi a ficcare il naso. Ma tu non volevi lasciar perdere. Più indagavi, più attiravi l'attenzione su di me e sul mio ranch. Non volevo nessuno che ficcasse il naso. Specialmente te.»

«Perché? Il fatto che Morty rubasse sperma di cavallo non era poi chissà che problema.»

Dex sogghignò. «Hai ragione. Quello non è nulla. Ma milioni di dollari di metanfetamina lo sono.»

«Per la miseria.» Un'ondata di nausea mi contorse lo stomaco. Mandai giù, cercando di non vomitare. «Mi hai imbottita di tranquillante per cavalli per cui il mio cervello non lavora poi così bene,» dissi sarcastica. «Penso che tu debba ricominciare daccapo.»

Lui fece spallucce, riflettendo come se avesse avuto tutto il tempo del mondo. «Nessuno ruba ciò che mi appartiene, per cui Morty doveva sparire.»

Sollevai lo sguardo su Dex da dove ero seduta nel fieno. «L'esplosione.»

«Sarebbe stata considerata una perdita di gas, se non fosse stato per te.»

«Ma Morty non si trovava nemmeno lì.»

Sentii il cavallo di Dex sbuffare alle sue spalle.

«Non ha avuto importanza. L'ho fatto fuori un'altra volta.»

Il mio sguardo sostenne quello di Dex, rendendomi conto di cosa avesse detto. «L'hai fatto a pezzi e dato in pasto ai maiali dei genitori di Ty!» Con che razza di uomo avevo a che fare? Per tutto quel tempo, avevo pensato che fosse solamente un perverso aspirante dominatore con una strana ossessione per l'allevamento. Quello, a quanto pareva, era stato nulla.

«Te l'ho detto, doveva sparire. Quale modo migliore per sbarazzarsi di un cadavere?»

«Perché lì? Cos'hanno a che fare i genitori di Ty con tutta questa storia?»

«Nulla. Ma ormai, avevo visto Strickland starti addosso. Volevo che sapesse che si stava avvicinando troppo a qualcosa che mi apparteneva. Avvertirlo che anch'io mi sarei potuto avvicinare.»

Mi si erano addormentate le gambe. Le raddrizzai, quel formicolio che mi ricordava che ero ancora viva. Ripensai a tutte le cose strane che erano accadute. «La roulotte?»

Lui fece nuovamente spallucce. «Un altro tentativo di

Montana di fuoco 305

dimostrarti quanto facilmente avrei potuto arrivare a te e alle persone a cui tieni.»

Io aprii la bocca per ribattere, ma sapevo che non ne valeva la pena. Non era quello il momento, né il luogo adatto per allenarmi a discutere. Tuttavia avevo intenzione di ottenere le risposte di cui avevo bisogno per comprendere tutto quel casino. Sebbene fossi seduta in un recinto per cavalli con un pazzo omicida a cui piaceva fare a pezzi la gente per divertimento a bloccare la mia unica via d'uscita. «Non dimentichiamoci del derby,» dissi.

Dex sorrise. «Ti avevo vista di nuovo con Ty. Eri mia!» Si fece passare le dita sui baffi. «Se non hai intenzione di stare con me, allora non starai con nessuno. E un incidente con un'auto del derby non sarebbe mai stato ricondotto a me.»

Contai mentalmente tutte quelle follie. Morty davanti alla porta di casa mia. Risolto. L'esplosione. Risolta. L'auto del derby. Risolta. La roulotte. Risolta. Il cadavere di Morty. Risolto. Più parlava, meno poteva uccidere. «Quello che non capisco è perché pensi che io abbia qualcosa a che fare con la tua um... metanfetamina?»

«Hai ficcato troppo il naso. Hai cominciato a guardare il mio ranch un po' troppo da vicino. La metanfetamina viene preparata in un angolo remoto dei miei terreni, vicino alla foresta nazionale. Le spedizioni partono da una base di volo nascosta senza problemi. In effetti, dal momento che la mia proprietà è abbastanza grande, nessuno sa nemmeno che esista quella pista di atterraggio. Non posso rischiare che tu metta in pericolo tutto ciò che ho costruito. E poi, l'unica questione in sospeso con Morty sei tu. Con te morta, nessuno può ricondurre Morty a me se non come mio dipendente, cosa che posso facilmente spiegare come un uomo che si è licenziato. Problema risolto.»

«Non dirò a nessuno della tua metanfetamina,» gli assicurai. «Non posso in ogni caso. Non ne so nulla.»

«Presto ne assaggerai un po'.»

Uh? Non mi sembrava una bella cosa. Avevo la nausea, come durante i primi tre mesi di gravidanza con Bobby. Come se avessi mangiato una dozzina di ostriche lasciate fuori al sole. La Ketamina e il mio stomaco non erano buoni amici. Inspirai, cercando di placare il mio stomaco in subbuglio.

«Un ranch di cavalli è una copertura perfetta per la metanfetamina. Come ho detto, un sacco di terreni su cui nascondere un laboratorio e una pista di volo per piccoli aerei che la trasportano fuori dal confine. Spedizioni di sperma di cavallo sono la scusa perfetta per spostare metanfetamina fino ai miei distributori oltreoceano.»

Wow. Dovevo ammettere che non era niente male come trucco. Digerii con alito cattivo.

Montana di fuoco 307

«Tutta quella metanfetamina in città?»

«Mia,» si vantò Dex. «Tranne il laboratorio a Churchill. Quello era un concorrente, ma ha avuto un piccolo *incidente* e il suo laboratorio è andato in fiamme.»

Certo, un incidente.

«Per eliminare la concorrenza. L'incendio nei boschi che sta contrastando Ty. Fammi indovinare, l'hai appiccato tu?» gli chiesi.

«Per eliminare la concorrenza,» Dex ripeté le mie parole. «Definitivamente.»

Qual era la sua definizione di *eliminare*? «Um...» Mandai giù un po' di bile amara. «Perché uccidere Ty?» Delle calde lacrime mi bruciavano gli occhi. Le scacciai sbattendo le palpebre. Se avessi cominciato a piangere in quel momento, non avrei mai smesso. Dovevo mantenere la lucidità per uscire da quella situazione. Per salvare Ty. In qualche modo.

Dex scrollò con noncuranza le spalle. «Spero che vi siate detti addio.» Si allontanò dalla ringhiera, ignorando la mia domanda. Uh-oh. E adesso? Aveva esaurito il racconto ed io ancora non avevo capito come fuggire. La mia mente vorticava immaginandosi Ty, che giaceva ferito, con le fiamme che correvano verso di lui. O era già morto, fatto a pezzi per bruciare e ridursi in cenere? Dex aprì il cancello ed entrò nel box. Dovetti piegare indietro la testa per guardarlo. Il suo corpo oscurava gran parte della luce. Indietreggiai da lui arrancando a terra, scivolando sul fieno fino a scontrarmi con la parete in un angolo. I blocchi di cemento mi sfregavano fastidiosamente contro la schiena.

Lui mi afferrò sollevandomi facilmente e dolorosamente da sotto le ascelle. Barcollai sulle mie gambe ancora instabili. La sua acqua di colonia, che una volta avevo trovato attraente, adesso era nauseante e forte. Vidi da vicino la malvagità nel suo sguardo. Nessun calore. Ripresi a sudare freddo. Sentivo le radici dei miei capelli formicolare.

«Cosa... cosa hai intenzione di farmi?» domandai, senza fiato per la paura. Sentii di nuovo la bile in bocca, acida.

«Hai visto il vero lato di me quando ci siamo conosciuti la prima volta. Ti volevo sottomessa. Non mi importava che non fossi abituata a quello stile di vita. Ti avrei addestrata io, ti avrei insegnato a soddisfarmi. Saresti stata troppo impegnata a imparare quello per scoprire mai della metanfetamina.» Mi scosse leggermente e i miei denti sbatterono. «Ho perfino provato un approccio diverso, ho fatto il gentiluomo, ti ho corteggiata con una cena, con le parole. Sai dove ha portato.»

Dritta tra le braccia di Ty. Avevo pensato che ci fosse stato qualcosa di strano in Dex quella sera. Decisamente non era un gentiluomo.

«Ora... invece di essere mia moglie o perfino la mia

Montana di fuoco

sottomessa, sarai semplicemente Jane, la mia piccola cavalla da riproduzione.»

Cavalla da riproduzione? Non credo proprio!

Non pensavo che il mio stomaco avrebbe retto ancora molto. Nonostante fossi spaventata a morte, ero arrabbiata. Furiosa al punto che mi usciva il fumo dalle orecchie. Non solo perché mi stava tenendo prigioniera e aveva dei piani del tutto osceni in serbo per me, non per il fatto che avesse già ucciso Ty o che stesse solamente aspettando che l'incendio concludesse il lavoro sporco al posto suo. Andava oltre tutto ciò. Durante il mio matrimonio con Nate, lui mi aveva plasmata in ciò che aveva voluto che fossi. Ovviamente, io glielo avevo permesso. Avevo pensato che fare esattamente ciò che voleva mi avrebbe resa desiderabile, amata. Bramata. Ma avevo imparato molto da quando l'avevo cacciato di casa, e ciò includeva non scendere mai a compromessi per nessun altro. Nessuno mi avrebbe più messo i piedi in testa. Non avevo intenzione di arrendermi a Dex senza prima combattere con tutte le mie forze.

Lo fulminai con lo sguardo. «È a quello che serve il cavallo dal momento che a te non si rizza?» Mi divincolai dalla sua presa sapendo di averlo fatto incazzare. Bene. Vidi la rabbia brillargli negli occhi prima che lui si affrettasse a nasconderla. Colpito in pieno.

«Non avevo idea di quanto a lungo saresti rimasta

svenuta. Lo stavo portando al recinto quando ti ho sentita muoverti.»

Io risi, dritta in faccia a lui. «Scuse, tutte scuse.»

Nonostante avessi un po' di vertigini, gli diedi un calcio all'inguine più forte che potei. Sfortunatamente, una donna doveva già aver provato quella tattica su di lui. I suoi riflessi furono rapidi e tutto ciò che colpii fu la sua coscia, cosa che non fece altro che renderlo furioso. Dex spostò la presa su di me bloccandomi in qualche modo i polsi. Io feci una smorfia, urlando. Qualunque movimento facessi mi provocava un forte dolore.

«Non preoccuparti. La metanfetamina ti farà fare un sacco di cose. Ogni genere di cose. E quando sarai talmente fatta da non servirmi più, be', un'overdose non è difficile da procurare.»

Dovette essere terrore puro o le conseguenze del tranquillante per cavalli, ma il mio stomaco finalmente si ribellò. Vomitai tutto addosso a Dex. Un vomito a getto famoso nei neonati. Coi bambini, era piuttosto adorabile. Con me, non poi così tanto. La sua camicia, una volta pulita, adesso aveva delle macchie terribili. Speravo facesse tanto schifo al tatto quanto all'olfatto.

«Merda!» imprecò lui mentre si guardava.

Dovetti ammettere di sentirmi meglio in più di un modo. Lui allentò la presa, per cui io provai a superarlo di scatto, le mie gambe molli come il ciambellone di gelatina del Colonnello, ma lui aveva le braccia lunghe.

Mi tirò fuori dal box nella stanza sterile e illuminata. Ebbi la sensazione che mi avesse staccato il braccio dalla giuntura.

Il grosso cavallo si spaventò, i suoi grandi occhi che strabuzzavano per la paura. Allargò le narici, probabilmente per via della pessima puzza di Dex, e strattonò le briglie. Sfortunatamente, non mi sarebbe stato di grande aiuto a meno che non fosse potuto andare a chiamare la polizia.

Dex mi spinse bruscamente contro la cavalla fantasma, il mio ventre premuto contro il cuoio consumato. L'impatto mi mozzò il fiato. Non volevo nemmeno pensare ai pidocchi che dovevano esserci lì sopra. Che schifo. Cercai di divincolarmi dalla sua presa, ma Dex mi premette una grossa mano sulla schiena, tenendomi ferma. Respira!

«Opponi resistenza. Mi piace.»

Io smisi subito. Inalai un po' d'aria, compresa la puzza di vomito e tutto il resto. Pensa. Pensa! Non avevo intenzione di farmi violentare, né in quel momento né mai.

Dex premette la parte inferiore del suo corpo contro di me, gambe contro gambe, fianchi contro fianchi. Sentii la sua erezione, dura contro di me. Lo sentii strapparsi via la camicia sporca. Atterrò a terra davanti a me in un ammasso sudicio.

«Penso che possiamo cominciare la nostra prima

lezione, adesso,» disse lui, sfregando i fianchi contro di me. Le sue mani si spostarono sull'orlo dei miei jeans.

Tastai freneticamente la pedana alla ricerca di qualcosa, qualunque cosa da usare come arma. Non ero sicura di cosa afferrai, ma sembrava di plastica dura. Era pesante e ingombrante, ma riuscii ad avvolgerci la mia mano destra. Con presa ferrea la sollevai e mi girai, voltandomi sfruttando tutta la forza infusa dall'adrenalina che avevo, e colpii Dex su un lato della testa.

Thwack.

Lui emise un grugnito e crollò come una sequoia nella foresta, sbattendo duramente a terra proprio accanto al cavallo, che nitrì nell'essere stato sfiorato. Mi alzai tremante e fissai il suo corpo riverso a terra. L'animale spaventato prese a scalpitare, le briglie che gli impedivano di allontanarsi. Strattonò le redini, volendo fuggire tanto quanto me. Io indietreggiai. Frapposi la cavalla fantasma tra noi. Non mi sarei mai avvicinata a quell'animale, placando i suoi timori. Ero spaventata quanto lui.

Il cavallo indietreggiò, i suoi zoccoli anteriori che si sollevavano e calavano duramente sulla testa e sul torso di Dex. Con un rumore agghiacciante, un po' come quello di una zucca che viene fatta cadere giù da un tetto, seppi che Dex non mi avrebbe mai più dato fastidio. Nessun uomo sarebbe riuscito a sopravvivere con un

Montana di fuoco

buco a forma di zoccolo di cavallo nel cranio. Il mio stomaco si contorse, per quanto fosse già vuoto.

Mi resi conto che tenevo ancora in mano la mia arma improvvisata, la vagina artificiale che avevo visto in azione la prima volta che ero venuta al ranch. La posai sopra la cavalla fantasma, facendo attenzione a reprimere la mia voglia di ridere in maniera isterica.

Dex era stato messo al tappeto, molto probabilmente ucciso. Ero stata salvata da una vagina artificiale. Goldie non avrebbe pensato che fosse uno spasso?

17

Fissai il corpo prono di Dex, lo osservai, assicurandomi che non si sarebbe rialzato. Nel profondo sapevo che sarebbe successo solo quando gli asini si fossero messi a volare.

Il cavallo spaventato sembrò percepire un cambiamento nell'aria, come se il pericolo fosse ormai passato. Si calmò, sebbene sbuffò un paio di volte e allargò comunque le narici. Non lo biasimavo. Quella grossa stanza aveva un tanfo terribile, come di letame, vomito e sangue. Mi avvicinai al cavallo con estrema cautela, tenendo la cavalla fantasma tra me e i suoi zoccoli. Facendo attenzione, slegai lentamente la sua briglia e indietreggiai.

Raggiunsi a passi incerti le grosse porte, tenendomi a debita distanza dall'animale, e le spalancai. «Veni, bello.

Forza. Bravo cavallino. Sei stato bravissimo, ora corri libero. Vai!»

Un cavallo era molto più intelligente di quanto non avrei mai pensato. Scorse la via d'uscita e la imboccò subito, dirigendosi lentamente fuori e uscendo alla luce del sole.

Io mi guardai attorno, scorsi un telefono appeso alla parete e, con dita tremanti, chiamai il 911. «Io... ho bisogno d'aiuto. Un uomo mi ha somministrato del tranquillante per cavalli e ha cercato di rendermi la sua cavalla da riproduzione, cosa che non volevo assolutamente essere, per cui l'ho colpito in testa con una vagina artificiale un attimo prima che venisse calpestato da un cavallo.»

Rimasi in linea con l'operatore, molto probabilmente così che potesse confermare che non fossi una completa pazza che si stava inventando tutto per avere un po' di attenzione. «E per di più, ha fatto appiccare un incendio da qualche parte nella foresta nazionale per uccidere il mio ragazzo! È morto, lo so che è morto!»

Dieci lunghissimi e agonizzanti minuti più tardi, arrivò la prima auto della polizia. Non sapevo se si trattasse dello sceriffo, di un vigile, di uno SWAT o di un poliziotto reale a cavallo. Giunse su un'auto con le luci sul tetto e aveva una pistola al fianco. A me stava bene. Il resto della cavalleria lo seguì a ruota e venne a salvarmi.

Il cavallo, però, era stato quello che mi aveva veramente tolta dai guai.

———

ERO FUORI di me nel retro di un'ambulanza. Terrore e panico puro per la possibilità che Ty fosse effettivamente morto mi rendevano una paziente terribile. I paramedici probabilmente avevano una parola molto meno diplomatica in mente per descrivere il mio atteggiamento. In effetti, mi minacciarono di sedarmi se non mi fossi calmata.

Quando raggiunsi il pronto soccorso, stavo seriamente prendendo in considerazione l'idea di un altro tranquillante. Il dolore e la sofferenza che mi attanagliavano si sarebbero placati subito con un po' di roba endovena se me l'avessero somministrata dalla flebo che mi entrava nel braccio. Ero sdraiata su una barella, i miei abiti sostituiti da un'adorabile camice azzurro da ospedale. Avevo una sottilissima coperta in vita. L'aria condizionata era settata sulla temperatura della tundra, l'odore di antisettico e di disinfettante permeava l'aria. Meglio della puzza di vomito. In bocca avevo un pessimo gusto, come se non mi fossi lavata i denti per settimane, ma se non altro il mio stomaco era a posto. Niente nausea, grazie al cielo. Dei cavi attaccati a degli elettrodi appiccicosi mi sbucavano da tutte le parti finendo in un

Montana di fuoco 317

macchinario che faceva emetteva dei bip silenziosi. Ciò che non era molto silenzioso erano le grida che provenivano da dietro la mia tenda chiusa.

«Non mi interessa se è un orso in ibernazione! Io vado là dentro.»

Ty. Era vivo! La sua voce, tutta burbera per la rabbia, era meravigliosa. Sentii un fruscio di fogli, un grugnito, la tenda che veniva tirata di colpo, quasi strappandosi dalla sbarra di ferro che la teneva appesa al soffitto. Ty si muoveva come un toro a Pamplona.

I suoi pantaloni verdi e la maglietta gialla da incendi boschivi erano ricoperti di terra e fuliggine. La pelle scurita dal fuoco e dal sole. Gli occhi sbarrati dalla... paura, dall'ansia. Si bloccò di colpo, ancora a un metro di distanza, i suoi occhi che mi scrutavano da capo a piedi, in modo più intimo di quanto non mi avesse esaminata il dottore.

«Cristo, Jane.» Si passò una mano sul viso, sbavando le macchie nere che lo coprivano.

Con esitazione, si avvicinò alla barella e poggiò una mano sulla coperta, stringendomi delicatamente un piede come se avesse avuto paura a toccarmi, ad avvicinarsi ulteriormente.

Io mi alzai a sedere e aprii le braccia, le parole bloccate dietro un grumo di lacrime incastrato al fondo della gola. Lui emise un respiro profondo e si sedette con attenzione sulla barella, attirandomi a sé il più possibile dati tutti i tubicini e i cavi. Una volta che le sue braccia mi si furono avvolte attorno, io cominciai a piangere. Non riuscii a fermarmi per Dio solo sa quanto tempo, finendo finalmente con un singhiozzo decisamente poco attraente mentre Ty mi teneva stretta, accarezzandomi la schiena.

«Pensavo fossi morta,» mormorò, la mia testa infilata sotto il suo mento. La sua maglia sporca di fumo e terra aveva l'odore di un barbecue lungo una settimana e di sudore, ma a me non importava.

«Pensavo che *tu* fossi morto,» tirai su col naso.

La tenda venne nuovamente tirata di colpo. Goldie fece irruzione arrivando fino dalla parte opposta del letto rispetto a Ty, tutta mani agitate, capelli cotonati e parolacce. Le sue pantofole col tacco battevano sul pavimento in linoleum. Alla fine si calmò quel tanto che bastava a parlare. «Io pensavo foste morti *entrambi*. Non riesco a crederci. Sono stata a Billings tutto il giorno, parlando con... oh, per l'amor del cielo. Chi avrebbe mai pensato che quell'uomo... Sei sicura di essere... Cioè, davvero.»

Non avevo mai visto Goldie così agitata da non riuscire a completare una frase per intero.

Così scombussolata da non indossare il rossetto e avere la coda scomposta. Mi passò una mano sui capelli in un gesto materno e si lasciò cadere sul letto dall'altro lato.

Montana di fuoco

Trasse un respiro per riprendersi. «Sono sicura che sarai stufa marcia di rispondere alle domande, ma potresti *per favore* raccontare di nuovo tutto anche a me?» Chiaramente, era alla disperata ricerca di dettagli, ma mi era chiaro che non volesse turbarmi.

Ty si alzò e si spostò sulla pratica sedia accanto al letto. Non miravano alla comodità nel pronto soccorso. Io ebbi freddo senza il calore del suo corpo e rabbrividii. Sembrava molto più rilassato, ora. Più calmo, non più felice. In effetti, sembrava decisamente arrabbiato. Divenni sospettosa. Era arrabbiato con me?

«Non ho ancora rilasciato una vera e propria dichiarazione.» Mi ravviai i capelli dietro l'orecchio, rendendomi conto che fossero scompigliati e annodati. Era un bene che non ci fossero specchi nelle vicinanze. Potevo solamente immaginare che aspetto avessi.

«Un agente stava aspettando che ti sistemassi per stilare un verbale. Vado a chiamarlo. Torno subito.» Corse fuori, probabilmente felice di avere qualcosa da fare.

Io guardai Ty. Lui mi guardò con quei profondi occhi azzurri. Non dicemmo nulla, ma io avvertii molto. Sapevo di amarlo. Ne ero certa. Un pazzo maniaco mi aveva reso tutto molto chiaro.

Lui allungò una mano e prese la mia fino a quando Goldie non tornò con le sue scarpe che ticchettavano e lo sceriffo. Un uomo di mezza età coi capelli brizzolati, un'uniforme ordinata grigia e blu e un atteggiamento serio. Aveva in mano un piccolo blocchetto per gli appunti e una penna.

«Signora. Quando è pronta.»

Goldie tornò al suo posto al mio fianco. Non si sarebbe di certo persa i dettagli più succosi e macabri. Io trassi un respiro profondo e raccontai tutto ciò che era capitato. Quando arrivammo al messaggio di Ty, lui si raddrizzò sulla sedia come se avesse ricevuto una scossa da un recinto per mucche.

«Io non ti ho mandato un messaggio! Come diavolo avrei potuto farlo quando ero fuori a combattere un incendio? E poi, ho perso il cellulare.»

«Hai perso il cellulare quando...» Azzardai un'occhiata a Goldie, poi allo sceriffo. Cercai di non arrossire, ma riuscii a sentirmi le guance calde. «Quando eravamo nella mia cucina l'altra sera. Ti è caduto dalla tasca ed è finito sotto il *tavolo*.»

Goldie si schiarì la gola. Non era stupida, ma abbastanza educata da non mettermi in imbarazzo, se non altro non di fronte allo sceriffo.

«Cosa?» Ty fu un po' più lento ad afferrare. Quando lo fece, nascose il proprio imbarazzo sotto un sacco di rabbia. Strinse la mascella tanto quanto i pugni.

Io tornai alla mia storia, felice di passare oltre la parte riguardante il sesso sul tavolo. Non faceva veramente parte di quello che era successo quel giorno, in

Montana di fuoco   321

ogni caso, per cui fui felice di tornare in carreggiata. Lontano dalla mia vita amorosa. Ty, Goldie e lo sceriffo rimasero in silenzio fino a quando non arrivai alla parte in cui Dex finiva col cranio frantumato.

«Ottimo. Gli sta bene a quel bastardo.»

Io spalancai la bocca. «Goldie!» Non l'avevo mai sentita imprecare prima. Certo, aveva detto alcune cose un po' colorite, ma mai delle belle parolacce alla vecchia maniera.

«Non riesco a pensare a nulla di meglio,» rispose.

«Stronzo,» aggiunse furioso Ty.

Goldie puntò un dito smaltato verso Ty. «Anche quella non è male.»

«Potrei aggiungerne altre, ma non sarebbe professionale,» aggiunse lo sceriffo. Un sorriso gli tendeva le labbra. «Con i dettagli che ha fornito, dovremmo riuscire a chiudere un sacco di casi aperti o sospesi.»

«Felice di essere stata d'aiuto,» risposi io, per quanto non fossi stata sincera.

«E quel bel cavallino?» chiese Goldie, preoccupata. «Meno male che c'era lui.»

Quel bel cavallino aveva spappolato il cranio del proprio padrone, ma ovviamente tutti noi potevamo soprassedere su un tale piccolo dettaglio.

«È ufficialmente il mio nuovo migliore amico,» dissi io. «Supera perfino Kelly, ma immagino che, date le circostanze, lei capirà.»

«A proposito, l'hai chiamata?» mi chiese Goldie.

Scossi la testa. «Puoi farlo tu al mio posto? Non voglio che si preoccupi, ma non penso di poter rivivere di nuovo tutto quanto adesso.»

Goldie spostò lo sguardo tra me e Ty. «Ma certo, tesoro. Accompagno fuori lo sceriffo.»

Ty si alzò e si girò verso di me. Per via della sua altezza e della mia posizione sulla barella, dovetti piegare indietro la testa per guardarlo. Sembrava ancora più furioso che mai. «Non riesco a credere che tu sia andata d'impulso al ranch di quell'uomo!»

Prese a fare avanti e indietro in quel piccolo spazio, chiudendo le tende per avere un po' di privacy. Sebbene, se avesse continuato a gridare, nulla sarebbe rimasto privato.

Io spalancai la bocca sorpresa. «Io... io-» Mi si strozzarono le parole in gola. Ci stavo sentendo bene o i danni all'udito erano un effetto collaterale della Ketamina? Cosa gli dava il diritto di urlarmi contro?

«Perché, Jane? Perché diavolo sei andata là?»

Io gli puntai un dito contro, livida. «Perché tu mi hai mandato un messaggio.»

«Giusto, col cellulare che mi era caduto. Come faceva lui a sapere--»

Si interruppe. Giuro che vidi una lampadina accendergli sopra la testa. «Cazzo, ci ha guardati?» Ty si mise le mani sui fianchi, a gambe larghe. Non avevo dubbi che se Dex si fosse trovato lì in quel preciso istante, lui l'avrebbe ucciso.

Annuii, ma cambiai argomento. Non era una cosa sulla quale nessuno di noi due volesse soffermarsi a riflettere. «E tu? Mi ha detto che eri morto. Ha appiccato un incendio per ucciderti!»

Ty rise sarcastico. «Per essere un tale stronzo, era piuttosto stupido. C'erano più di cinquanta vigili del fuoco, là. Chiaramente ha sottovalutato le mie capacità e quelle della gente con cui lavoro. E poi, il tizio che ha mandato a fare il lavoro sporco se ne andava in giro con una tanica di benzina e dei fiammiferi. Una volta che si è alzato il vento e l'incendio è andato fuori controllo, praticamente se l'è fatta sotto. Si è quasi buttato nella macchina della polizia pur di sfuggire alle fiamme. Il tuo *amico* criminale, Dex, avrebbe dovuto attenersi alla metanfetamina.»

Strinsi i denti. «Dex non era mio amico.»

«Era il tipo al ristorante.»

Non la pose come una domanda, per cui io non risposi. Che cosa avrei potuto dire. Avevo davvero cenato con Dex. Ricordare a Ty che fossi tornata a casa e avessi fatto sesso con lui non mi sembrava una buona idea. Lasciare un uomo per fare sesso con un altro non dava una grande impressione di me—se estrapolato dal contesto. Stare con Dex quella sera mi aveva fatto rendere conto del fatto che io desiderassi solamente Ty.

Non c'era nulla che potessi dire che glielo avrebbe fatto comprendere. Tranne una cosa. «Ty, io ti a--»

Le sue parole mi interruppero. «Goldie è qui per portarti a casa, giusto?»

Ovviamente, i nostri pensieri non erano allineati. Avrei conservato la parola che iniziava con la A per condividerla dopo. Se ci fosse stato un dopo.

«Pensavo...»

«Cosa?» La sua voce era burbera.

«Io... lascia stare.» Avevo pensato che sarebbe stato Ty a portarmi a casa, ma mi ero sbagliata. Provavo una nuova sensazione nello stomaco e non era nausea. E forse quella sensazione era un pochino più in alto del mio stomaco, più in linea col mio cuore. Mi sembrava si stesse rompendo. Delle lacrime che pensavo fossero finite minacciarono di sgorgare nuovamente.

«Vai,» sussurrai. Fui colpita dal fatto che la mia voce non si fosse spezzata.

Lui mi scrutò da capo a piedi, poi se ne andò. Quella volta, quando tirò nuovamente la tenda per chiuderla, quella si strappò restando a penzoloni dalla sbarra. Ty superò il bancone delle infermiere a passi pesanti. Parlò brevemente con Goldie, poi uscì. Il mio cuore se ne andò con lui.

———

Montana di fuoco 325

DUE ORE PIÙ TARDI, senza alcun effetto a lungo termine della Ketamina, ero stata dimessa dai dottori del pronto soccorso così come da Paul, che si era trovato all'ospedale per una donna in travaglio. Quando avevo descritto loro l'incidente del vomito a getto, erano stati certi che la maggior parte della droga fosse uscita dal mio corpo. Mi sentivo annebbiata e provavo qualche breve vertigine qua e là. A parte quello, ero tornata normale.

Se solo avessi saputo cosa fosse stato normale, ormai. Ty sembrava essere entrato e uscito dalla mia vita più in fretta di quanto io non riuscissi a cambiarmi le lenzuola. Avevo bisogno di farmi un bel pianto, ma volevo trattenermi fino a quando non fossi stata da sola, a letto e con le coperte sopra la testa.

Invece, ero seduta sul mio divano con Goldie e Kelly. Capelli bagnati dalla doccia, tuta comoda, tè caldo con zucchero extra in mano. Non avevo alcuna intenzione di berlo, ma il suo calore era piacevole. Ero ancora stordita dalla droga, dalla follia di quella giornata. Apatica per via del rifiuto di Ty.

Kelly era all'estremità del divano, sistemata per restarci. Goldie era seduta sul tavolino da caffè, i due gnomi accanto a lei, coi loro piccoli occhietti pungenti e i volti sorridenti che praticamente urlavano, «Ah ah!»

Entrambe le donne erano estremamente energiche ed entusiaste come delle cheerleader, a cercare di risollevarmi il morale. Non stava funzionando e lo sapevano.

Anche loro erano giù di corda, sconvolte da ciò che sarebbe potuto succedere. Eravamo tutte di malumore, ad aggirare tutti i campi minati nella conversazione.

«Non riesco a credere che tu voglia tenerti questi affari,» disse Goldie mentre prendeva George e lo girava, in attesa che ne uscisse fuori qualcos'altro di malvagio a ferirmi. «Tutta questa storia assurda per via di uno gnomo da giardino.» Scosse la testa.

«Ho chiesto allo sceriffo di prendermeli da casa di Dex prima di andare in ospedale. Non è che voglia più di tanto rivederli, ma so che i bambini li vorranno quando torneranno a casa.»

Lei rimise George sul tavolino sbattendolo un po'. «Hai ragione. Sarebbero devastati.»

Inizialmente, la polizia aveva voluto tenersi gli gnomi come prova. Tuttavia, avevano avuto il cellulare di Ty che provava che Dex si era introdotto in casa mia. Non potevano sporgere denuncia contro un uomo morto, per cui mi avevano permesso di portarmeli a casa. E poi, avevano abbastanza altri reati riconducibili a Dex da non aver bisogno di un paio di gnomi da giardino come prova.

Goldie lanciò un'occhiata al suo orologio. «Oh, cavolo. Non mi ero resa conto di quanto fosse tardi. Mi sento in colpa a lasciarti adesso, dopo tutto quello che è successo.»

«Va'. Io sto bene.» Le rivolsi un sorriso finto.

Montana di fuoco

Lei mi lanciò un'occhiata eloquente. «Ne sei sicura?»

Annuii.

«Resto io con lei,» disse Kelly, offrendo a Goldie quello che sembrava un sorriso rassicurante.

Lei la scrutò, riflettendoci. «Be', d'accordo, allora.» Alzandosi, si chinò per darmi un bacio sulla guancia. «Io me ne vado, ma tornerò più tardi. E dolcezza, non preoccuparti per Ty. È solamente confuso, al momento.»

Confuso. Certo.

«Dove te ne vai stasera?» le chiese Kelly. Meno male che le aveva fatto cambiare argomento.

«La festa di fidanzamento della futura nuora di Zelda Dinkleman. Non vedo l'ora di vedere la faccia di Zelda quando Arlene aprirà il mio regalo.»

Goldie aveva un'espressione sinistra.

«Cosa ti ha mai fatto quella donna?»

«Ha ronzato attorno a Paul come una mosca al miele prima che ci sposassimo.»

«È stato quarant'anni fa!»

«Mai sfidare una donna.» Goldie sbuffò dal naso.

Kelly rise. «Ricordami di non mettermi mai contro di te.»

«Quindi che cosa hai regalato a quella povera ragazza?» Potevo solamente immaginarmelo.

Goldie si illuminò come un albero di Natale. «Lingerie osé per lui e per lei. Mutandine col buco per Arlene e quei boxer moderni col buco per il figlio di Zelda. Ah!

Penserà a suo figlio, il suo *bambino*, con indosso mutande col buco per il resto della sua vita. Non vedo l'ora di vedere la sua faccia. Devo scappare!»

Kelly scosse la testa quando la porta d'ingresso si chiuse. «Sai, quella donna è pazza.»

Guardammo un po' di TV femminile in un silenzio amichevole. Non avevo idea di cosa parlasse il film. La mia mente era completamente distratta da pensieri su Ty. Ero sollevata del fatto che non fosse ferito, ferita dal fatto che non mi volesse e lo desideravo più di quanto avessi mai ritenuto possibile.

Qualcuno bussò alla porta. Kelly si alzò a rispondere al posto mio. Dal mio posto sul divano non riuscivo a vedere di chi si trattasse. Kelly ci parlò per circa un minuto, a bassa voce così che non potessi sentire. Poi Ty entrò in salotto. Aveva lo stesso aspetto che aveva avuto all'ospedale. Uniforme da pompiere sporca, volto coperto di fuliggine. Espressione arrabbiata. Posa a gambe larghe, spalle aperte, corpo sexy. Non avevo idea di dove fosse stato, ma non si era avvicinato ad acqua o sapone.

Scintilla! Dannazione. Odiavo provare la scintilla per un uomo che non mi voleva.

«Ciao,» dissi debolmente.

«Mi serve una doccia.» Se ne andò nel mio bagno, sbattendo la porta per chiuderla.

Kelly venne da me, dandomi con cautela un rapido

Montana di fuoco 329

abbraccio. Io tenni il tè lontano dalle sue braccia. «Andrà tutto bene.»

«Sì, certo.» Risi. «Come puoi dirlo? Non c'eri al pronto soccorso, non hai visto quanto fosse arrabbiato.»

«Ho visto l'espressione che aveva in viso adesso. Anche lui è ferito. Dagli una possibilità.»

«Dargli una possibilità? È lui quello che mi ha lasciata!»

Kelly non si fece turbare dalla mia rabbia. Con sette figli, era facile mantenere la calma. «Io me ne vado.»

«D'accordo, abbandonami anche tu,» mi compatii.

Kelly rise. «Sembri una bambina.»

Io mi accigliai. «Non è divertente.»

«Come ho già detto prima, andrà tutto bene. Ti chiamo più tardi.» Afferrò le sue chiavi e se ne andò.

Io fissai il film furiosa in attesa di Ty.

«Ti serve dell'altro shampoo,» disse quando uscì dal bagno. Indossava un paio di pantaloncini militari grigi e una maglietta logora, ma pulita del mercato dei contadini. Non avevo notato una borsa con degli abiti quando era entrato, ma doveva averne avuta una. Aveva i capelli bagnati per via della doccia e si era appena fatto la barba.

Gli rivolsi un'occhiataccia. «Probabilmente nei hai un sacco a casa tua!»

«Mi sono talmente arrabbiato a pensare a Dex che ho stretto il boccettino dello shampoo al punto che ne ho schizzato ovunque.» Chiaramente, stava ignorando la mia frecciatina. «Ho una tale voglia di ucciderlo che mi serviranno delle lezioni di autocontrollo per superare la cosa. Ma quel bastardo è già morto.»

Andò a mettersi all'estremità del divano dove era stata Kelly, mi sollevò i piedi, si sedette e se li sistemò in grembo. Chiuse gli occhi e sospirò. «Sono così stanco, cazzo.»

Quello non me l'ero aspettato.

«Cosa ci *fai* qui?» Se n'era andato in giro per strada conciato in quel modo?

Lui aprì gli occhi e mi guardò. «Cosa intendi?» Sembrava completamente confuso dalla mia rabbia. E ciò non fece che farmi arrabbiare ancora di più.

«Mi hai abbandonata!» urlai.

«Non ti ho *abbandonata*.» Mi strinse leggermente i piedi. Le sue mani mi scaldarono la pelle. «Me ne sono andato *dall'ospedale*. Dovevo uscire da là. Questa giornata è stata folle.»

Dillo a me.

«Un attimo prima sto lottando contro un incendio forestale, quello dopo un pazzo si precipita di corsa fuori dal bosco con una tanica di benzina in mano. Quando ci ha detto chi l'avesse pagato per appiccare l'incendio, perché di sicuro non sarebbe stato in grado di farsi venire quell'idea da solo, ho avuto una pessima sensazione. Hai della birra?»

Io annuii, completamente sconvolta dalla scomparsa, ricomparsa e doccia di Ty. Da tutto.

Lui si alzò, prese la birra dal frigo e tornò al suo posto.

Dopo un paio di sorsi, proseguì. «Gioco a poker con uno degli agenti del 911. Ha riconosciuto il tuo nome dalla telefonata che hai fatto e ha pensato che volessi saperlo. Mi hanno rintracciato all'incendio e mi hanno comunicato i dettagli. Il tragitto di ritorno in città sono state le due ore più lunghe della mia vita. Mi aveva detto che stavi bene, ma dovevo vederlo coi miei occhi.»

Qualunque interesse a piangere era svanito, sostituito dalla felicità che avevo provato quella mattina quando Ty si era chinato su di me a letto e mi aveva detto di essersi innamorato di me. Quella giornata era stata folle.

«Io... pensavo mi avessi abbandonata. Avessi abbandonato noi.»

Ty spalancò gli occhi comprensivo. Scosse la testa. «No. Mai.»

Mi morsi un labbro. «E la mia cena con Dex?»

Ty inarcò un sopracciglio. «Te l'ho detto quella sera, sei andata con lui per una ragione. So che non sei il tipo che tradisce.»

Ero ancora confusa. «Allora perché eri così arrabbiato al pronto soccorso?»

Lui mi strinse di nuovo il piede. «Sembravi così

fragile, così indifesa sdraiata lì. Mentre piangevi tra le mie braccia, ho pensato a cosa avrebbe potuto farti. A cosa ti aveva fatto. Ero così arrabbiato che sono dovuto uscire da lì. Avevo paura che, nella mia rabbia, avrei potuto ferirti, più di quanto non avesse fatto Dexter. Mi dispiace che tu non l'abbia capito.»

Per quanto riguardava le scuse, quella era dannatamente buona. Presi George, con tutte le sue crepe, il suo corpo di ceramica freddo tra le mie dita. «Chi l'avrebbe mai immaginato che tutta la mia vita sarebbe stata sconvolta da due gnomi da giardino?»

«Mai in un milione di anni,» borbottò Ty. Mi prese George e lo rimise sul tavolino da caffè assieme alla sua birra. Si tolse i miei piedi di dosso e si spostò lungo il divano, sdraiandosi sopra di me reggendosi su un gomito. Riuscivo a sentire ogni singolo centimetro duro di lui, in alcuni punti più duro di altri. Il calore del suo corpo si trasmise al mio. Sapeva del mio sapone e di birra. Mi sentii al sicuro e protetta con lui sopra di me.

«Sono troppo pesante?» mi chiese, preoccupato. Cominciò a scostarsi, ma io lo attirai subito nuovamente su di me.

«No, sei perfetto.» Feci scorrere le dita sulle lettere della sua maglietta, per paura di guardarlo negli occhi. «Allora, um, riguardo ciò che mi hai detto questa mattina a letto.»

Montana di fuoco

«Oh, eri sveglia.» Un angolo della sua bocca si incurvò verso l'alto.

«Solamente per la parte più bella.»

«La parte più bella?» Mi ravviò un ricciolo dietro l'orecchio, scrutandomi in viso e posando lo sguardo sulle mie labbra.

Io finsi di pensarci. «Hai detto qualcosa riguardo il sesso.»

Lui sorrise. «Il sesso è decisamente bello.»

Io lo spintonai e risi. «Ho anche sentito qualcosa riguardo l'innamorarsi?»

Gli occhi di Ty incrociarono i miei. Riuscii a scorgervi così tanto. La paura di quella giornata, il desiderio, l'amore. «Oh, mi sono decisamente innamorato.»

Chinò la testa per un bacio. Non solamente un bacio da è-solo-sesso. Quello era un bacio d'amore e ciò lo rese ancora migliore. Fece evaporare tutte le avversità della giornata. Anche un sacco di lingua non fece affatto male.

«Ti amo, Ty,» dissi quando riaffiorammo.

Lui sorrise e sospirò. La sua espressione era carica di un misto di sollievo e amore. «Non pensavo fosse possibile legarsi di nuovo così tanto a qualcuno dopo lo schifo cui ho assistito nel Golfo. La prima volta che ti ho vista, *bam*, ho sentito qualcosa.»

Mi ricordai della scintilla che avevo provato la prima volta che l'avevo visto alla colazione con i pancake. Il giorno in cui avevamo comprato gli gnomi al mercatino dell'usato. «Tu hai sentito una botta? Io ho sentito una scintilla.»

Lui mi fece scorrere nuovamente una mano tra i capelli. La sua espressione, il suo tocco furono quasi riverenti. «Una scintilla, eh? Quando cominciavo a provare troppe emozioni, pensavo fosse meglio semplicemente allontanarsi. In qualche modo, però, tu ti sei insinuata dentro di me. Proprio come quegli gnomi, in un solo giorno, mi hai semplicemente cambiato la vita.»

«E adesso?» gli chiesi.

«Immagino che staremo semplicemente a vedere cosa succederà,» rispose Ty. «Senza nessuno che prova ad ucciderti.»

«Probabilmente una buona idea.» Il mio cuore ebbe un tuffo, essendomi dimenticata della cosa più importante. «I bambini. E i bambini?» E se lui non avesse voluto farsi carico dei figli di qualcun altro? Una cosa era innamorarsi di una donna, un'altra era prendersi anche tutti i suoi bagagli al seguito.

Ty sogghignò. «Devi sapere quanto ci tenga a loro. La domanda è, cosa pensi che diranno loro sul fatto che abbiamo una relazione?»

«Vuol dire... vuol dire niente preservativi?» domandai.

Gli brillarono gli occhi. «Non sono pronto per un figlio, per cui dovremo pensare ad altri metodi contraccettivi, ma mi piacerebbe molto prenderti senza niente a dividerci. Io... non l'ho mai fatto prima.»

Quell'idea mi fece agitare sotto di lui. «Io prendo la pillola.»

Lui gemette, baciandomi di nuovo. «I bambini? Pensi che io gli piaccia?»

Bella domanda. Voltai la testa e vidi George lo Gnomo e il suo amico fissarci di nuovo. Adesso i loro ghigni malefici sembravano sorrisi. Sorrisi felici. Forse non erano poi così male.

«Se porterai gli gnomi all'aeroporto quando andremo a prenderli, probabilmente sarai a posto per il resto della tua vita.»

«Affare fatto. Oh, Goldie ha chiamato tua mamma per raccontarle cosa fosse successo.»

Io annuii. «Me l'ha detto. Ne sono felice perché non voglio ripetere di nuovo tutto con lei. Se non altro non ora.»

«Ciò che non sai è che tua madre ha chiamato me.»

«Uh?» Quella era una sorpresa.

«Immagino che abbia creduto a Goldie, ma che volesse conferma da qualcun altro. Non preoccuparti, l'ho tranquillizzata e le ho detto che l'avresti chiamata più tardi.» Mi fece scorrere le dita lungo la guancia. «Ho parlato anche con i bambini. Stanno bene. Zach mi ha fatto una domanda curiosa, però.»

Ty sorrise, mi baciò la fronte, la tempia, dietro l'orecchio.

Io mi sciolsi. «Oh?»

«Voleva sapere se ti stessi dando lezioni di hockey su prato.» Mi scrutò con sospetto. «Hai idea del perché l'abbia detto?»

Io risi fino a quando non mi scesero delle lacrime lungo le guance. Guardai di nuovo gli gnomi prima di guardare Ty negli occhi. Sorrisi. «Forse sono io a doverti dare qualche lezione, piuttosto.» La mia mano gli scorse lungo il corpo fino ad afferrargli la *mazza*. «A cominciare da ora.»

NOTA DI VANESSA

Indovina un po? Abbiamo alcuni contenuti bonus per te.

www.romanzogratis.com

ISCRIVITI ALLA NEWSLETTER

Unisciti alla mailing list per essere informato per primo su nuove uscite, libri gratuiti, premi speciali e altri omaggi dell'autore.

www.romanzogratis.com

TUTTI I LIBRI DI VANESSA VALE IN LINGUA ITALIANA

vanessavalelibri.com

L'AUTORE

Vanessa Vale, autrice bestseller di USA Today, è famosa per i suoi romanzi d'amore, tra cui la serie di romanzi storici di Bridgewater e altre avventure romantiche contemporanee. Con oltre un milione di libri venduti, Vanessa racconta storie di ragazzacci che quando si trovano l'amore, non si fermano davanti a niente. I suoi libri vengono tradotti in tutto il mondo e sono disponibili in versione cartacea, e-book, audio e persino come gioco online. Quando non scrive, Vanessa si gode la follia di allevare due giovani ragazzi e capire quanti pasti può preparare con una pentola a pressione. Certo, non sarà tanto brava con i social quanto i suoi bambini, ma adora interagire con le lettrici.

facebook.com/vanessavaleauthor

instagram.com/iamvanessavale

bookbub.com/profile/vanessa-vale

CPSIA information can be obtained
at www.ICGtesting.com
Printed in the USA
LVHW030946161121
703456LV00008B/356